SPICA

2. Auflage, Dezember 2017

Gesamtherstellung: Spica Verlag GmbH
Für den Inhalt des Werkes zeichnet die Autorin selbst verantwortlich.
Umschlagabbildung: © Fotolia - Snezana Skundric, Vladimir Melnik, muuraa
Printed in Europe
ISBN 978-3-943168-86-0

Birgit Storm

Ein Schuss zu viel

KRIMINALROMAN

www.spica-verlag.de

Alle hier dargestellten
Personen und Handlungen
sind frei erfunden.

Eventuelle Übereinstimmungen
oder Ähnlichkeiten mit
lebenden oder toten Personen
oder tatsächlichen Ereignissen
sind rein zufällig
und unbeabsichtigt.

Das Buch

Theo will keinen neuen Partner, er kommt bestens alleine zurecht. Doch sein Chef von der Polizeiinspektion in Suhl ist anderer Ansicht und stellt ihm den neuen Kollegen aus Hamburg zur Seite. Matthias, genannt Matze, ist halb so alt wie er und dann auch noch ein Studierter. Die beiden haben keine Zeit, sich aneinander zu gewöhnen, denn beim Weltcuprennen in Oberhof ist ein bekannter Biathlet ums Leben gekommen. Die Zeit drängt, doch Theo verweigert die Zusammenarbeit mit seinem Partner – bis wieder Schüsse fallen in der Arena zum Grenzadler.

Die Autorin

Birgit Storm wurde 1958 in Heiligenhafen geboren, ist in Husum an der Nordsee aufgewachsen und lebt seit dem Studium in Hamburg.
Mit ihrem ersten Roman **„Ein Schuss zu viel“** hat sie am Wettbewerb um den Thüringer Krimipreis teilgenommen und gehörte zu den drei Finalisten.

Ich danke allen,
die an mich geglaubt haben
und mich mit Worten und Taten
unterstützt haben.

Prolog

Er lief schneller als je zuvor. Sein Herz raste und die Rippen schmerzten beim Atmen, noch zweihundert Meter bergauf, dann die letzte Kurve und danach die letzten Meter bergab. Er kannte die Strecke genau, konnte sich nicht mehr daran erinnern, wie oft er sie bewältigt hatte. Jetzt hörte er seine Verfolger, kamen sie näher oder konnte er sie auf Abstand halten? Bloß nicht umdrehen, das kostete wertvolle Sekunden. Sein Herz schlug wild, pochte so kräftig, als wollte es seinen Brustkorb sprengen. Die Beine brannten vor Schmerz, das verletzte Knie pochte bei jedem Schritt, lange würde er dieses Tempo nicht mehr durchhalten können. Er hörte die Männer hinter sich keuchen, aber sie würden ihn nicht kriegen. Es hatte begonnen zu schneien; Schneekristalle setzten sich in seinen Augenbrauen und seinem Bart fest. Die Sicht wurde immer schlechter und die Äste der Tannen rechts und links seines Weges bogen sich unter der Last des Schnees. Noch einhundert Meter, dann hatte er es geschafft. Der Abstand war gewahrt, noch einmal tief durchatmen. Er hatte genügend Zeit, sein Gewehr anzulegen und ruhig zu zielen. Treffer, auch der nächste Schuss saß. Er lächelte, als er sein Ziel erneut anvisierte. Der erste Verfolger kam in Sichtweite. Auch die nächsten Schüsse trafen. Glücksgefühle stiegen in ihm auf. „Geschafft“, war sein letzter Gedanke, genauer gesagt, sein allerletzter Gedanke, bevor die Kugel von schräg hinten seinen Kopf durchschlug.

Sonntag

Wie jeden Sonntag wurden sie auch heute pünktlich um zwölf Uhr von Marions Eltern zum Mittagessen erwartet. Wie jeden Sonntag hatten die Kinder gemault. Jaqueline hatte bei einer Freundin übernachtet und kam kurz vor dem abgesprochenen Abfahrtstermin angehetzt, wollte aber unbedingt noch unter die Dusche. Theo wusste, dass die sich anschließende Schminkaktion ein Vielfaches der Duschzeit beanspruchen und Drängen den Zeitraum eher verlängern würde. Er stöhnte, denn er wusste, dass seine Schwiegermutter Verspätungen hasste. Patrick stand mit müden Augen nach einer durchspielten Nacht am Computer im Flur, gerade hatte er zwei Freunde, die bei ihm übernachtet hatten, aus dem Haus geschoben. Erfreut hatten sie nicht ausgesehen, wer stand schon am Sonntag um diese Zeit auf, ein Witz. „Können wir jetzt los?", drängte er, „immer müssen wir auf Jacky warten. Ich hätte locker noch ´ne halbe Stunde schlafen können."

„Beschwer dich bei deiner Schwester und nicht bei mir!"

Patrick hämmerte an die Badezimmertür. „Sieh zu, ich hab kein Bock mehr zu warten!" Keine Reaktion, drinnen dröhnte der Fön. Also noch kein Ende in Sicht. Genervt zog er ab, schmiss sich auf das breite braune Ledersofa im Wohnzimmer und suchte nach der Fernbedienung. Er landete in einer Biathlonübertragung. In Oberhof war das Weltcuprennen der Herren am Laufen. Deutschland führte in der Staffel knapp vor Norwegen und Russland. Arne Becker hatte nur noch ein paar hundert Meter bis zum Schießstand zu laufen. Entschlossen zog er das Tempo noch einmal an. Würde er das durchhalten? Ja, er erreichte als erster die Anlage und visierte das Ziel an. Super, alle Scheiben getroffen. Patrick surfte parallel mit seinem Handy im Internet, als er die aufgeregte Stimme des Fernsehkommentators vernahm. Neugierig schaute er auf.

„Es geht los!", rief seine Mutter.

„Kleinen Moment, ich komme gleich. Beim Biathlon ist ..."

„Mach die Kiste jetzt aus. Die laufen auch ohne dich weiter!", polterte sein Vater vom Flur herüber und rasselte demonstrativ mit dem Schlüsselbund.

Patrick verzog das Gesicht, wusste aber, dass ein Protest chancenlos war.

Drei Minuten später saßen alle vier im Auto und rasten nach Zella-Mehlis.

„Auch wenn du bei der Polizei bist, kannst du dich an die Verkehrsvorschriften halten", bemerkte Marion schnippisch, „du fährst 20 km/h zu schnell." Zwei Polizeiautos rasten hinter ihnen heran und setzten zum Überholen an. Auch das noch, wenn die Kollegen ihn jetzt stoppten, war die Chance noch pünktlich zum Essen bei den Schwiegereltern einzutreffen endgültig dahin. Doch die Autos fuhren in flottem Tempo an ihnen vorbei, Richtung Oberhof. Theo atmete auf, setzte den Blinker und bog in den kleinen Ort, in dem seine Schwiegereltern lebten, ab. Er parkte seinen grünen Passat-Kombi auf der Auffahrt des Einfamilienhauses, sprang aus dem Auto, knallte die Tür zu und stapfte mit flotten Schritten auf den Eingang zu.

„Beeilt euch", drängte Marion ihre Kinder, „ihr wisst doch, dass die Großeltern Verspätungen hassen!"

Patrick und Jaqueline schauten sich grinsend an und schlichen betont langsam hinter ihren Eltern her. In diesem Punkt waren sie ausnahmsweise einmal einer Meinung.

„Ich warte seit zehn Minuten", begrüßte sie Martha, Marions Mutter, und schob die Familie in das Esszimmer, wo bereits die Mahlzeit auf dem Esstisch bereit stand. Schweinebraten, Klöße und Rotkohl. Hartmut, sein Schwiegervater, wartete bereits am Tisch, die Serviette auf dem Schoß ausgebreitet, und Theo setzte sich neben ihn. Mit einem provozierenden Seitenblick auf seine Frau füllte er sich den Teller mit drei Klößen, einer ordentlichen Fleischportion, einem Häufchen Kohl und ließ dann genüsslich mehrere Kellen Soße über das Gericht fließen, als sein Handy in der Hosentasche aufdringlich anschlug. Theo drückte hektisch einige Tasten, wie üblich die falschen, und fluchte leise vor sich hin, als das Gespräch weg war.

„Wer zum Teufel war das bloß?“, brummte er leise und seine Schwiegermutter beanstandete spitz, das hätte wohl auch Zeit bis nach dem Essen. „Bist du dir da so sicher?“, giftete er sie an und hantierte weiter an seinem Gerät.

Nachdem sein Vater erfolglos alle Tasten ausprobiert hatte, erbarmte sich Patrick. „Gib mal her“, drückte zwei Tasten und hielt Theo das Display vor die Nase. „Deine Dienststelle! Wenn du hier drückst, dann rufst du zurück.“

Theo quälte sich ein leises: „Danke“, ab und verließ den Raum. Die anderen hörten ihn kurz angebunden telefonieren, dann rauschte er wieder an den Esstisch zurück und herrschte seinen Sohn an: „Du hast doch Fernsehen geguckt. Warum hast du nichts gesagt, dann wäre ich gar nicht erst mitgekommen!“

Patrick schnappte nach Luft, aber bevor er zu Wort kam, hatte sein Vater den Raum wieder verlassen und sich seinen Parka übergeworfen. „Haltet mir mein Essen warm, ich bin so schnell wie möglich zurück!“ Dann knallte die Eingangstür und sie hörten den Dieselmotor anspringen.

Matthias hielt Vanessa im Arm. Er hatte sich warm angezogen mit dickem Parka, blau-weißer HSV Fanmütze und einem ebensolchen Schal. Er war froh, dass er auf Vanessa gehört und sogar seine Skiunterwäsche unter den Jeans trug, denn es war eisig kalt. Seine Zehen fühlte er kaum noch, er trampelte einige Male kräftig auf den kalten Boden und hüpfte ein wenig auf der Stelle, aber das half auch nicht viel und er erntete einige genervte Blicke seiner Nachbarn, die dadurch noch weniger sahen. Wie gerne hätte er jetzt seine Moonboots an den Füßen, vor ihrem Aufbruch hatte er kurz darüber nachgedacht sie anzuziehen, war sich dann aber irgendwie albern vorgekommen mit den riesigen Botten. Biathlon kannte Matthias bisher nur aus dem Fernsehen. Heute erlebte er zum ersten Mal einen Wettkampf live. Seit zwei Stunden stand er mit seiner Freundin bei Minusgraden in der Arena am Grenzadler, dicht gedrängt mit tausenden anderen Fans, in einem Meer aus schwarz-rot-goldenen Fähnchen. Die Spannung stieg, würde Arne Becker, der Schlussläufer der deutschen Staffel seinen Vorsprung halten können? Das sah gut aus. Er schien ihn sogar noch auszubauen, raste auf den Schießstand zu. Hoffentlich behielt er die Nerven beim letzten Schießen. Wenn er daneben schoss und in die Strafrunde musste, war alles verloren, so etwas kam häufiger vor. Die Anfeuerungen der Fans trugen den Sportler förmlich den letzten Hang hinauf. Arne war ihr Held, kam hier aus dem Ort, ein waschechter Oberhofer. Er legte das Gewehr an, zielte, die Menge hielt den Atem an. „Hey", entlud sich die Anspannung, der erste Treffer saß. „Hey", die zweite Klappe schloss sich, „Hey", schrien auch Matthias und Vanessa und ihre Finger krallten sich vor dem letzten Schuss in seinen Oberarm, „Hey", auch der letzte Schuss war ein Treffer.

Sven Olafson erreichte den Schießstand, aber der norwegische Läufer würde den Oberhofer Biathleten nicht mehr einholen können. Der würde sich den Sieg heute nicht nehmen lassen. „Los, lauf los!", grölte Vanessa mit tausend anderen Fans im Chor. Aber anstelle das Gewehr zu schultern, die Stöcke zu greifen und in die Loipe zur letzten Runde zu spurten, fiel der Sportler plötzlich vornüber und bewegte sich nicht mehr. Auch der Norweger traf ohne Fehler und sprintete los, vorbei an dem immer noch am Boden liegenden deutschen Schlussläufer.

Ein Raunen ging durch die Menge, als ein Schiedsrichter sich zum Biathleten niederbeugte und dann hektisch mit den Armen durch die Luft rudernd um Hilfe rief. Nun kamen auch die Betreuer und der Mannschaftsarzt angelaufen und man sah sie lebhaft diskutieren. Der Trainer hockte am Boden, die Hände vor das Gesicht gedrückt. Immer mehr Menschen drängten heran, während das Rennen weiterlief und Läufer um Läufer den Schießstand erreichte.

„Was ist denn da los?", überlegte Vanessa, „hat der einen Kreislaufkollaps? Der bewegt sich ja immer noch nicht." Jetzt schwenkte einer der Schiedsrichter eine Fahne und unterbrach das Rennen. Aus der Ferne hörte man das Martinshorn eines Rettungswagens.

Endlich eine Durchsage. „Sehr verehrte Damen und Herren, aufgrund eines Unglücksfalls mussten wir den Wettkampf unterbrechen. Bitte bleiben Sie bis zur weiteren Durchsage auf Ihren Plätzen."

Matthias und Vanessa sahen sich an. „So ein Mist, mir ist kalt", maulte sie, „wollen wir gehen?" Trotz ihres langen Daunenmantels, einer Fellmütze und zotteligen Fellstiefeln zitterte sie am ganzen Körper.

„Auf gar keinen Fall, erst will ich wissen was da los ist."

„Du jetzt wieder. Das können wir auch nachher in den Nachrichten hören. Für die deutsche Staffel ist das Rennen auf jeden Fall verloren." Matthias starrte gebannt auf das Geschehen am Schießstand, konnte aber nicht erkennen, was sich dort tat. Zu viele Menschen versperrten die Sicht. Jetzt traf der Rettungswagen ein, aber zusätzlich auch zwei Streifenwagen, aus denen einige Polizisten sprangen und hektisch den Unfallort abriegelten. Das war ungewöhnlich.

„Ich versuch mal was rauszukriegen. Warte hier auf mich." Bevor Vanessa Einwände äußern und die Ordner einschreiten konnten, hatte Matthias sich über die Bande geschwungen und ging auf die Polizeibeamten zu.

„Bitte gehen Sie auf Ihren Platz zurück. Hier können Sie nicht durch."

„Matthias Hansen. Kripo Suhl. Was ist geschehen? Kann ich Ihnen behilflich sein?"

Der Beamte sah ihn verwirrt an. „Ich habe Sie noch nie gesehen."

„Das glaube ich Ihnen. Ich habe auch erst morgen meinen ersten Arbeitstag. Ich bin aus Hamburg hierher versetzt worden."

„Der Läufer ist erschossen worden. Einmal glatt durch den Kopf. Sieht nicht gerade schön aus. Die Spurensicherung und der Arzt sind schon bei dem Toten." Der junge Beamte sah blass um die Nase aus und schluckte. „Glücklicherweise sehen wir hier so etwas nicht so oft. Für mich ist es das erste Mal."

Matthias nickte verständnisvoll. Er erinnerte sich noch gut an den ersten Todesfall, den er hatte untersuchen müssen. Eine Schlägerei auf der Reeperbahn mit Todesfolge. Der Getötete hatte schrecklich ausgesehen mit seinen vielen Kopfverletzungen. Er schaute hinüber zum Tatort. Das Verbrechen, wenn es denn eines war, war vor seinen Augen ausgeübt worden, vor den Augen tausender Fans und niemand hatte etwas bemerkt. „Darf ich mir den Toten ansehen?" Der Beamte zuckte mit den Schultern.

„Wenn Sie von der Kripo sind, ist es wohl in Ordnung."

Matthias nickte und ging zu der Menschenansammlung hinüber. Der Läufer lag jetzt auf dem Rücken. Die Kugel hatte den Kopf durchschlagen und war unterhalb der linken Augenhöhle wieder ausgetreten, dabei hatte sie den Augapfel mit herausgerissen. „Haben Sie schon feststellen können, aus welcher Richtung der Schuss abgegeben worden ist?", fragte er den Mediziner, der ihm den Rücken zukehrte.

„Ging von rechts hinten nach links vorne durch den Kopf, also grob gesehen von der Baumgruppe dort drüben", murmelte eine weibliche Stimme ohne aufzusehen und wies mit dem Arm hinter sich. „Genauer könnt ihr es dann in meinem Bericht nachlesen."

Jetzt kam Bewegung in die Menge. Ein großer, kräftig gebauter Mann mit wettergegerbtem Gesicht und einem ordentlich gestutztem Vollbart, in dem sich erste graue Strähnen ausbreiteten, bahnte sich kraftvoll seinen Weg durch die Menge. Mit einem dicken grünen Parka und einer Fellmütze bekleidet, die vor vielen Jahren noch als Fuchs durch den Thüringer Wald geschlichen war, bevor das Tier seinem Großvater vor die Flinte gelaufen war, hätte er als Trapper in Alaska durchgehen können. Doch die Beine in Knickerbockerhosen aus braunem Cordstoff und handgestrickten wollweißen Socken mit Zopfmuster in deftigen braunen Lederbergstiefeln zerstörten diesen Eindruck bevor er sich beim Betrachter manifestieren konnte.

„Lasst mich mal durch hier", dröhnte sein Bass „ich habe nicht ewig Zeit. Die Klöße und der Braten warten auf mich in der Bratröhre!" Er schob sich zu ihnen heran.

„Hallo Theo, ich glaube deine Klöße werden noch etwas länger warten müssen. Schau dir mal die Sauerei hier an", empfing ihn Felix, ein junger Kollege von der Spurensicherung, der in seinem weißen Anzug kaum im Schneegestöber auffiel.

Der Brocken von Mann warf einen kurzen Blick auf die Leiche. „Verdammter Mist. Schon was rausgekriegt, Theresa?", fragte er die Gerichtsmedizinerin.

„Habe ich doch eben schon gesagt", murmelte sie, „hört mir hier denn keiner zu? Lies meinen Bericht, wenn ich fertig bin."

„Mach mal halb lang, ich bin doch erst seit einer Minute hier", polterte der Kommissar.

Die zierliche Frau schaute hoch. „Hallo Theo. Keine schöne Art abzutreten. Aber er hat wohl nicht viel gemerkt. Muss gleich tot gewesen sein." Dann erst nahmen die beiden Matthias wahr.

„Was macht der denn hier? Die Presse wird später informiert“, und zu Matthias gewandt: „Zieh Leine, Schnüffler. Hier gibt es noch nichts zu schreiben.“

„Ich bin Matthias Hansen aus Hamburg. Ab morgen im Einsatz bei der Kripo in Suhl.“ Er hielt dem Beamten die Hand entgegen.

„Dann haben Sie hier heute noch nichts zu suchen!“ Theo ignorierte die ausgestreckte Hand und wandte sich seinen Leuten zu.

Matthias zuckte zusammen und hoffte, dass seine neuen Kollegen morgen besser drauf waren als dieser kauzige Beamte. Er wandte sich ab und sah sich suchend um. Unauffällig schlenderte er in die Richtung der beschriebenen Baumgruppe und zückte sein Handy. Trotz des immer dichter werdenden Schneetreibens waren Skispuren zu erkennen, die von der Baumgruppe weg talwärts zogen. Er machte einige Fotos und schlenderte zu Vanessa zurück, die ihn bitterböse ansah.

„Geht´s noch langsamer?“ Ihr Ärger wandelte sich in Entsetzen, als sie hörte, was passiert war. Sie schlug die Hand vor den Mund, als Matthias ihr mit dem Zeigefinger über den Lippen andeutete, still zu sein. „War es ein Unfall?“, flüsterte sie hoffnungsvoll.

„Sieht nicht so aus. Aber die lassen mich da nicht dran. Da ermittelt so ein Bär von Mann, Theo heißt der. Sieht nicht aus wie jemand, der andere beteiligt.“

„Das scheint der Greitner zu sein, der bowlt jeden Mittwoch mit seinen Freunden bei uns im Hotel.“

Matthias verzog das Gesicht zu einem Grinsen. Er war aufs Dorf gezogen, jeder kannte jeden, zu Hause hatte er nicht mal alle Parteien aus seinem Mietshaus gekannt. Vanessa wollte das nicht hören, denn Oberhof hatte immer noch die Stadtrechte, wie sie beleidigt betonte, auch wenn die Einwohnerzahl stetig abnahm.

Matthias war ein waschechter Hamburger Junge und er hätte sich nie träumen lassen, freiwillig in ein anderes Bundesland zu ziehen und schon gar nicht in den Osten Deutschlands. Seine Freunde hatte er zurückgelassen, seinen Fußballverein, den HSV, und seinen Arbeitsplatz mit seinem Partner Jens, mit dem er die letzten Jahre durch dick und dünn gegangen war. Alle hatten ihn für völlig verrückt gehalten, als er seine Versetzung nach Thüringen beantragt hatte. „Was willst du in Suhl?" „Sozialistisches unterentwickeltes Hinterland", „Autonome Bergrepublik" und andere nette Titel hatten seine Freunde über seinen neuen Arbeitsplatz gegoogelt, der früher einmal der kleinste Bezirk der DDR gewesen war. Matthias hatte sich darüber hinweggesetzt.

Seine Eltern hatten ihn verstanden und unterstützt, er war nicht das erste Kind, das Hamburg verließ und sie hatten alle ziehen lassen, auch wenn es ihnen schwer gefallen war. Seine zwei Jahre ältere Schwester Lena hatte in Münster eine Physiotherapieschule besucht und dort ihren Freund und jetzigen Ehemann kennengelernt, der dort zu Hause war und einen guten Job hatte. Simon, sein jüngerer Bruder, studierte seit zwei Jahren Jura in Göttingen. Trotz der Entfernung bemühten sie sich alle um regelmäßige Treffen und einmal im Jahr gab es einen einwöchigen Familienurlaub. Dieses Jahr planten sie im September für eine Woche nach Mallorca zu fliegen. Die Ferienwohnung war schon gebucht und Matthias hoffte sehr, dass seiner Urlaubsplanung keine Dienstpläne im Wege standen.

Schuld am Ortswechsel war Vanessa, die er vor zwei Jahren beim Skilaufen in St. Anton kennengelernt hatte. Sie hatte zu dem Zeitpunkt als Hotelfachfrau an der Rezeption im Hotel „Zur Post" gearbeitet, er hatte dort zusammen mit Jens eine Woche Urlaub verbracht. Vanessa war ihm sofort aufgefallen mit dem herzlichen Lachen, das zwei tiefe Grübchen in die Wangen zauberte und den langen blonden Haaren, die ordentlich zu einem Zopf zusammengebunden waren. Mit ihrer großen schlanken Figur hatte sie auf ihn einen nordischen Eindruck gemacht und er hatte sie an seinem zweiten Urlaubstag nach ihrem Heimatort gefragt. Oberhof, war die Antwort gewesen und Matthias konnte sofort „Biathlon" einwerfen und ergänzte „Laufen, schießen, laufen, schießen, laufen." Vanessa hatte gelacht und sich gefreut, denn nur wenige Leute kannten hier den kleinen Ort in Thüringen, dabei befand sich dort ein bekanntes Wintersportzentrum, in dem die deutschen Langläufer und Biathleten für ihre Wettkämpfe trainierten. Vanessas Eltern waren dort Besitzer eines Hotels, bereits in der dritten Generation, und es war selbstverständlich, dass die einzige Tochter es in einigen Jahren weiterführen sollte.

Matthias sich ein Herz gefasst und Vanessa um ein Date an ihrem freien Abend gebeten und sie hatte tatsächlich zugesagt. Ihm klopfte das Herz, als er in der Hotellobby auf sie wartete. Unruhig wanderte er in der Halle umher, holte alle paar Minuten das Handy hervor, um nach der Uhrzeit zu schauen. Als sie dann endlich die Lobby betrat, nahm er sie zunächst gar nicht wahr. Erst als die große schlanke Blondine, die er aus einem Augenwinkel heraus zur Tür hatte hereinkommen sehen, ihm leicht von hinten auf die Schulter tippte, drehte er sich um. Das war ja der helle Wahnsinn. Unbewusst hatte er nach ihrer Arbeitskleidung, dem dunkelgrünen Trachtenkostüm, Ausschau gehalten. Völliger Unsinn, wie ihm in diesem Moment bewusst wurde. Sie sah unglaublich sexy aus in dem eng anliegenden lilafarbenen Strickkleid und den langen Beinen, die in kniehohen Stiefeln steckten. Ihre glatten silberblonden Haare fielen jetzt offen über die Schultern, bedeckt von einer flauschigen Mütze, die sie, wie der Fellmantel, vor der Kälte draußen ausreichend schützte. „Wollen wir los?" Matthias nickte nur und folgte dem angenehm frischen Duft ihres Parfums, der sich in der Kälte schnell verflüchtigte. Sie schaute sich kurz um, ob er ihr folgte und stapfte dann zielstrebig in flottem Tempo durch den Schnee. „Lust auf Pizza?", fragte sie an der nächsten Straßenkreuzung und als Matthias zustimmend nickte, bog sie in eine kleine Seitenstraße ab. Ein paar Meter weiter standen sie vor einem kleinen italienischen Restaurant und fanden einen gemütlichen Zweiertisch in der Ecke des gut gefüllten Raumes. Ein Duft von Hefeteig und italienischen Kräutern lag in der Luft und als Matthias den Kellner eine riesige Pizza auf den Nachbartisch abstellen sah, lief ihm das Wasser im Mund zusammen und er wusste, was er gleich bestellen würde. Eine halbe Stunde später beobachtete er ungläubig, wie locker seine Begleiterin die riesige Portion ihrer Pizza Calzone bewältigte. Auch seine Salamipizza überragte den Tellerrand und schmeckte vorzüglich. Ein dünner knuspriger Teig, belegt mit viel Salami und noch mehr Käse. Lecker! Der trockene Hauswein schmeckte so gut, so dass sie nach dem ersten Glas noch eine ganze Flasche nachbestellten. Der Abend verging unglaublich schnell, sie hatten ähnliche Interessen und sich dementsprechend viel zu erzählen. Beide liebten die italienische Küche, Wintersport, fuhren Ski und Snowboard und liebten es, zu reisen. Als aus der Flasche Rotwein auch mit gutem Zureden kein Tropfen mehr herauskam, zogen die beiden heimwärts. Matthias verbrachte diese Nacht nicht auf seinem Zimmer, eine kurze WhatsApp bescherte Jens eine sturmfreie Bude und Matthias eine Nacht, die er jederzeit nur zu gerne wiederholen wollte. Dummerweise war sein Urlaub in vier Tagen vorbei und der Dienstplan ließ keine Verlängerung zu, wie ihm sein Partner noch einmal ausdrücklich bestätigte.

Den beiden blieb nur wenig Zeit, sich kennenzulernen, tagsüber arbeitete Vanessa und die Nächte verbrachten die beiden eher weniger mit Reden. Eingekuschelt in seinen Arm lud Vanessa ihn am letzten Morgen auf ein Wochenende nach Oberhof ein. In drei Wochen hatte sie Urlaub und wollte zu ihren Eltern nach Hause fahren.

Diese Einladung nahm er gerne an und an dem ersten dienstfreien Wochenende besuchte er sie an ihrem Heimatort. In der Regel fuhr er zum Skilaufen in die Alpen, nur einige Male hatte er ein Wochenende im Harz verbracht, aber die Pisten dort waren so kurz, dass man mehr Zeit mit Liften als mit Abfahren verbrachte. So ähnlich stellte er sich auch die Gegend um Oberhof herum vor, aber er fuhr ja wegen Vanessa und nicht wegen der Skipisten in die Region. Dennoch war sein Board im Gepäck. Vierhundertzwanzig Kilometer, ganz schön viel für ein Wochenende, aber er hatte ein schnelles Auto. Bis Göttingen, dem Wohnort seines Bruders, kannte er die Strecke gut, aber dann säumten Ortschaften seinen Weg, die ihm völlig unbekannt waren. Witzenhausen, Eschwege, Eisenach, Gotha, dann rechts ab auf die 247, jetzt wurden die Ortschaften noch kleiner, Höhenkirchen, Ohrdruf, Luisenthal, an der Lütschetalsperre vorbei und dann Wald, Wald und noch mal Wald. Tannen, die sich auf den Hügeln unter der Last des Schnees beugten, kurze Einblicke in Lichtungen und Täler gewährten und vereinzelte Sonnenstrahlen auf verschneite Wege durchließen.

Endlich hatte er Oberhof erreicht und das Hotel gefunden, ein schlichtes weißes, dreistöckiges Gebäude am Ortsrand, dicht am Rennsteig gelegen. Er betrat die Halle und war angenehm überrascht, hier war der Staub der Vorzeit entfernt worden. Er konnte sich gut vorstellen, dass Vanessas Ideen bei der Renovierung eingeflossen waren. Die Lobby war in warmen Farbtönen gestrichen und in den schlichten dunklen Flechtmöbeln mit Panoramablick auf die verschneite Landschaft entspannten sich einige Gäste mit einem Getränk oder auch ihrem Notebook vor sich. An der Rezeption wurde er freundlich begrüßt und erhielt ein geräumiges Zimmer im obersten Stockwerk zugewiesen. Er öffnete die Tür und stolperte mit seinem Gepäck über einen Bademantel, der auf dem Fußboden lag. Matthias runzelte die Stirn, hob ihn auf, warf ihn auf das Bett und stieg aus seinen Schuhen als ein helles Kichern ertönte. „Hey, komm rein.“ Ein nacktes Bein streckte sich unter der Bettdecke hervor und zog ihn an sich heran. Matthias ließ seine Reisetasche fallen und gab dem Drängen nur zu gerne nach. Ein paar Minuten später lag der Bademantel wieder auf dem Fußboden, daneben eine Winterjacke, Jeans und andere Kleidungsstücke, die Matthias bis dahin getragen hatte. Vanessa schmiegte sich in seine Arme und es war alles so vertraut, als wären sie keine vier Wochen voneinander getrennt gewesen. Seine Lippen wanderten von ihrem Hals abwärts und ein wohliges Stöhnen deute ihm an, dass sie auch zu mehr bereit war. Zärtlich ließ er seine Hände über ihren schlanken Körper gleiten und er fühlte ihre Finger zart auf seiner Haut. Die Müdigkeit, die ihm im Auto während der langen Fahrt noch zu schaffen gemacht hatte, war verflogen und kehrte erst nach einem zärtlichen Liebesakt wieder zurück. Zufrieden schlief er in Vanessas Armen ein und wurde nach einem kleinen Nickerchen von ihr wachgeküsst. „Was hältst du von Mittagessen? Ich habe mordsmäßigen Hunger.“ Matthias nickte und die beiden genossen in dem modern eingerichteten Badezimmer eine gemeinsame heiße Dusche bis Matthias den Wasserstrahl plötzlich auf eiskalt einstellte. Vanessa kreischte und sprang aus der Kabine heraus. „Ey, spinnst du! Was soll der Quatsch?“

„Du wolltest essen. Wenn wir hier noch länger gestanden hätten, hätte ich dich aufs Neue vernascht“, grinste Matthias und brauste sich kurz kalt ab. Während Vanessa ihre langen Haare föhnte, packte Matthias seine Tasche aus und trat auf den Balkon hinaus. Die Mittagssonne kam soeben um das Gebäude herum und ihre Strahlen hatten bereits genügend Kraft, ihn im Schutz des Hauses zu wärmen. Der Blick auf die bewaldeten und tief verschneiten Berge war fantastisch und er freute sich schon auf einen Spaziergang im Schnee nach dem Mittagessen.

Es war ein wunderschönes Wochenende für die beiden. Das Snowboard war im Auto geblieben, stattdessen hatte Vanessa ihn auf Langlaufskier gestellt und ihm auf der Loipe die wunderschöne Landschaft gezeigt. Hier gab es keine schroffen Dreitausender, aber auf einer Höhe von eintausend Metern schlängelte sich die Laufstrecke bergauf und bergab um den Rennsteig herum. Ein bewaldeter Hügel folgte dem anderen, dunkle schneebedeckte Tannen säumten den Weg. Vanessas fröhliches Lachen hatte ihn begleitet, wenn er am Hang beim Anstieg mit fehlender Technik mehr abwärts rutschte als sich dem Gipfel entgegen zu bewegen und bei der Abfahrt verzweifelt nach einem Halt suchte, den ihm die wackeligen Langlaufskier kaum boten. Aber er hatte die Tour bewältigt und Vanessa hatte ihn gelobt.

Es war nicht sein einziger Besuch in Oberhof geblieben und immer wieder genoss er nach einer hektischen Arbeitswoche die Ruhe in dem kleinen Ort. Die Menschen schienen hier irgendwie mehr Zeit zu haben und waren freundlich und hilfsbereit. Selbst der Briefträger sprach ihn bei seinem dritten Besuch schon mit Namen an und hatte stets eine Anekdote oder einen Witz parat, wenn er ihn im Ort traf. Im Winter waren die Hotels und Ferienwohnungen belegt mit Skilangläufern und Wanderern und Vanessa hatte viel zu tun. Für die Touristen bot der Ort viele Möglichkeiten, sich zusätzlich zum Skisport zu beschäftigen, sei es beim Gästerodeln in der Bobbahn oder bei Schießübungen mit einem Biathlongewehr. Irgendwann würde er auch einmal die Bobbahn hinunter rasen, das hatte er sich fest vorgenommen. Auch im Sommer lockte der Ort mit seinen Wander- und Radwegen um den Rennsteig herum reichlich Urlauber an und Vanessa versuchte, ihm die Gegend mit vielen Ausflügen schmackhaft zu machen. Sie war mittlerweile in den Betrieb ihrer Eltern eingestiegen und als die Sprache auf eine gemeinsame Zukunft kam, wurde schnell deutlich, dass ihre Zukunft eindeutig nicht in Hamburg lag. Sie wollte unbedingt in ihrem Geburtsort bleiben und den Familienbetrieb weiterführen. Matthias verstand, warum. Vanessas Großvater Gustav hatte ihm bei einem seiner Besuche die historischen Hintergründe erzählt.

Gustav und seine Familie hatten in den 50er Jahren ein unglaubliches Glück gehabt, als die grausame Enteignungswelle über das Land gerollt war und auch viele der Oberhofer Hotelbesitzer von der DDR-Führung zwangsausgesiedelt worden waren. Die Hotels, die bis dahin den Reichen und Berühmten des Landes, wie Marlene Dietrich aber auch Joseph Goebbels und später Walter Ulbricht, als Unterkunft gedient hatten, sollten zu Ferienheimen für den Arbeiter- und Bauernstaat umgewandelt werden. Der SED-Generalsekretär wollte in Oberhof kein zweites St. Moritz entstehen lassen, sondern benötigte dringend Unterkünfte für die Arbeiter, die dem gewerkschaftlichen Feriendienst damals fehlten. Fast über Nacht waren fast fünfzig Familien, ihre Verwandten und Mitarbeiter vertrieben worden, hatten nur den Inhalt ihrer Koffer mitnehmen und nicht wieder in den Ort zurückkehren dürfen, selbst wenn Angehörige sie hätten aufnehmen wollen. Auch seinen Bruder und dessen Familie hatte es getroffen; als Vorwand hatten zwei nicht in den Büchern geführte Weinflaschen gedient und die Familie als „Wirtschaftsverbrecher" diskriminiert. Dem alten Mann hatten die Tränen in den Augen gestanden, als er davon berichtete, denn die Flaschen waren ein Weihnachtsgeschenk von ihm für seinen Bruder gewesen. Von einem auf den anderen Tag hatte der packen und mit seiner schwangeren Frau und dem vierjährigen Sohn den Ort verlassen müssen. Gustavs Erzählungen nach hatten sich damals herzzerreißende Szenen abgespielt, denn viele der Freunde hatte es getroffen. Nur dank der Proteste internationaler Gäste gegen die Willküraktionen der Staatsführung konnten damals weitere Enteignungen abgewendet werden und Vanessas Großvater hatte bleiben dürfen.

Vanessa und Matthias führten in den zwei Jahren viele Gespräche, telefonierten und schrieben über Handy und Computer, und sie verbrachten gemeinsam ihre Ferien, aber das ersetzte auf Dauer kein gemeinsames Leben. Matthias war jetzt so weit, den Schritt zu wagen und sein bisheriges Leben aufzugeben. Er hatte einen Versetzungsantrag gestellt und Glück gehabt, bei der Kripo in Suhl war eine Stelle frei geworden, und er hatte zugesagt. Am Montag, den 6. Januar, also morgen, sollte er seinen Dienst dort antreten.

Bis sie eine gemeinsame Wohnung fänden, würde er bei Vanessa wohnen. Zwei Zimmer im Dachgeschoss und ein Wohnraum, Küche und Bad im Erdgeschoss eines kleinen Chalets auf dem Hotelgelände, das sie mittlerweile bewohnte, das reichte vorerst. Bis nach Suhl zu seinem Arbeitsplatz hatte er nur zwölf Kilometer zu fahren, ein Witz für Hamburger Verhältnisse. Hier waren die Straßen im Winter geräumt, nicht wie in Norddeutschland, wo bei einem nächtlichen Schneefall von fünf Zentimetern der morgendliche Berufsverkehr völlig zusammenbrach.

Jetzt war er also hier und bevor sein erster Arbeitstag begann, bereits in einen Fall involviert. Die Veranstalter hatten kurze Zeit später das Rennen offiziell beendet und sie hatten sich mit tausenden anderen Zuschauern auf den Heimweg gemacht. Vanessa registrierte, dass Matthias immer stiller wurde und am Abend auf dem Sofa den Tatort nur am Rande verfolgte. Sie ließ ihn in Ruhe, ahnte, dass seine Gedanken mit dem heutigen Fall und seinem Arbeitsbeginn am morgigen Tag beschäftigt waren.

Montag

Die Strecke von Oberhof bis zu seiner neuen Dienststelle legte er in knapp zwanzig Minuten zurück, im Tal immer geradeaus, an dem kleinen Ort Zella-Mehlis vorbei, bis nach Suhl. Er musste einmal quer durch die Stadt hindurchfahren und an der Ausfahrtsstraße, kurz nach dem Hinweis auf das Krankenhaus, befand sich die Landespolizeiinspektion Suhl. Nun stand er auf dem Hof und beäugte seinen neuen Arbeitsplatz. Das ockerfarbene Gebäude lag an einem Hang, aus den oberen Etagen musste man einen guten Ausblick auf den Ort haben.

Matthias war zwar in der Vergangenheit schon einige Male hier vorbeigekommen, aber nun wurde es ernst, jetzt gab es kein Zurück mehr. Vor Weihnachten auf seiner Abschiedsfeier mit den Kollegen war sein Nachfolger vorgestellt worden. Damit war sein Arbeitsplatz offiziell mit einer anderen Person besetzt worden. Das war ein schmerzhafter Moment für ihn gewesen, besonders der Abschied von seinem Freund und Kollegen Jens hatte wehgetan. Mit einem mulmigen Gefühl im Bauch nach den ersten Kontakten mit den Kollegen am gestrigen Tag, klopfte er pünktlich um acht Uhr an die Tür des Leiters der Polizeidirektion, Peter Leiter. Sehr passend dieser Name, grinste er. Keine Antwort, er klopfte noch einmal, wieder keine Antwort. Toller Empfang. Während er in seinem Handy die Mail mit dem Termin überprüfte, öffnete sich die Tür des Nebenraums und eine korpulente Frau in einem knallroten engen Rock und schwarzrot quergestreiftem Pullover schoss heraus. Sie streifte ihre leuchtend rote Mähne aus den Augen und strahlte ihn an. „Hab ich doch richtig gehört. Sie ham geklopft, gell?“ Matthias nickte irritiert. „Der Herr Hansen aus Hamburg, richtig? Dann komm se mal rein in die gute Stube.“ Sie zog Matthias in ihr Büro. „Ich bin die Gisela, das gute Mädchen für alles, Gisela Maiberg. So wie der Mai und der Berg. Ganz einfach. Kaffee gefällig? Der Chef ist unterwegs aufgehalten worden, muss aber jeden Moment da sein.“ Ohne seine Antwort abzuwarten hatte Gisela ihm einen Kaffeebecher gefüllt. „Mit Milch und Zucker?“

„Danke, schwarz ist gut.“

„Hatten Sie eine gute Anreise?“ Sie musterte den schlanken jungen Mann mit der dunklen Jeans und dem hellgestreiften Hemd und lächelte wissend. „Na, Sie sind ja nicht das erste Mal hier. Wie geht`s der Vanessa? Ich wohne auch in Oberhof und kenn ihre Mutter, die Kati. Wir beide gehen zusammen zum Bauch-Beine-Po-Kurs.“ Sie sah ihn verschwörerisch an: „Man tut ja was man kann“. Matthias grinste, als er sich Frau Maiberg und seine zukünftige Schwiegermutter, die auch einen, geschmeichelt ausgedrückt, sehr weiblichen Körperbau aufwies, nebeneinander auf dem Stepper vorstellte. „ Es wird ihnen hier schon gefallen. Bestimmt. Alles nette Leute.“ Sie kicherte. „Naja, fast alle. Wissen Sie schon, in welche Abteilung Sie kommen? Woher auch, ich schau mal nach.“ Matthias war sich sicher, dass sie das auch ohne Nachschauen wusste, nickte ihr aber freundlich zu. „Sie sind so still. Geht´s Ihnen gut? Wartens, ich höre seine Schritte.“ Unglaublich, Matthias hatte nichts bemerkt, aber Gisela öffnete schon wieder ihre Tür und ihre helle Stimme schallte lautstark über den Flur: „Herr Leiter, Besuch ist da, der Herr Hansen aus Hamburg!“

Kurz darauf stand sein neuer Chef in der Tür. Herr Leiter war mittelgroß, hatte eine stattliche Figur und ein kleiner Bauchansatz zwängte das Hemd an den Knöpfen leicht auseinander, aber seine Haltung war aufrecht und bestimmt, die Haare weiß und kurz geschnitten. Der Blick, mit dem er Matthias musterte, war fest und freundlich. „Herzlich willkommen in Suhl, Herr Hansen.“ Mit dem Blick auf den Kaffeebecher fuhr er fort: „Wie ich sehe, hat Frau Maiberg Sie schon gut versorgt.“ Er führte Matthias in sein Büro und schloss die Tür. Nach einer angenehmen Unterhaltung und der Erledigung einiger Formalitäten war Matthias mit einem Ausweis und einer Dienstwaffe ausgestattet auf dem Weg zu seinem neuen Partner.

Herr Leiter klopfte an die Tür eines Büros und ein poltriges „Hereinmaschiert“ ertönte. Matthias zuckte zusammen. ‚Bitte nicht‘, dachte er aber im nächsten Moment bewahrheitete sich seine düstere Ahnung.

„Das ist Ihr Partner, Theo Greitner. Hallo Theo, schon weiter gekommen mit den Ermittlungen? Das war ja ein ganz blödes Ding, gestern. War unter den Zuschauern, habe aber nichts bemerkt. Unglaublich.“ Er klopfte Theo freundschaftlich auf die Schultern. „Jetzt bekommst du Unterstützung. Matthias Hansen aus Hamburg, dein neuer Partner. Ich hoffe, ihr kommt gut miteinander aus. Ich erwarte dich um 11 Uhr zur Lagebesprechung. Euch meine ich natürlich. Die Presse macht mir die Hölle heiß.“ Damit verließ er das Büro.

Matthias und Theo standen sich gegenüber und musterten sich. Sie waren annähernd gleich groß und konnten sich gerade in die Augen schauen. Graue Augen unter buschigen grauen Augenbrauen trafen auf eisblaue Augen in einem kantigen Gesicht, welches von kurz geschnittenen, etwas wuscheligen schwarzen Haaren umrahmt wurde. ‚Eigentlich sieht er ganz nett aus. Aber was soll ich mit solch einem Milchbubi anfangen, achtundzwanzig Jahre, ich bin doppelt so alt.‘ Theo blieb stumm.

‚Der könnte ja mein Vater sein, so ein Mist. Was soll ich mit dem den ganzen Tag über quatschen? Wenigstens trägt er heute lange Hosen.‘ Matthias brach das Schweigen. „Zweiter Versuch. Ich bin Matthias Hansen, meine Freunde nennen mich Matze. Auf gute Zusammenarbeit.“ Er streckte dem Kollegen erneut die Hand entgegen und lächelte verhalten.

Theo zögerte einen Moment, griff dann zu und drückte die Hand kurz und kräftig. „Theo Greitner, aber das haben Sie ja schon gehört, Herr Hansen. Der Schreibtisch in der Ecke ist frei."

Das war deutlich. Bloß nicht zu persönlich werden. Matthias schaute sich um. Ein Büro im vierten Stock mit Blick auf die Dächer der verschneiten Stadt. Zwei Schreibtische, einer am Fenster, der schien von seinem Partner belegt zu sein, der andere in der hinteren Ecke des Raumes, von Theo als Ablage für Akten und Dinge, die keinen Platz gefunden hatten, genutzt. Frei stellte er sich anders vor. „Kein Computer?"

„Sie können sich einen bestellen, beim Fredi. Am besten fragen Sie die Gisela, die regelt das."

Matthias nickte. „Gibt`s ein kurzes Briefing?"

„Ein Was?"

„Erzählst du mir, äh, erzählen Sie mir, was Sie gestern herausgefunden haben und wie wir weiter vorgehen?"

„Warum sagen Sie das nicht gleich. Dann versteh ich Sie auch." Viel Neues hatte Theo nicht für ihn und Matthias berichtete von seinen Beobachtungen an der Baumgruppe.

„Waren Sie also der Tölpel, der dort herumgetrampelt ist. Da braucht sich die Spurensuche ja nicht weiter zu bemühen. Aber Skispuren waren keine dort."

„Vermutlich, weil Sie zu spät waren. Bei dem Schneetreiben waren die sicherlich nicht lange zu sehen."

„Was verstehen Sie schon von Schneetreiben. Hat etwas geschnieselt. Gibt`s überhaupt Schnee in Hamburg?"

‚Bleib ganz ruhig, Matthias. Lass dich nicht provozieren. Nicht von dem Kerl da.' Matthias atmete tief durch. „Ich bestelle mir mal einen PC und dann schicke ich das Foto mit den Skispuren von meinem Handy an die Spurensicherung. Vielleicht können die ja mehr darauf erkennen als ich."

Eine Viertelstunde später war er wieder zurück. Mit einem zweiten Becher Kaffee und einem Schokoriegel von der Gisela betrat er das Büro. Theo telefonierte. „Ich schicke euch meinen Kollegen. Ja, in einer halben Stunde ist er vor Ort. Wir wollen alle sprechen, ohne Ausnahme! ... Was, Training? Wir haben hier einen Mordfall zu untersuchen. Wenn ihr es nicht schafft, die Leute bei euch zu versammeln, dann bestelle ich sie aufs Revier. Das kostet sie etwas mehr Zeit! Klar?" Er blickte Matthias an und schnauzte in den Hörer „In einer halben Stunde und nicht später! Auf Wiederhören!" Der Hörer knallte auf die Gabel. Theo wandte sich jetzt an Matthias. „Sie fahren zur Ski-Arena. Schauen Sie, ob Sie was aus den Sportlern rauskriegen. Die Mannschaft erwartet Sie."

„Sollten wir nicht um 11 Uhr beim Chef sein?"

„Mach ich alleine. Und jetzt los. Die Leute wollen trainieren. "

„Arbeiten wir hier im Team oder sind Sie der große Bestimmer?" Matthias war sauer. Natürlich fand er es spannend, die Athleten zu befragen, aber man hätte ja zumindest über die Aufgabenverteilung reden können.

Theo raufte sich die Haare, als er endlich wieder alleine in seinem Büro saß. Vor einem halben Jahr war Heinz, sein Kollege mit dem er zwanzig Jahre durch dick und dünn gegangen war, bei einem Einsatz ums Leben gekommen. Ein flüchtiger Bankräuber hatte ihren Einsatzwagen gerammt und von der Fahrbahn abgedrängt. Er war eine Böschung herabgestürzt und Heinz verstarb noch am Unfallort in Theos Armen. Wie durch ein Wunder hatte Theo außer zwei Rippenbrüchen und einer Gehirnerschütterung keine schwerwiegenden Verletzungen erlitten. Aber psychisch war er seit dem Unfall nicht mehr der Alte. Sein Chef hatte ihn eine Zeitlang in Ruhe gelassen, ihm dann aber einen neuen Partner zugewiesen. Der hatte es nicht lange mit ihm ausgehalten, denn Theo war in keinster Weise bemüht gewesen, mit ihm zusammenzuarbeiten. Er vermisste Heinz mehr, als er zugeben wollte und er wollte keinen neuen Partner, basta.

Dieses Spielchen lief über fünf Monate und letzte Woche

hatte Herr Leiter ihm unmissverständlich klargemacht, dass der neue Kollege aus Hamburg seine letzte Chance war. Wenn auch diese Zusammenarbeit fehlschlug, dann war es vorbei mit dem Außendienst. „Streng dich an, Theo. Ich warne dich, noch eine Chance bekommst du nicht." Mit diesen Worten hatte er ihn stehen lassen, vor einer Woche. Jetzt hatte er keine Wahl, aber ihm graulte davor, seine letzten Dienstjahre mit diesem Anfänger im Einsatz zu sein.

Es klopfte an der Tür. Gisela reichte ihm den Autopsiebericht hinüber, der soeben von der Rechtsmedizin eingetroffen war. Theo überflog die Ausführungen, eigentlich war ja alles klar, doch dann stutzte er und las die letzten Zeilen noch einmal genau.

Eine Stunde später stand er im Büro seines Chefs. „Warum muss ich jetzt mit einem Anfänger zusammenarbeiten? Der ist doch gerade mit der Polizeischule fertig!", wetterte er aufgebracht.

Peter Leiter blieb ruhig. „Herr Hansen hat sein Studium vor vier Jahren mit Auszeichnung abgeschlossen und seitdem mit sehr guten Erfolgen bei der Mordkommission in Hamburg gearbeitet. Der versteht sein Geschäft, das hat mir mein Hamburger Kollege bestätigt. Du musst dir also keine Sorgen machen", versicherte er, „höchstens, dass er das hier nicht lange aushält. Wo steckt er eigentlich? Ich brauche dringend den Stand eurer Ermittlungen."

„Auch noch ein Studierter", brummte Theo leise vor sich hin, „ich habe ihn zu den Biathleten geschickt, zur Befragung."

Sein Chef zog irritiert die Augenbrauen hoch, sagte aber nichts, und konzentrierte sich auf Theos Ausführungen zu den bisherigen Ermittlungen.

„Viel ist das ja noch nicht, aber ihr seid ja jetzt zu zweit." Damit war er entlassen. Der kleine Stich saß, Theo verzog das Gesicht, verzichtete aber vorsichtshalber auf einen Kommentar und machte sich auf den Weg in die Rechtsmedizin.

Matthias fuhr die Strecke nach Oberhof zurück zur Ski-Arena. Wütend überdachte er die letzte Stunde. Er war doch nicht der Handlanger dieser Witzfigur. Das musste er noch deutlich machen. Er parkte das Auto direkt vor dem Eingang der Skihalle und atmete noch einmal tief durch. Jetzt konzentriert bleiben, er hatte einen Fall zu lösen, da waren persönliche Querelen nicht hilfreich.

Der Trainer der Mannschaft, Dieter Maier, empfing ihn im Eingangsbereich des Trainingszentrums. „Die Jungs sind völlig fertig mit den Nerven. Wir können das alle nicht begreifen." Er sah den Polizisten verzweifelt an. „In einer Woche startet die Weltmeisterschaft. Ich weiß wirklich nicht, wie ich die Mannschaft bis dahin auf die Bretter kriegen soll. Der Psychologe ist jetzt mehr gefordert als ich." Sie standen vor dem Teamraum. Um einen großen Arbeitstisch herum saß ein trauriges Häufchen junger Männer. In die Ecke geschoben stand ein Flipchart mit dem ursprünglichen Tagesprogramm der Sportler für den heutigen Tag. Das war nun bedeutungslos geworden. Matthias stellte sich der Gruppe vor und bat dann um Einzelgespräche mit den Teammitgliedern. Dieter Maier organisierte einen kleinen Besprechungsraum mit einem Tisch und vier Stühlen auf demselben Flur. Perfekt, Matthias freute sich besonders über die gepolsterten Stühle, auf denen er es einige Stunden aushalten würde. Er stellte zwei davon beiseite und arrangierte die anderen so am Fenster, dass er nicht frontal sondern schräg zu den Sportlern sitzen würde, mit dem kleinen Tisch in der Mitte. Er wollte eine angenehme Gesprächssituation für die geschockten Athleten erzeugen, schließlich war das hier kein Verhör. Zumindest noch nicht. Jetzt war er zufrieden und bat als Erstes die gestrigen Staffelläufer zum Gespräch.

Carsten Selling, der beste Freund des Toten, betrat den Raum. Blass, mit dunklen Ringen unter den Augen, strich er sich die schwarzen Haare aus der Stirn. „Nicht geschlafen?", fragte Matthias mitfühlend und wies mit einem Arm auf die Stühle. Carsten nickte und setzte sich. „Erzählen Sie mir von Arne. Sie beide waren befreundet?"

Carsten nickte wieder. „Arne ist ... äh ... war so ein feiner Kerl. Wir haben schon zusammen in der Jugendmannschaft trainiert. Kommen beide von hier. Sind in die gleiche Schule gegangen, Arne war zwei Klassen über mir." Er stockte und starrte auf den Boden. Matthias sah ihn aufmunternd an. „Er war immer gut drauf, hat allen geholfen, war unser Mannschaftsführer. Jeder von uns mochte ihn. Er wollte heiraten, im Sommer, die Franzi."

„Wen?"

„Die Franzi. Franziska Wagner. Die hatten schon ein Grundstück und wollten ein Haus bauen. Oh Mann, wie soll sie das bloß verkraften?"

„Hatte Arne Feinde?"

„Spinnst du, Mann? Arne hatte keine Feinde, so einer wie der hat keine Feinde."

Matthias versuchte es weiter: „Hat ihm jemand seinen Erfolg missgönnt? War jemand scharf auf seine Freundin? Hatte er Probleme mit Geld?" Carsten schüttelte nach jeder Frage den Kopf. Er konnte sich nicht vorstellen, dass überhaupt jemand mit seinem Freund Probleme hätte haben können.

„Dann ist Ihnen auch nichts Besonderes in der letzten Zeit an ihm aufgefallen?"

„Eigentlich nicht." Carsten überlegte kurz. „Oder doch. Er war die letzten Tage sehr still, irgendwie in sich gekehrt."

„Wie war er denn normalerweise so drauf?"

„Sonst hat er immer einen Witz auf Lager gehabt und alle vor dem Rennen noch einmal aufgemuntert."

Matthias bedankte sich und bat den nächsten jungen Mann herein. Andreas Madlung, er war mit neunzehn Jahren der

Jüngste des Teams und hatte gestern sein erstes Rennen in der Staffel bestritten.

„Meinen Sie, jemand hat es auf uns alle abgesehen?“, fragte er ängstlich.

Matthias beruhigte den jungen Mann und fragte ihn ebenfalls über Arne aus. Andreas kannte den Sportler nicht näher, lobte seinen Mannschaftskollegen aber in den höchsten Tönen, denn Arne hatte ihn bei der Aufnahme in die Mannschaft sehr unterstützt. Persönliches über ihn wusste er nicht zu berichten.

Bernd Schäfer, ein Endzwanziger mit blonden lockigen Haaren, die Mundwinkel zu einem leichten Lächeln hochgezogen, war der nächste in der Reihe. Matthias zuckte unmerklich zusammen, als er ihn begrüßte, denn der forschende Blick, mit dem ihn sein Gegenüber fixierte, passte so gar nicht in das Bild des lässig lächelnden Sonnyboys.

„Wie stehen Sie zu dem Toten? War er Ihr Freund?“

„Wie meinen Sie das?“

„Waren Sie befreundet oder nur durch den Sport miteinander verbunden?

„Wir waren ein Team“, wich Bernd aus „wir haben viel miteinander trainiert.“

„Und privat?“

„Wie privat?“

„Haben Sie auch außerhalb des Trainings miteinander zu tun gehabt?“

„Eher weniger. Der Arne war ja meist mit seiner Franzi zusammen und hat hier gewohnt. Ich komme aus Ruhpolding.“ Etwas Besonderes war ihm in der letzten Zeit nicht aufgefallen.

Matthias sprach danach mit den Ersatzläufern, hörte aber nur Lob über den Mannschaftsführer.

Der Mannschaftsarzt sah ihn empört an, als er das Thema Doping ansprach. Arne und Doping? Das passte nicht zusammen. Er stritt vehement auch nur den Gedanken an eine Beteiligung Arnes an Medikamentenmissbrauch ab, und verwehrte sich selbst gegen den bloßen Verdacht eines solchen Vergehens. Die Obduktion würde dies bestätigen, dessen war er sich sicher.

Als letztes saß ihm der Psychologe Hanno Martens gegenüber. Matthias freute sich, jemanden aus dem Norden zu sehen, der Mann kam aus Hannover, hatte vor einigen Jahren die Fußball Bundesliga-Mannschaft von Hannover 96 betreut und war dann, auch wegen einer Frau, zu den Wintersportlern gewechselt. Die Beziehung bestand nicht mehr, aber die Arbeit mit seinen Jungs, wie er sie nannte, machte ihm immer noch viel Freude. Auch er war erschüttert. Er beschrieb Arne als einen sehr ehrgeizigen Sportler, der über das normale Maß hinaus trainiert und das Letzte im Wettkampf gegeben hatte. Seine Erwartungen an die Teamkameraden waren immer sehr hoch gewesen und er hatte nur schwer akzeptieren können, dass die Jungs auch noch andere Interessen hatten. Aber er war immer fair gewesen, hatte sich für seine Teamkameraden eingesetzt und sie, wo immer er konnte, unterstützt. Die wenige Freizeit, die ihm blieb, hatte er mit seiner Verlobten, die er im Sommer heiraten wollte, verbracht. Als Matthias nach möglichen Feinden fragte, wehrte er sofort ab.

„Vielleicht war es ein Unfall und es sollte ganz jemand anderen treffen, vielleicht es war ein Fan, ein irrer Fanatiker, der die Norweger, die ja die größten Konkurrenten Deutschlands sind, als Sieger sehen wollte“, überlegte der Psychologe. Er lächelte Matthias an, als er merkte, dass der ihm nicht mehr folgen konnte. „Norwegen hatte beim letzten Schießen noch geführt und hätte mit einem Sieg den Gesamtweltcup gewonnen.“ Hanno schüttelte Matthias die Hand „Aber das ist Ihre Aufgabe, den Täter zu finden. Meine ist es jetzt, das Team wieder aufzubauen. In einer Woche müssen die Jungs wieder ran. Weltmeisterschaft. Mittwoch in einer Woche fahren wir nach Ruhpolding. Wenn Sie mich nicht mehr benötigen, würde ich mich gerne verabschieden, die Zeit drängt."

Matthias blieb noch einen Augenblick alleine in dem Besprechungsraum sitzen, den Kopf auf die Hände gestützt, und versuchte, aus den Aussagen ein Motiv für die Ermordung zu filtern. Auf seinem iPad ging er noch einmal die Notizen der letzten Stunden systematisch durch. Er hatte von allen Personen ein Foto aufgenommen und abgespeichert. So fiel es ihm leichter, sich die Namen und Personen zu merken, gerade in seiner jetzigen Situation, in der alles für ihn neu war.

Alle Biathleten hatten Arne anscheinend gemocht und gerne mit ihm zusammen gearbeitet. Die ausländischen Mannschaften waren bereits wieder abgereist, das hatte der Trainer ihm mitgeteilt. Also konnte er die Norweger als stärkste Konkurrenten, wie er vorhin gelernt hatte, nicht befragen. Zumindest würde er eine Woche warten müssen, dann würden ja alle wieder anreisen, um an der Weltmeisterschaft teilzunehmen. Erst jetzt wurde ihm deutlich, was für ein Pensum die Sportler ableisten mussten. Nicht nur das anstrengende Training, sondern auch der andauernde Ortswechsel, verbunden mit dem Zwang, permanent seinen Körper zu Höchstleistungen zu pushen, ließen sie während der Saison nie zur Ruhe kommen.

Auch wenn er selbst gerne reiste, wollte er nicht mit den Athleten tauschen. Er liebte seinen Beruf, diese Mischung aus Ortsterminen und Gesprächen mit den Zeugen ebenso wie das Recherchieren am Computer, bis sich dann, wie bei einem Puzzle, die Teilchen zusammenfügten und am Ende, sofern alle Teile gefunden waren, ein klares Bild und damit die Lösung des Falles vor seinen Augen erschien. Matthias beschloss, ins Büro zurückzufahren. Vielleicht hatte der Greitner schon weitere Informationen gesammelt.

„Hallo Theo, ich habe mir gedacht, dass du noch vorbeischaust“, Theresa, die die Autopsie durchgeführt hatte, begrüßte ihn heute in Jeans und Wollpulli. Die langen schwarzen Haare hatte sie zu einem Pferdeschwanz zusammengebunden. Ihr Schreibtisch war bedeckt mit Aktenstapeln, obenauf lagen Ausdrucke von Laborwerten und Fotos des getöteten Athleten. Sie erhob sich, drückte ihm die Hand und führte den Polizisten zu dem Leichnam. Da lag er, der bekannte Sportler, nackt, kalt, leblos auf dem Seziertisch. Gerade einmal dreißig Jahre war er alt geworden. Theo zog das Tuch weg und betrachtete den Körper genau.

„Unglaublich, das ist ja selbst für einen Laien nicht zu übersehen. Das müssen die anderen doch gewusst haben. Wieso hat niemand etwas gesagt?“, überlegte er.

„Ja, den hat jemand so richtig vermöbelt. Blutergüsse über den gesamten Brustkorb verteilt. Zwei Rippen sind geprellt, der muss echt Schmerzen beim Atmen gehabt haben. Das linke Knie hat wohl einen Tritt abbekommen.“ Theresa schüttelte den Kopf, der Pferdeschwanz wippte hin und her. „Ich verstehe gar nicht, warum die ihn am Wettkampf haben teilnehmen lassen. Der muss heftige Schmerzen gehabt haben bei der Belastung.“

Theo nickte, dem musste er nachgehen. „Konntest du schon feststellen, mit welcher Waffe er erschossen wurde?“

„Die Kollegen haben die Kugel nicht gefunden. Aber den Verletzungen nach muss es ein größeres Projektil gewesen sein. Keine Pistole, es war mit Sicherheit ein Gewehr.“

Theo nickte und bedankte sich. Der Blick auf seine Armbanduhr zeigte, dass es Zeit war, sich auf den Weg zu machen. Er hatte seiner Mutter versprochen, heute pünktlich zu kommen und mit ihr einkaufen zu fahren. Normalerweise erledigte er die Einkäufe für sie auf dem Heimweg, aber heute wollte sie unbedingt selbst mitkommen und ein Geschenk für ihre Nachbarin aussuchen, bei der sie am Mittwoch zum

Geburtstagskaffee eingeladen war. Theo sah sich schon durch den Kerzenladen, das Geschäft mit den Holzschnitzereien und die Glasbläserei ziehen, seine gehbehinderte Mutter im Schlepptau, die, wenn sie erst einmal außer Haus war, was nicht mehr so häufig vorkam, in jedem Geschäft ein Schwätzchen mit den Verkäuferinnen begann und dabei sichtlich auflebte.

Er seufzte, aber er machte es gerne, denn er liebte seine Mutter und unterstützte sie, wo immer es ihm möglich war. Geschwister hatte er keine, aber seine Kinder besuchten die Oma auch ohne die Eltern und Patrick mähte gegen einen kleinen Obolus den Rasen seiner Oma. Ihren Haushalt bewältigte seine Mutter mit ihren zweiundachtzig Jahren immer noch alleine und er hoffte, dass das noch lange so bleiben würde. Sein Vater war vor vier Jahren ohne Vorwarnung an einem Herzinfarkt verstorben. Er hatte einige Kilo Übergewicht mit sich herumgeschleppt und Bewegung als ein notwendiges Übel gesehen, um von einem Ort zum anderen zu kommen, aber so richtig krank war er nie gewesen. Daher war sein plötzlicher Tod für alle ein großer Schock gewesen und sie hatten damals beratschlagt, was mit der Oma geschehen sollte, aber Johanna Greitner hatte darauf bestanden, alleine in dem Haus wohnen zu bleiben. Und das funktionierte bis heute erstaunlich gut.

Das Büro war leer, als Matthias kurz nach sechzehn Uhr zurück war. So hatte er Zeit, den Schreibtisch frei zu räumen und den inzwischen gelieferten Computer einzurichten. Wieder war Gisela Maiberg dabei eine wertvolle Hilfe und mit den nötigen Codes, Passwörtern und E-Mail-Adressen der Kollegen und selbstverständlich auch einem weiteren Becher Kaffee versorgt, begann er seine heutigen Informationen zu verarbeiten. Er richtete sich den Kalender ein, noch ohne Termine, aber die würden sehr schnell folgen, dessen war er sich sicher.

Nachdem Theo eine Stunde später immer noch nicht wieder aufgetaucht war, machte sich Matthias auf den Heimweg. Mehr konnte er für heute nicht tun. Den ganzen Rückweg über freute er sich auf einen ruhigen Abend mit Vanessa. Sie wollten gemeinsam kochen und er hatte einige Fragen an seine Freundin. Er öffnete die Wohnungstür. „Hallo Schatz, du glaubst es nicht, wenn ich dir erzähle, wer mir als Partner zugeteilt wurde und welchen Fall ich bearbeite.“ Stille. „Vanessa?“ Matthias stutzte, sie hatte Frühdienst und war vor ihm um 6 Uhr gestartet. Eigentlich musste sie längst wieder zurück sein. Aber hier war niemand. Schade.

Er hängte seine Jacke an die Garderobe und überlegte, was er nun tun sollte. Irgendwie fühlte er sich immer noch als Besucher, es war Vanessas Wohnung, auch wenn er jetzt auf Dauer hier lebte. Es war eine Frauenwohnung, fliederfarbene Wände im Schlafzimmer, weiße Möbel, eine Unmenge geblümter Kissen auf dem großen Bett. Matthias tauschte sein Oberhemd mit einem T-Shirt und ging wieder hinunter. Unschlüssig stand er im kleinen Wohnzimmer, als sein Handy vibrierte und er ihre Nachricht auf dem Display las: ‚Komm um 19 Uhr ins Restaurant, Kuss Vanessa.‘

Das fing ja gut an. Er griff sein Notebook, stellte den Fernseher an und machte es sich auf dem Sofa bequem. Zum Liegen war der Zweisitzer zu kurz, aber die Polster waren weich und Vanessa hatte auch hier nicht mit Kissen gespart. Im Wohnzimmer waren sie allerdings kariert und nicht geblümt. Die Füße auf einem bequemen Hocker abgelegt, schaute er eine Nachrichtensendung und beantwortete neugierige Fragen seiner Freunde zum ersten Arbeitstag auf Facebook.

Pünktlich zur verabredeten Zeit stand Matthias am Eingang des Speisesaales und sah sich suchend um. Jonas, einer der Kellner, begrüßte ihn und wies ihm einen Tisch etwas abseits im hinteren Teil des Saales zu. „Darf ich Ihnen schon etwas zu trinken bringen? Vanessa wartet noch auf die Ablösung an der Rezeption. Die Maria hatte einen Auffahrunfall. Ihr ist nichts passiert, aber die Formalitäten haben etwas gedauert", erklärte er entschuldigend. Matthias bestellte sich ein Altenburger Festbier und nahm genüsslich einen großen Schluck. Noch einmal ging er die Befragung des Biathlonteams im Kopf durch. War jemand auffällig geworden?

Zwanzig Minuten später saß endlich auch Vanessa am Tisch, immer noch in ihrer dunkelblauen Arbeitskleidung und der weißen Bluse. Zeit zum Umziehen hatte sie nicht mehr gehabt. Sie sah ihren Freund entschuldigend an. Matthias griff ihre Hand und berichtete von seinem Tag in Suhl und Oberhof.

„Was? Wirklich der Theo Greitner? Prost Mahlzeit. Der hat im letzten halben Jahr so einige Kollegen verschlissen!" Sie sah ihren Freund eindringlich an. „Halte durch, Schatz, gib nicht gleich auf! Okay?"

„Du kennst ihn?"

„Kennen ist übertrieben. Ich hatte dir ja gestern schon erzählt, dass der jeden Mittwoch mit einigen Kollegen zum Bowling kommt. Da kriegt man halt ungewollt einiges mit, wenn man das Bier heranschleppt."

Matthias nickte. „Ich merke schon, wir sind hier auf dem Dorf. Jeder kennt jeden. Die Sekretärin macht mit deiner Mutter Sport und vermutlich kennt ihr auch Arne Becker, seine Familie und Freunde." Er sah sie erwartungsvoll an.

„Das hier ist eine Stadt, auch wenn du es nicht wahrhaben willst", verbesserte sie ihn und nickte, äußerte sich aber nicht weiter, denn jetzt wurde das Essen serviert.

Dienstag

Matthias fuhr seinen Computer hoch, als kräftige Schritte auf dem Flur Theos Ankunft ankündigten.

„Moin"

„Guten Morgen." Theo warf seinen Parka über die Lehne des Besucherstuhles. „Schon Kaffee gekocht?"

„Kaffee gekocht?"

„Ja, Kaffee gekocht. Spreche ich so undeutlich?"

„Ich?"

„Ist sonst noch jemand hier?"

„Nicht mein Job."

„Hier kocht derjenige Kaffee, der als erster kommt."

„Gut. Das muss einem auch gesagt werden."

„Jetzt habe ich es gesagt." Theo ließ sich mit der mitgebrachten Morgenzeitung auf seinen Arbeitsstuhl fallen und studierte missmutig den Leitartikel über ihren Fall. „Polizei noch ohne Spur. Der Mörder ist immer noch auf freiem Fuß..." Matthias las den Artikel ebenfalls online.

„Was ist jetzt mit dem Kaffee?", brummte Theo hinter seiner Zeitung.

Matthias sah von seinem Bildschirm auf und atmete tief durch. „Also Kollege, wir sind hier nicht bei Muttern. Wie wäre es, wenn Sie mir zeigen, wo es die Zutaten dazu gibt, dann kochen wir heute gemeinsam den Kaffee und tauschen uns dabei über unsere Arbeit von gestern aus."

Theo erhob sich unwillig und zeigte Matthias die kleine Teeküche auf dem Flur. „Jeder von uns hier zahlt fünf Euro im Monat, davon kaufen wir Kaffee, Milch, Zucker und Filtertüten. Ach ja, auch noch Tee für ein paar Exoten. Der Karl im Zimmer neben uns sammelt das Geld und kauft ein." Matthias füllte Wasser in die orangefarbene Kaffeemaschine, die auch schon in die Jahre gekommen war, und löffelte das Pulver für eine Kanne in die Filtertüte. Er drückte den Startknopf und schon blubberte die Maschine los. „Was haben Sie gestern gemacht? Gibt es Neuigkeiten?"

„Mit dem Chef die Nachrichten für die Zeitungsfuzzis besprochen. Dann eine Liste aller Personen, die wir heute befragen, zusammengestellt. Musste pünktlich nach Hause, mit meiner Mutter einkaufen und dann noch meinen Herrn Sohn auf den Pott setzen. Der findet Ausschlafen zurzeit deutlich interessanter als Schule."

Matthias grinste, in dessen Haut wollte er auch nicht stecken. Er berichtete von der Befragung der Sportler, die ohne große Erkenntnisse geblieben war. Die Kaffeemaschine röhrte in den letzten Zügen, eine Entkalkung würde ihr sicherlich guttun, überlegte Matthias und wollte zwei Kaffeebecher aus dem Regal greifen, als Theo ihn zurückpfiff. „Nicht den, der gehört Karl, und der andere Martin!" Matthias zuckte zusammen und sein Kollege füllte zwei andere Becher mit dem heißen Getränk. „Der hier ist meiner", er zeigte auf einen grünen Becher mit dem Aufdruck „With Full Force", in den er einen großen Schuss Kaffeesahne und zwei Löffel Zucker hineingab, „den roten Becher können Sie erst mal nehmen."

Zurück im Büro setzte sich Theo an seinen Schreibtisch, trank seinen Kaffeebecher in vier Zügen leer, schaute auf seine Liste und entschied: „Also, dann fahren wir als Erstes zu den Eltern von dem Toten, ich habe uns gestern schon angemeldet, seine Schwester Maria ist auch zu Hause. Danach statten wir der Verlobten, Franziska Wagner, einen Besuch ab." Er nickte zufrieden. „Ja, so machen wir das." Er griff zu seinem Parka und sah Matthias, der mit seinem erst halb geleerten Kaffeebecher neben ihm stand, auffordernd an: „Brauchen Sie eine besondere Einladung?"

Matthias schnappte nach Luft. „Ich trinke gerade einen Kaffee, wie Sie sehen. Danach können wir gerne fahren."

„Ich warte auf dem Parkplatz!" Damit war Theo verschwunden. Matthias wurde immer deutlicher, warum sein Kollege schon einige Partner verschlissen hatte, aber so schnell würde er nicht klein beigeben. Er trank in Ruhe seinen Becher leer und stand fünf Minuten später auf dem Parkplatz.

Theo wartete in seinem grünen Kombi und signalisierte mit der Lichthupe, wo er zu finden war. Kaum hatte Matthias die Tür geschlossen, raste sein Kollege auch schon los. ‚Rasanter Fahrstil, passt gar nicht zu diesem spießigen Auto', dachte er, als Theo so scharf in die Kurve ging, dass er gegen die Tür gedrückt wurde. „Wir sind doch nicht im Einsatz", protestierte Matthias, aber Theo grinste nur, schob eine Kassette in den Recorder und drehte das Radio auf. Rockmusik vom Feinsten füllte den Innenraum aus und vermutlich war sie auch draußen noch gut zu hören. Matthias hatte mit Volksmusik oder zumindest deutschen Schlagern gerechnet, in Anbetracht der Tatsache, dass Theo am Sonntag in Knickerbockerhosen am Tatort aufgetaucht war, aber keinesfalls mit den Stones.

Sie klingelten an einem schönen Einzelhaus mit großem Garten. Matthias war beeindruckt. Auch die Nachbargrundstücke schienen von ähnlicher Größe zu sein. Genau erkennen konnte man die Grenzen nicht, denn die Schneemassen verwischten die Übergänge und täuschten eine grenzenlose Weite vor. Hier hatten die Leute noch Platz, in Hamburg wäre solch ein Grundstück unbezahlbar. Das konnte man nur erben oder musste richtig gut Geld verdienen. Für einen kleinen Kommissar war so etwas unerreichbar. Matthias bestaunte die großen Eiszapfen, die an der Dachrinne seitlich des Hauses herabhingen. Die Sonne war herausgekommen und leckte an den langen Gebilden, aber ihre Kraft reichte noch nicht aus, sie völlig verschwinden zu lassen. Schön sah das aus.

Eine zierliche blasse Frau, er schätzte sie Anfang Fünfzig, öffnete die Tür. „Ich bin Theo Greitner vom Kommissariat in Suhl und das ist mein Kollege Herr Hansen. Wir untersuchen den Mord an Arne Becker", stellte Theo die beiden vor. „Sind Sie die Mutter?" Die Frau zog ihren schwarzen handgestrickten Pullover mit dem kleinen Zopfmuster glatt über den schwarzen Wollrock und nickte nur. „Vielen Dank, Frau Becker, dass Sie Zeit für uns haben und mein herzliches Beileid." Theo drückte ihr so kräftig die Hand, dass sie leicht zusammenzuckte. Die Frau bat die Polizisten in den Wohnraum, wo ihr Mann und die fünfundzwanzigjährige Tochter Maria an einem massiven Eichentisch saßen und mit Unterlagen für die Beerdigung beschäftigt waren. Die Polizisten setzten sich dazu und Frau Becker bot ihnen einen Kaffee an, den sie nicht ablehnten.

Der große grüne Kachelofen in der Ecke verströmte eine angenehme Wärme. „Glauben Sie wirklich, dass mein Sohn ermordet wurde?", fragte ihr Mann traurig. „Vielleicht war es ein Unfall? Wer sollte Arne denn ermorden wollen? Der war doch mit allen Leuten gut Freund."

„Das denken alle, bis etwas passiert", brummte Theo leise. „Sind Sie ganz sicher, dass er keine Feinde hatte? Jemand, der ihn um seinen Erfolg beneidete? Jemand, der eifersüchtig war? Hatte er Schulden?" Er sah die Eltern eindringlich an.

„Nein, um Gottes Willen nein! Arne hatte keine Feinde", rief seine Mutter bestimmt.

„Wurde er erpresst? Hat er vielleicht Mittel eingenommen, die ...?", begann Matthias.

„Was bilden Sie sich ein? Wie können Sie so etwas nur behaupten?", unterbrach ihn Maria, die Schwester des Opfers. „Sie kennen ihn doch gar nicht!"

„Das stimmt, aber ich versuche ja gerade, ihn kennenzulernen." Matthias erntete böse Blicke, nicht nur von der Familie. Das Gespräch plätscherte noch eine Weile vor sich hin, ohne dass sie hilfreiche Auskünfte von der Familie bekamen. Sie verabschiedeten sich mit dem Hinweis, dass die Beerdigung erst nach Abschluss der polizeilichen Untersuchung stattfinden könne.

Auf dem Weg zum Auto herrschte Theo ihn an: „Geht es auch etwas taktvoller? Warum haben Sie nicht gleich gefragt, ob er gedopt hat?“ Mit einem Seitenblick auf Matthias ergänzte er barsch: „Die Spurensicherung hat nichts Verdächtiges in seiner Wohnung gefunden, falls Sie das beruhigt.“ Matthias biss sich auf die Lippen und zuckte nur mit den Schultern. „Lassen Sie mich das mal machen. Sie kennen die Leute hier noch nicht. Vielleicht geht das in der Großstadt bei euch Wessis so, aber hier nicht. Klar?“

„Werden wir dann sehen.“ Die weitere Fahrt verlief schweigsam.

Franziska Wagner wohnte noch bei ihren Eltern, etwas außerhalb des Ortes, in der Nähe des Bahnhofs. Auch dieses Einzelhaus umgab ein riesiges Grundstück. Die Mutter öffnete ihnen die Tür und bat sie herein.

„Die Franzi ist völlig fertig. Aber sie ist nicht zu Hause. Sind ja keine zwei Wochen bis zur Weltmeisterschaft. Da zählt jede Stunde Training.“

„Ihre Tochter ist also auch Biathletin?“, fragte Matthias nach.

Die Mutter nickte. „Kennen Sie sie denn nicht?“

„Ich bin neu hier in der Gegend, ich komme aus Hamburg“, warf Matthias entschuldigend ein.

„Dann will ich Ihnen das mal nachsehen, junger Mann. Denn hier kennt jeder die Franzi.“

„Wie lange kennt Ihre Tochter denn schon den Arne?“, wollte Theo wissen.

„Kennen? Na die beiden sind schon zusammen in die Schule gegangen.“

„Der Kollege meint, wie lange die beiden schon zusammen sind“, erklärte Matthias.

„Ich meinte kennen“, beharrte Theo und schaute Matthias grimmig an. „Aber Sie können uns auch gerne erzählen, wie lange die beiden schon ein Paar sind.“

„Also, verlobt haben sie sich letztes Jahr im August. Silvester davor sind sie zusammengekommen."

„Na, das ging aber schnell", staunte Matthias, „und im Sommer wollten die beiden schon heiraten und ein Haus bauen? Mussten sie? Ist was unterwegs?"

Franzis Mutter schnappte nach Luft. „Es gibt Menschen, die heiraten, weil sie sich lieben! Sie gehören vielleicht nicht dazu."

Theo sah ihn drohend an. Matthias grinste zurück und lächelte dann die Frau freundlich an. „Entschuldigen Sie, so hatte ich das nicht gemeint. Sicherlich hat Ihre Tochter den Arne sehr geliebt."

„Ja, das hat sie. Was soll jetzt nur werden?"

„Wir werden den Mörder finden, Frau Wagner."

„Wussten Sie, dass Arnes Verlobte auch im Biathlon Team ist?", kam Matthias Theo zuvor, der, wieder im Auto, bereits zu einer neuen Predigt angesetzt hatte.

„Nein, ist mir auch neu. Hab mich bisher nicht mit Biathlon beschäftigt." Mehr kam nicht von der Fahrerseite und so hielt Matthias auch seinen Mund. Von dem Haus der Wagners aus hatten sie es nicht weit und nach fünfzehn Minuten waren sie wieder in ihrem warmen Büro angekommen.

„Mir knurrt der Magen. Mittagszeit. Wollen Sie mit in die Kantine kommen?"

Matthias nahm das Angebot dankend an und studierte, während er mit Theo in der Schlange wartete, das Angebot. Von deftig bis vegetarisch war für jeden Hunger etwas zu finden. Theo wählte einen Grillteller mit zwei Thüringern und einem großen Nackensteak. Dazu gab es Röstkartoffeln und eine kleine Salatbeilage. Das würzige Aroma der geschmorten Zwiebeln über den Kartoffeln stieg Matthias in die Nase und ließ ihm das Wasser im Mund zusammenlaufen. Das sah lecker aus, aber er war sich sicher, dass er nach solch einer Portion nur noch zu einem Mittagsschlaf, nicht aber zu geistiger Arbeit fähig wäre. Schweren Herzens hielt er sich zurück und bestellte eine Kartoffelsuppe mit zwei Wiener Würstchen. Die Kantine war gut besetzt zur Mittagszeit, aber sie fanden zwei freie Plätze nebeneinander an einem Sechsertisch. Theo schien keine Probleme mit seiner Riesenportion zu haben, war aber bald so intensiv ins Gespräch mit dem Kollegen, der ihm gegenüber saß vertieft, so dass Matthias sich, nachdem er seine Suppe verspeist hatte, verabschiedete und ins Büro zurückging.

Auf dem Weg dorthin machte er einen Abstecher zu Gisela Maiberg.

„Der Herr Hansen aus Hamburg. Ham Sie sich schon eingelebt? Was kann ich für Sie tun?"

„Danke, ich arbeite daran. Wie lange dauert es denn in der Regel, bis wir den Obduktionsbericht erhalten, Frau Maiberg?"

„Den Obduktionsbericht? Von dem Arne Becker? Den habe ich doch gestern schon dem Theo reingereicht. Das ist ein Ding, was?" Matthias schaute sie verständnislos an. „Dass den auch noch jemand verprügelt hat!", schimpfte Gisela empört.

„Davon wusste ich gar nichts. Ich habe den Bericht noch nicht in den Händen gehabt. Danke, Frau Maiberg." Matthias stürmte aus dem Zimmer und stieß fast mit Theo zusammen, der auf dem Rückweg von der Mittagspause war.

„Warum haben Sie mir nichts von dem Obduktionsbericht gesagt? Das ist schon peinlich, mir den Inhalt von Frau Maiberg erzählen lassen zu müssen", empörte sich Matthias.

„Hätte ich bei Gelegenheit getan."

„Bei Gelegenheit. Was heißt das, bei Gelegenheit?"

„Das heißt bei Gelegenheit. Basta. Was regen Sie sich eigentlich so auf?"

„Ich rege mich auf? Mensch, ich will meine Arbeit machen, und Sie blockieren mich dabei!"

„Meine Arbeit machen", äffte Theo, „was weißt du denn schon von Arbeit. Du bist doch noch grün hinter den Ohren."

Matthias baute sich vor ihm auf und fragte ganz ruhig: „Sagen Sie mal, wie viele Morde haben Sie schon aufgeklärt in diesem Kaff?" Jetzt betonte Matthias das „Sie" besonders deutlich. In Hamburg hatte er sich mit allen Kollegen geduzt. Aber Theo wollte es ja nicht anders, dann sollte er es so haben und sich selbst aber auch daran halten. „Wie viele Tote haben Sie hier schon gesehen in Ihrem langen Dienstleben? Drei, fünf, sieben, oder noch mehr?" Seine Augen funkelten Theo an. „Seien Sie ehrlich, mehr sind es bestimmt nicht. In meinen vier Dienstjahren bei der Hamburger Mordkommission hatte ich mindestens achtzehn Fälle zu bearbeiten, bei denen es um Mord oder Totschlag ging. Das biologische Alter ist nicht unbedingt gleichzusetzen mit Berufserfahrung, Herr Greitner!" Er sah seinen Kollegen fordernd an. „Kann ich den Bericht jetzt bitte lesen?" Der knallte ihm die Zettel auf den Tisch und stürmte mit hochrotem Kopf wortlos aus dem Büro.

Zehn Minuten später war Matthias auf dem Weg zur Ski-Arena, um die Sportler vor dem neu gewonnenen Hintergrund zu befragen.

Theo stapfte wütend in die Teeküche und knallte die Tür hinter sich zu. Das war in seiner Dienstzeit noch nicht vorgekommen, dass ein jüngerer Kollege ihm sagen wollte, wo es lang geht. Er nahm sich einen Becher Kaffee und zwang sich, hier noch einige Minuten auszuharren, jetzt bloß nicht unüberlegt reagieren. Mit Innendienst hatte sein Chef gedroht. Das fehlte noch, dass dieser junge Spund seinen Fall bearbeitete und er selbst Akten sortierte. Zehn Minuten später hatte er sich so weit beruhigt, dass er sich in der Lage sah, mit seinem Kollegen weiter zu arbeiten. Das Büro war leer, aber Theo fand auf seinem Schreibtisch eine kurze Notiz mit Matthias Ziel und seiner Handynummer. Er knüllte ihn zusammen und warf ihn in den Papierkorb. Sollte der doch seinen Mist alleine machen. Insgeheim wusste er aber, dass sein junger Kollege im Recht war. Im Hinausgehen holte er den Zettel wieder aus dem Müll, strich ihn glatt und steckte ihn in seine Jackentasche.

Matthias bedauerte schnell seinen abrupten Aufbruch, denn keiner der Sportler war im Haus. Normalerweise hätte er sich angemeldet, aber er hatte keine Lust auf weitere Diskussionen mit seinem Kollegen gehabt. Die Männermannschaft befand sich beim Training auf der Loipe. Während er noch überlegte, zum Schießstand hinauszugehen, hörte er Stimmen hinter sich. Fünf junge Frauen in Trainingskleidung betraten die Halle. „Kennt jemand von Ihnen Franziska Wagner?"

Die Frauen beachteten ihn nicht und eilten Richtung Umkleidekabinen. Bevor sie verschwanden, hörte er noch: „Kümmere dich nicht drum Franzi, irgendwann lässt dich die Presse auch wieder in Ruhe."

Matthias eilte den Sportlerinnen nach und hielt ihnen seinen Dienstausweis entgegen. „Matthias Hansen, Kripo Suhl." Jetzt blieb die Gruppe stehen und eine junge Frau wandte sich ihm zu. Als sie die Mütze abnahm und die langen blonden Locken über ihre Schultern fielen, erkannte er sie vom Foto aus ihrem Elternhaus wieder. „Frau Wagner, ich habe einige Fragen an Sie. Können wir uns kurz unterhalten?"

Franziska verabredete sich mit ihm in einer halben Stunde in der Cafeteria. Frisch geduscht, mit noch etwas feuchten Haaren stand sie dreißig Minuten später an dem Tisch in der Ecke des Raumes, wo er sich mit einem Kaffee die Zeit vertrieben hatte. Matthias drückte sein Beileid aus und fragte dann direkt nach den Verletzungen ihres Verlobten, die bei der Obduktion entdeckt worden waren. Franziska berichtete, dass ihr Freund am Donnerstag vor dem Wettkampf die Treppe hinabgestürzt war. Er hatte bei seinen Eltern Müll nach draußen bringen wollen und war über eine Einkaufstasche gestolpert, die seine Mutter dort abgestellt hatte. Arne hatte niemandem in der Mannschaft davon berichtet, aus Angst, dass er nicht in der Staffel eingesetzt werden würde.

„Er hat sich nicht behandeln lassen?", fragte Matthias nach „die Pathologin hat Rippenprellungen, eine Knieverletzung und reichlich Hämatome festgestellt. Ihr Verlobter muss starke Schmerzen gehabt haben."

„Arne war stur. Der hätte nie auf das Rennen verzichtet, so kurz vor dem Triumph. Sein Team war knapp davor, den Gesamtweltcup zu gewinnen. Da gibt man doch nicht auf! Er hat er lieber ein paar Schmerztabletten geschluckt und die Zähne zusammengebissen."

Matthias erinnerte sich daran, wie er sich beim Dienstsport die Bänder im Fuß angerissen hatte. Trotzdem war er zwei Wochen später mit bandagiertem Gelenk in den Winterurlaub zum Snowboarden gefahren. Den Urlaub hatte er sich nicht nehmen lassen und ein Weltcupsieg lag in der Wertigkeit einige Stufen darüber. Er konnte den Sportler gut verstehen. Er sprach die geplante Hochzeit und das Bauvorhaben an, aber diese Themen gingen der jungen Frau zu nahe und er erfuhr nichts Neues.

Bevor er sich auf den Rückweg ins Büro machte, meldete er sich bei Carsten, Arnes Freund, für den nächsten Tag an. Vor dem ersten Training um acht Uhr hatte der Sportler Zeit für ein kurzes Gespräch. Perfekt, so würde er den Termin direkt von zu Hause aus wahrnehmen und sparte sich den Umweg über Suhl.

Theo war immer noch nicht an seinen Arbeitsplatz zurückgekehrt, und so gab Matthias die neu gewonnenen Informationen in seinen PC ein und schickte diese seinem Kollegen als Mail, bevor er sich auf den Heimweg machte.

Beim Abendessen war Theo verdächtig still. Seine Frau musterte ihn mehrmals verstohlen und warf den Kindern warnende Blicke zu. Sie kannte ihren Mann gut genug, um zu wissen, wann man ihn lieber in Ruhe ließ. Jede dumme Äußerung konnte das Fass zum Überlaufen bringen

Plötzlich sprang Theo auf, der Stuhl kippte nach hinten um und mit dem wütenden Ausruf: „Nicht mal richtig satt wird man hier, die Körner kannst du den Hühnern verfüttern", schob er seinen Teller mit den Grünkernfrikadellen und der Salatbeilage beiseite und verschwand in den Keller.

„Das finde ich auch. Kannst du das nächste Mal wieder mit Hackfleisch machen", motzte nun auch der Sohn und nutzte die Gelegenheit, in sein Zimmer zu verschwinden.

Die letzte Untersuchung für die Diensttauglichkeit hatte Theo erhöhte Cholesterinwerte und einen zu hohen Blutdruck bescheinigt. „Mach weiter so, dann hast du in zwei Jahren deinen ersten Infarkt, oder ernähre dich vernünftig und beweg dich mehr als nur die paar Schritte vom Haus zu deinem Auto, dann hast du mehr von deinem Leben", hatte der Arzt gewarnt und ihn an seinen Vater erinnert. Marion hatte das Ergebnis der Untersuchung erst von seinem Chef erfahren und versuchte nun, die Ernährung umzustellen, sehr zum Verdruss ihres Mannes und Sohnes, für die ein ordentliches Stück Fleisch zum Essen dazugehörte.

Marion und Jaqueline beendeten schweigsam die Mahlzeit und danach verzog sich auch ihre Tochter. Marion blieb zurück. So viel Arbeit für nichts. Nicht dass sie ein besonderes Lob für die Mahlzeit erwartet hätte, aber ab und zu etwas Anerkennung für ihre Arbeit wäre schon nett. Seufzend räumte sie den Tisch ab und erledigte den Abwasch, gleich fing ihre Lieblingsserie „Um Himmels Willen" an und danach ging es gleich weiter mit „In aller Freundschaft". Theo würde heute Abend nicht wieder auftauchen, dessen war sie sich sicher und die Kinder verbrachten den Abend ohnehin nicht mit ihr. So gab es zumindest keinen Streit um die Fernbedienung.

Theo stand im Keller vor seiner Eisenbahnanlage. Sie war sein ganzer Stolz und nahm einen Großteil des Raumes ein. In unzähligen Bastelstunden war hier maßstabsgetreu das Örtchen Oberhof mit all seinen bekannten Gebäuden und Sportanlagen entstanden oder auch noch im Bau oder in der Planung. Jetzt hatte er sich mit seinem Stuhl vor die Schießanlage gehockt und starrte auf das Waldstückchen, aus dem der Schuss gekommen war. Wer hatte ein Interesse daran, den Sportler zu ermorden? Es war Mord, kein Unfall, und der Schütze hatte sein Handwerk verstanden. Ein Schuss, direkt in den Kopf. Ein Scharfschütze, kein Anfänger. „Wer bist du? Woher bist du gekommen?", überlegte er laut. Noch einmal schaute er sich die Laufstrecke an. Warum hatte der Mörder den Läufer nicht im Wald erledigt? Es gab Strecken, an denen die Loipe nicht für Zuschauer zugänglich war. Dort hätte er unbemerkt zuschlagen und verschwinden können. Warum vor dieser großen Kulisse? Theo nahm eine kleine Metallfigur, die er zuvor im Zuschauerbereich der Arena postiert hatte, in die Hand und stellte sie jetzt in den Wald. Wieder überlegte er. In den Bereichen, die durch Waldwege zugänglich waren, häuften sich die Zuschauer, die keine Eintrittskarten für das Spektakel hatten und die Trainer hatten hier ihre Assistenten zur Betreuung und Anfeuerung der Athleten postiert. An den anderen Stellen standen die Bäume meist so dicht, dass eine schnelle Flucht für den Schützen kaum möglich gewesen wäre. Also stellte er die Figur wieder zurück in den Stadionbereich. Wo hatte der Typ nach dem Anschlag das Gewehr versteckt? Bei der Menschenmenge musste es doch auffallen, wenn jemand mit einem Präzisionsgewehr unterwegs war.

Er schaltete die Beleuchtung seiner Eisenbahnanlage aus, holte aus dem Schrank jeweils ein graues, rotes und weißes

Farbfläschchen und Pinsel in unterschiedlichen Stärken heraus, griff zu einem aus Holz gefertigtem kleinem Haus und begann, das Dach mit der grauen Farbe zu bemalen. Wer ihn nicht kannte, aber mit seinen großen kräftigen Händen nähere Bekanntschaft gemacht hatte, traute ihm solch filigrane Arbeit nicht zu. Für Theo war dies der Ort, an dem er abschalten und den Dienst und seine pubertierenden Kinder für eine kurze Zeit vergessen konnte, und wehe, jemand störte ihn in seinem Reich. Als letztes zog er mit einem ganz feinen Marderhaarpinsel die zarten Linien der Fensterrahmen nach. Ein Blick auf die Uhr zeigte, dass er schon zwei Stunden an diesem kleinen Kunstwerk arbeite. Zufrieden hielt er das Häuschen vor die Arbeitsleuchte, das Berghotel war eindeutig zu erkennen. Theo stellte es zum Trocknen auf ein Holzbrett und eine halbe Stunde später lag er entspannt im Bett. Er schnarchte leise vor sich hin, als Marion nach zwei Serien und einem gestrickten Socken leise neben ihn unter die Decke kroch.

Mittwoch

„Das glaube ich nicht, dass niemand die Verletzungen bemerkt hat, duschen Sie nicht gemeinsam nach dem Training?" Matthias schaute Carsten ungläubig an. „Sie waren sein bester Freund. Haben Sie wirklich nichts bemerkt?"

„Er war ungewöhnlich still und ist gleich nach dem Training nach Hause gegangen."

„Kam das häufiger vor?"

„Eigentlich nicht, ist auch gefährlich, man kühlt schnell aus, wenn man bei diesen Temperaturen so verschwitzt draußen rumläuft."

„Vielleicht hatte er ja Stress mit Franzi und wollte schnell nach Hause, damit sie auf keine dummen Gedanken kommt", warf Bernd ein, den sie auf dem Flur getroffen und zu dem Gespräch dazu geladen hatten. „Arne hat sich in der letzten Zeit ein paar Mal mit Kerstin getroffen. Das hat Franzi bestimmt nicht gefallen."

„Halt den Mund! Woher weißt du das eigentlich?", fuhr Carsten seinen Teamkollegen an.

„Hab sie zweimal gesehen."

Matthias bat die beiden um Aufklärung und erfuhr, dass Kerstin Bäumler die frühere Freundin von Arne war. Sie lebte in Erfurt und war in der Woche vor dem Wettkampf hier aufgetaucht. Auf die Frage nach ihrer Anschrift überlegte Carsten kurz und nannte ihm die Adresse ihrer Eltern in Suhl. Dort wohnte sie immer, wenn sie in der Gegend war. Ob Kerstin sich dort noch aufhielt, wusste er aber nicht.

Theo saß an seinem Schreibtisch. „Moin, schon Kaffee gekocht?", grinste Matthias ihn an. Sein Kollege wies mit dem Kopf auf den Becher neben sich. „Holen müssen Sie ihn schon selbst. Verschlafen? Sie sind spät dran."

„Haben Sie Ihre Mails noch nicht gelesen? Ich hatte Ihnen geschrieben, wo ich heute früh bin."

Theo brummelte etwas von „noch keine Zeit gehabt“ und Matthias schmunzelte, sein Kollege hielt anscheinend nicht sehr viel von den neuen Medien. Er holte sich einen Kaffee und setzte sich zu Theo. „Der hier ist meiner.“ Matthias stellte demonstrativ seinen blauen Becher mit der HSV-Raute auf dem Schreibtisch ab und schaute seinem Kollegen über die Schulter, der jetzt auf seinen Bildschirm starrte und leise vor sich hin fluchte. „Immer diese Passwörter, wer soll sich die alle merken?“

Während Theo in der Schreibtischschublade nach seinen Zugangscodes suchte, berichtete Matthias von dem gestrigen Gespräch mit der Franzi, wie sie von allen genannt wurde und mit den beiden Sportlern heute. „Ich denke, wir sollten die Eltern dieser Kerstin Bäumler aufsuchen.“ Er schaute Theo nachdenklich an und fragte dann: „Ich begreife eine Sache nicht. Sie haben doch von dem Obduktionsbericht gewusst. Warum haben Sie Arnes Eltern nicht nach seinen Verletzungen gefragt, als wir am Montag dort waren?“ Er bekam keine Antwort und erzählte die Geschichte mit dem Sturz über die Einkaufstasche in Arnes Elternhaus. Theo wollte sich gleich darum kümmern und Matthias machte sich alleine auf den Weg zu Familie Bäumler.

Er packte sie fest am Arm und schüttelte sie. „Halt dich da raus. Das geht dich nichts an.“ Der Mann war groß und kräftig gebaut, durchtrainiert, das Sixpack unter dem eng anliegenden Trainingsshirt mit dem verwaschenen Aufdruck „Boxcenter Suhl“ zeichnete sich deutlich ab.

„Das geht mich nichts an?“, äffte sie „Und ob mich das was angeht. Das war mein Geld, das du so locker verspielt hast! Ich brauche das zurück, und zwar alles, ist das klar?“ Sie riss sich los, Tränen standen in ihren Augen. „Hast du was mit Arnes Tod zu tun?“

„Spinnst du? Wie kommst du auf die Idee?“ Er wandte sich

ab, im Gehen warnte er noch einmal: „Halt dich da raus. Du hast schon genug verbockt, warum musstest du dich auch mit ihm treffen?“ Er stürmte zur Tür hinaus, rempelte im Treppenhaus Matthias an, der im Begriff war, die Treppen hochzusteigen und motzte nur: „Geh doch aus dem Weg!“, als der sich beschwerte.

Matthias schüttelte nur den Kopf und läutete an der Tür von Familie Bäumler. Eine junge Frau, Mitte zwanzig, mit einem flotten blonden Kurzhaarschnitt öffnete die Tür. Die rot verweinten Augen passten nicht zu der äußerst ansprechenden Erscheinung. Mittelgroß, schlank, in einer weiten verwaschenen hellen Boyfriend-Jeans und einem eng anliegenden schlichten schwarzen Rollkragenpullover begrüßte sie ihn mit einem mühsamen Lächeln: „Guten Tag, meine Eltern sind nicht im Haus.“

Matthias nahm seine graue Wollmütze ab und lächelte zurück. „Guten Tag. Sind Sie Kerstin Bäumler? Ich bin Matthias Hansen von der Mordkommission in Suhl.“ Er hielt ihr seinen Ausweis entgegen.

Sie nickte und bat ihn ins Wohnzimmer. „Nehmen Sie Platz. Darf ich Ihnen etwas anbieten? Einen Kaffee vielleicht? Es geht ganz schnell mit der Maschine.“

Matthias nickte: „Schwarz, bitte“, und schaute sich um. Dieser Raum war so ganz anders als die Wohnungen, in denen er in den letzten Tagen ermittelt hatte. Das Zimmer erinnerte ihn ein wenig an seine Wohnung in Hamburg, war aber wesentlich luxuriöser. Schlicht möbliert mit einem dunklen Holzfußboden, hellen Wänden strahlte der Raum eine wohltuende Ruhe aus. Dunkle Ledermöbel, ein großer Flachbildschirm gegenüber, einige schlichte flache weiße Schränke und ein gemütlicher dicker Berberteppich auf dem Fußboden dazu einige großformatige Fotografien als Farbkleckse an den Wänden waren die einzigen Einrichtungsgegenstände.

Kerstin kam mit zwei Kaffeebechern zurück, setzte sich

ihm gegenüber auf einen Sessel und sah ihn erwartungsvoll an. „Ich kann es immer noch nicht glauben, dass Arne tot ist. Wie kann ich Ihnen helfen?"

Matthias fasste kurz die Äußerungen der Sportler zusammen „Sie hatten in der letzten Woche Kontakt zu Arne Becker, ist das richtig? Wusste seine Verlobte von diesem Treffen?"

Man sah ihr an, dass sie ärgerlich war „Das ist ja mal wieder typisch für Bernd. Der will es einfach nicht wahrhaben, dass es mit der Franzi vorbei ist. Da versucht er jetzt, mich anzuschwärzen."

„Mit der Franzi vorbei?"

„Wussten Sie nicht, dass die beiden ein Paar waren, bis es zwischen Arne und Franzi gefunkt hat? Hat er Ihnen das nicht erzählt?" Sie fixierte ihn mit ihren tiefblauen Augen. „Das ging ganz schnell und wir beide blieben zurück. Bernd hat das bis heute nicht weggesteckt. Der hat immer gehofft, dass Franzi zu ihm zurückkommt."

Das war ja mal was Neues. Matthias hatte schon beim ersten Treffen gespürt, dass zwischen Bernd und Arne nicht das beste Verhältnis bestanden hatte. Eifersucht als Tatmotiv?

„Und Sie? Wie haben Sie die Trennung weggesteckt? Sie wurden ja auch verlassen", provozierte Matthias.

Kerstin biss sich auf die Lippen, schaute zum Boden und schwieg. Nach zwei langen Minuten, die Matthias ihr zugestand, sah sie ihn mit offenem Blick an und antwortete mit leiser Stimme: „Es war schrecklich, hat mir den Boden unter den Füßen weggezogen. Ich habe es nicht ertragen, die beiden zusammen zu sehen, habe hier alles aufgegeben, meine Freunde, Kollegen und Karriere. Ich habe neu angefangen und studiere jetzt in Erfurt Medizin. Ich möchte gerne Sportärztin werden." Sie schwieg einen Moment und ergänzte: „Es ist über ein Jahr her. Man muss loslassen, damit es weitergeht."

Matthias nickte. „Aber Sie sind zurückgekommen. Warum gerade jetzt?"

„Das hatte familiäre Gründe. Meine Eltern waren in den letzten Wochen zu Hause und ich wollte sie gerne sehen. Als Journalisten reisen sie sehr viel durch die Welt. Daher haben sie auch nur eine Wohnung hier und kein Haus, wie die meisten unserer Bekannten. Und ich habe jetzt Weihnachtsferien. Das passte also gut zusammen und wir haben zwei schöne Wochen hier gemeinsam verbracht."

„Aber Sie haben sich mit Arne getroffen. Warum gerade jetzt?"

„Es gab Dinge, die wir besprechen mussten, private Dinge", ergänzte sie.

Matthias merkte, dass er nicht mehr zu diesem Thema erfahren würde und fragte nach Arnes Unfall. Kerstin hatte wohl bemerkt, dass er leicht humpelte, aber Arne hatte auch ihr etwas von einem Sturz berichtet. Im Gehen fragte Matthias noch nach Bernd Schäfer. „Wissen Sie, ob der Bernd eine neue Freundin hat?"

„Mit Sicherheit nicht. Der hat noch nicht losgelassen!"

„Und Sie?"

„Ist das ein Angebot?" Sie schmunzelte. „Loslassen heißt nicht, sich sofort auf den nächsten Kerl zu stürzen. Aber wenn einer auftaucht, der passt, dann würde ich es schon versuchen."

Matthias lächelte und verabschiedete sich. Die junge Frau war ihm sehr sympathisch.

Theo war schon zurück und telefonierte. Matthias wartete das Gespräch ab und fragte, wie es mit einer gemeinsamen Mittagspause aussah. Schon seit einer Stunde knurrte sein Magen so laut, dass er befürchtet hatte, Kerstin könnte es hören. Theo war einverstanden und eine Viertelstunde später hatten sie zwei Wiener Schnitzel mit Pommes frites vor sich stehen. Beide Männer waren hungrig und so verbrachten sie die ersten Minuten schweigend und kauend, bis Matthias nebenbei erwähnte: „Das mit dem Treppensturz scheint zu stimmen. Kerstin Bäumler hat auch etwas von einem Sturz erzählt."

Theo sah ihn erstaunt an. „Von Arnes Mutter habe ich ganz was anderes gehört. Sie hat an dem Tag nichts eingekauft, also standen auch keine Einkaufstaschen auf der Treppe und da an dem Morgen die Müllabfuhr kam, hatte sie am Abend vorher den Müll aus dem Haus in die Tonne gebracht. Es gab also auch keinen Müll rauszutragen. Da staunen Sie, was?"

„Ja, allerdings. Sie haben doch Kontakte zur Pathologie. Fragen Sie doch mal nach, ob das Projektil auch aus einer Biathlonwaffe stammen könnte."

„Wie kommen Sie denn darauf?"

„Bernd Schäfer war anscheinend eifersüchtig auf Arne, weil der ihm die Freundin ausgespannt hat."

„Was?" Theos Kaumuskeln unterbrachen ihre rhythmischen Bewegungen. „Sagen Sie das noch einmal."

„Bernd Schäfer war bis vor einem Jahr mit der Franzi zusammen. Und dann hat ihm der liebe Arne dazwischengefunkt." Matthias überlegte weiter. „Aber dieser Schäfer ist extrem ehrgeizig. Der wird doch nicht seinen Teamkollegen zwei Wochen vor der Weltmeisterschaft erschießen, wenn sie gemeinsam die Chance auf den Titel haben. Das könnte er ja auch später tun."

„Aber wenn er so ehrgeizig ist, wären seine Chancen auf einen Einzeltitel vielleicht gestiegen. Und wer weiß, vielleicht scharren ja schon ein paar andere Läufer mit den Hufen, die gerne in das Team nachrücken möchten. Noch einen Nachtisch?" Matthias verzichtete, Theo ließ sich einen Schokoladenpudding mit Vanillesoße schmecken.

„Können Sie nicht mal eben in der Pathologie anrufen?", drängte Matthias.

„Sehen Sie hier ein Telefon?"

„Besitzen Sie kein Handy?"

„Man muss nicht immer erreichbar sein", brummte Theo, „außerdem habe ich die Nummer im Büro."

„Speichern Sie doch die wichtigen Telefonnummern ins Handy. Ich kann Ihnen auch gleich meine geben."

„Haben Sie doch gestern schon getan." Theo zog den verknüllten Zettel aus seiner Jackentasche.

Matthias zückte sein Telefon und wollte Theos Nummer abspeichern, doch der wich aus, er hatte sie nicht im Kopf. Sein Handy benutzte er kaum, es war ein Weihnachtsgeschenk seiner Frau und der Kinder gewesen, damit er endlich einmal erreichbar wäre. In erster Linie war das natürlich Marions Wunsch gewesen, die Kinder waren froh, wenn sie ihre Ruhe hatten. Sein Sohn hatte ihm nach dem Kauf zwar die privaten Kontakte eingerichtet, aber Theo hatte sich noch nicht mit der Technik befasst, die Gebrauchsanleitung hatte ihn bereits überfordert, und so blieb das Handy unbenutzt. „Machen wir gleich im Büro, jetzt esse ich, basta!" Matthias spürte Theos Unsicherheit, er wollte ihn nicht unnötig verärgern und gab nach.

Die folgende Stunde verbrachten sie, während sie auf das Ergebnis der Pathologin warteten, mit einem Einführungskurs in die Welt von Theos Handy und dem Eingeben wichtiger dienstlicher Nummern. Matthias wollte sicher gehen, dass er seinen Kollegen im Notfall auch außerhalb des Büros erreichen konnte.

„Rufen Sie mich jetzt mal mit der Kurzwahl an", forderte Matthias seinen Kollegen auf. Theo konzentrierte sich, er wollte sich nicht blamieren und tatsächlich klingelte Matthias Handy. Das war ja einfach gewesen. „Super, und jetzt hätte ich gerne noch eine Kurznachricht von Ihnen", grinste Matthias.

„Mache ich nachher", wich Theo aus, aber sein junger Kollege ließ nicht locker. Mit etwas Hilfestellung klappte auch diese Übung und jetzt wurde Theo mutig und tippte langsam eine weitere Nachricht in sein Gerät. „Und jetzt noch auf Senden drücken", murmelte er vor sich hin. „Na, der wird sich wundern", grinste er schadenfroh „ich habe meinen Herrn Sohn mal eben an die Hausaufgaben erinnert."

Bevor er weitere Versuche starten konnte, klingelte das Telefon auf dem Schreibtisch und Theresa bestätigte Matthias Verdacht.

„Dann werden wir uns den Herrn Schäfer und die anderen aus der Truppe wohl noch mal vorknöpfen." Theo sprang auf und griff seine Jacke. Matthias entschied, mit dem eigenen Wagen zu fahren, dann konnte er in Oberhof bleiben, denn es war schon kurz vor Feierabend.

„Gute Idee. Nehmen Sie mich mit? Dann bleibe ich auch gleich dort. Sie können mich im Sporthotel absetzen." Als Matthias ihn verständnislos anschaute, erklärte er: „Heute ist Mittwoch."

„Ich weiß. Und am Mittwoch übernachten Sie immer im Hotel?"

„Am Mittwoch bowle ich immer im Hotel!" Jetzt erinnerte sich Matthias wieder an Vanessas Äußerung. „Meine Kumpels nehmen mich dann mit nach Hause und ich kann ein Bierchen mehr trinken." Er schlug seinem Kollegen mit der Pranke auf die Schulter. „Los geht´s." Theo nickte anerkennend, als er sich in Matthias weißes Scirocco Sportcoupé fallen ließ. „Der hat aber auch ein paar Pferdestärken unter der Haube, Benziner oder Diesel?"

Matthias startete den Wagen mit der Bemerkung: „Diesel, 177 PS", und lenkte ihn vom Parkplatz.

„Und, was schafft der so?"

„Höchstgeschwindigkeit ist mit 220 angegeben, die läuft er aber locker."

„Dann drück mal auf die Tube", grinste Theo, aber Matthias hielt sich an die Richtgeschwindigkeit, bis zur Arena in Oberhof.

„Also die Kerstin hat das gesagt. Und das glauben Sie?", fuhr Bernd die beiden an, als Theo ihren Verdacht äußerte. „Für wie blöd halten Sie mich denn? Dass ich auf einen fast sicheren Sieg mit der Staffel verzichte und meinen Teamchef direkt vor der WM erschieße?"

„Frau Bäumler hat nur gesagt, dass Sie der Beziehung mit Franziska Wagner immer noch nachtrauern", stellte Matthias richtig. „Und Sie starten ja trotzdem mit der Staffel. Wer rückt denn jetzt nach?"

„Das hat der Trainer noch nicht entschieden. Vielleicht der Moritz oder der Florian. Die bringen beide gute Leistungen."

„Wen der beiden würden Sie einsetzen, wenn Sie der Trainer wären?"

„Ich bin es nicht. Also zerbreche ich mir auch nicht den Kopf darüber."

„Waren Sie während des Wettkampfs die gesamte Zeit im Stadion? Kann das jemand bezeugen?"

„Mein Team, der Trainer, fragen Sie doch alle", empörte sich Bernd.

„Genau das werden wir tun", antwortete Theo ruhig. „Ich möchte Sie bitten, uns weiterhin zur Verfügung zu stehen und den Ort bis auf weiteres nicht zu verlassen."

„Habe ich auch nicht vor", kam es bissig zurück und im Hinausgehen warf er ihnen den nächsten Brocken zu: „Ich bin hier nicht der Einzige, der mit einem Gewehr umgehen kann."

„Dessen sind wir uns sicher. Wir werden Ihre Kollegen ebenso befragen."

„Aber Sie wissen vielleicht nicht, dass die Kerstin, die ja einfach abgehauen ist und alle im Stich gelassen hat, ebenfalls eine gute Schützin ist!"

Das saß. Matthias Augen weiteten sich.

„Ja, jetzt guckt ihr, was?" Die Beamten baten um eine genauere Erklärung. „Kerstin war die beste Biathletin des Frauenteams, hat so einige Rennen gewonnen und Medaillen einkassiert. Und dann hat sie von einem Tag auf den anderen alles stehen und liegen lassen und ist verschwunden. Mitten in der Saison. Stellen Sie sich das mal vor. Hat keinerlei Verantwortungsbewusstsein, diese Frau!"

Matthias dachte an das Gespräch mit Kerstin zurück und wusste jetzt, was sie mit „auf die Karriere verzichtet" gemeint hatte. Sie musste damals sehr verzweifelt gewesen sein. Theo verabschiedete den Athleten mit der Versicherung, auch diesem Verdacht nachzugehen.

Bei der Befragung des Teams erhielten die Polizisten unterschiedliche Aussagen. Einige wollten beschwören, dass Bernd nach seinem Lauf den Zielbereich nicht verlassen hatte, andere meinten, ihn zwischendurch haben weggehen sehen. Sicher wussten beide am Ende des Tages nur, dass der Trainer die ganze Zeit anwesend gewesen war, und dass Bernd als Startläufer die meiste Zeit für das Verbrechen gehabt hätte. Andreas, als zweiter Läufer gestartet, war zum jetzigen Zeitpunkt absolut unverdächtig. Ebenso Carsten, der als dritter Läufer auch die wenigste Zeit gehabt hätte, das Verbrechen zu verüben. Niemand konnte mit Gewissheit die Anwesenheit der Sportler während des gesamten Rennens im Stadion bestätigen.

„Bleiben noch die Frauen übrig", überlegte Matthias.

„Aber das überprüfen wir morgen. Jetzt ist Feierabend", entschied Theo. „Wenn wir uns hier überarbeiten, wird er auch nicht wieder lebendig!"

Während Matthias seinen Scirocco nach Hause lenkte, fühlte er das Vibrieren seines Handys in der Hosentasche, nach einem schnellen Blick darauf beim Aussteigen ließ er es ebenso schnell wieder verschwinden. Theo entging die angespannte Haltung seines Kollegen nicht, als sie das Hotel betraten. „Schlechte Nachricht?"

„Schon den dritten Abend, den sie Überstunden schiebt“, knurrte Matthias. „Schon den dritten Abend gemeinsames Essen im Restaurant.“ Er stand mit hängenden Schultern in der Eingangshalle und vermisste plötzlich mit aller Wucht sein Zuhause, seine Wohnung, seine Möbel. Was machte er eigentlich hier in der Provinz mit dem Bären neben sich, der sich Kollege schimpfte? Wie gerne würde er jetzt in seiner kleinen Altbauwohnung in Altona in der gemütlichen Küche Spaghetti kochen, dabei „Hamburg meine Perle“ hören und ein kühles Bier zischen. Doch er riss sich zusammen und fragte Theo: „Lust auf ein Bier? Ich gebe eins aus, auf den Einstand.“

Aus dem einen Bier wurden drei große Gläser und Theo spendierte zu jeder Runde einen doppelten Obstler dazu. Matthias hatte ein leichtes Grinsen im Gesicht, als er etwas verspätet bei Vanessa im Restaurant eintraf. Sollte sie doch ruhig auch mal auf ihn warten. Er steuerte auf den kleinen Tisch in der Ecke zu und umarmte sie überschwänglich.

„Du hast ′ne Fahne!“, begrüßte sie ihn und drehte den Kopf beiseite, als er ihr einen zweiten Kuss auf den Mund drücken wollte. „Lass das hier. Die Leute gucken ohnehin schon.“

„Na und? Lass sie doch gucken. Stört mich nicht.“

„Mich aber!“

„Gehen wir eben zu uns hoch und essen da was. Oder wollen wir gleich ins Bett?“

„Reiß dich zusammen. Was willst du essen? Ich habe schon bestellt.“

Matthias gab auf und bestellte sich Käsespätzle und noch ein großes Bier dazu.

„Meinst du nicht, dass du schon genug hast?“

„Da geht noch was, keine Sorge.“

Vanessas Stimmung blieb kühl und als sie aufgegessen hatten zögerte sie einen Moment und rückte dann damit raus, dass sie auch am Wochenende arbeiten musste.

„Das ist nicht dein Ernst. Geht das jetzt weiter so?“

Sie beteuerte, dass der Termin schon lange feststand, sie nur vergessen hatte, ihn zu notieren. „Und was gibt es so Wichtiges? Kehrt der Papst hier ein oder Barack Obama?“

„Mein Vater fährt zum Kloßgipfel nach Arnstadt und ich muss ihn vertreten.“

„Das ist natürlich wirklich wichtig. Ich verstehe, solch einen Kloßgipfel darf man natürlich nicht verpassen“, prustete Matthias los.

„Matze hör auf. Natürlich ist das wichtig. Wir machen uns Sorgen um das Aussterben der Original Thüringer Klöße. Alle bedeutenden Gastronomen Thüringens nehmen daran teil.“

„Das wäre ja grausam, wenn außer den Dinosauriern auch noch die Thüringer Klöße aussterben.“ Matthias kicherte laut.

„Das Bundespatentamt hat den Markenschutz für die Originalklöße abgelehnt. Damit dürfen sie jetzt überall unter diesem Namen hergestellt und verkauft werden, egal was dann da reingemischt wird“, ereiferte sie sich. „Das ist wie mit dem Reinheitsgebot beim Bier, vielleicht verstehst du das ja!“

„Ja, Prost. Ich hätte gerne noch eins! Herr Ober, ein Bier! Auf den Kloßgipfel und das Überleben aller Klöße in Thüringen!“, rief Matthias in den Raum hinein. Vanessa, sichtlich peinlich berührt, winkte ab und zog ihren Freund aus dem Restaurant.

„Schatz, so muss ich das also machen, um dich nach Hause zu kriegen. Komm, lass uns kuscheln.“ Er wollte sie an sich ziehen, aber Vanessa entwand sich ihm und schloss sich im Badezimmer ein. „Na gut, dann nicht“, Matthias holte sich ein weiteres Bier aus dem Kühlschrank und ließ sich auf das Sofa fallen. „Prost Matze, Prost auf die Gebirgsrepublik Südthüringen und ihre Bewohner“, er setzte die Flasche direkt an den Mund und ließ es laufen. Zehn Minuten später flogen ihm seine Bettdecke und Kissen an den Kopf und er hörte, wie sich der Schlüssel oben in der Schlafzimmertür drehte.

Er knüllte das Kissen unter dem Kopf zusammen, winkelte die Beine an, zog die Decke hoch und schlief sofort ein, so wie er war.

Theo merkte man nicht an, dass er schon einiges konsumiert hatte, als er zu seinen Freunden an der Bowlingbahn stieß. Sie hatten sich bereits an ihrem Stammtisch niedergelassen und erwarteten ihn. Früher hatten die Männer in Suhl gekegelt, drei von der Gruppe wohnten aber in Oberhof und hatten einen guten Kontakt zum Fritz mit der Bowlingbahn. Der hatte ihnen einen guten Preis gemacht und dann waren sie aufs Bowlen umgestiegen. Die ersten Male hatte Theo kräftig geschimpft, bis er die richtige Kugel, in die seine kräftigen Finger hineinpassten, gefunden hatte. Mit der Zeit wurde seine Technik immer besser, auch das komplizierte Zählen der Punkte hatte er gelernt. Pins, Frames und Strikes waren jetzt für ihn keine Fremdworte mehr und die Gruppe hatte schnell viel Spaß an der neuen Sportart gefunden.

„Grüß dich Theo, wie geht`s dir mit deinem neuen Kollegen? Hab gehört, die haben dir einen Milchbubi zur Seite gestellt. Musst du ihn noch trocken legen?", grölte ihm sein Freund Heinrich entgegen.

„Nach den drei Bier und Schnäpsen, die wir gerade zusammen getrunken haben, hat der schon etwas quer aus der Wäsche geguckt."

„Gefällt euch mein Schwiegersohn nicht?" Fritz Franzen persönlich kam mit acht Biergläsern auf einem großen Tablett in den Raum. Die Männer schwiegen betreten. Mit dem Hausherrn wollten sie es sich nicht verscherzen. „Gebt ihm ´ne Chance, wenn der Matze wieder nach Hamburg zurückgeht, dann weiß ich nicht, ob die Vanessa das verkraftet."

„Na klar Fritz, du kannst dich auf uns verlassen. Nicht wahr, Theo?" Heinrich schlug seinem Freund und Kollegen kräftig auf die Schulter und der stimmte notgedrungen zu.

Seine Sportsfreunde waren heiß auf Neuigkeiten zum Tod des Oberhofer Spitzensportlers, doch Theo gab trotz andauernden Drängens keine Ermittlungsergebnisse preis. Job war Job und jetzt hatte er Freizeit.

„Aber unter Kollegen ..."

„Keine Auskunft. Basta."

Der Wirt warf ein, dass ja so einige Oberhofer am Renntag eine Stange Geld verwetten würden, er selbst auch, aber da er immer nur kleine Summen zum Spaß setzte, einhundert Euro am Sonntag, waren die Verluste nie sehr hoch.

„Wie meinst du das?", wollte Theo wissen.

Fritz erklärte, dass viele seiner Bekannten und Nachbarn auf den Sieg der deutschen Staffel wetteten, und nicht nur einhundert Euro. Auch die Sportler oder zumindest ihre Familien mischten da kräftig mit, wusste er noch zu ergänzen.

„So richtige Sportwetten? Geht das mit rechten Dingen zu? Oder ist die Wettmafia da ebenso am Werk wie beim Fußball?"

„Weiß ich doch nicht, du bist der Polizist. Kriegs raus!" Fritz musste zurück. In der Gaststube warteten noch mehr durstige Gäste.

Donnerstag

Matthias wachte mit einem schalen Geschmack im Mund auf. Als er den Kopf anhob, um auf den Wecker zu schauen, stöhnte er und legte ihn schnell wieder ab. Ein Presslufthammer arbeitete in seinem Schädel auf Hochtouren. Kein Wecker. Er schaute sich um. Wie war er auf das Sofa gekommen und wo war Vanessa? Vorsichtig streckte er die Beine aus, jetzt hingen sie über die Armlehnen hinaus. Er stöhnte, alle Glieder taten ihm weh. Ganz langsam kam die Erinnerung an den gestrigen Abend zurück, der „Kloßgipfel" und der Absturz. Mühsam quälte er sich von der Liegefläche hoch und wankte ins Badezimmer. „Mist, Mist!", fluchte er. Die Uhr am Radio zeigte 8.00 Uhr! Er sprang unter die kalte Dusche und saß fünfzehn Minuten später im Auto nach Suhl.

Das Büro war leer. Keine Nachricht für ihn sichtbar hinterlassen. Aber eine Kanne Kaffee stand bereit. Theo war also hier gewesen. Matthias goss sich einen Becher ein, und er spürte, wie das Koffein seine Lebensgeister langsam zurück brachte. Die Tür ging auf, Gisela Maiberg kam mit einem Stapel Akten herein und zuckte zusammen, als sie ihn sah. „Jetzt ham Sie mich aber erschreckt! Was machen Sie denn hier, Herr Hansen? Sollten Sie nicht beim Chef sein?"

Matthias schüttelte den Kopf, keine gute Idee, sofort legte der Presslufthammer wieder los. „Ich weiß von nichts."

„Ich bin mir ganz sicher, denn ich habe dem Theo gestern den Termin übermittelt und ihn gebeten, Sie auch zu informieren." Sie legte die Akten auf dem Tisch ab. „Die hat der Theo angefordert." Als Matthias immer noch auf seinem Stuhl hockte, gab sie ihm einen kleinen Schubs. „Nun aber los, junger Mann, der Chef wartet nicht gerne."

Matthias klopfte an die Tür und ein kräftiges „Herein" ertönte. „Ach, der Herr Hansen. Waren wir nicht um 8 Uhr verabredet gewesen?"

„Tut mir leid", murmelte Matthias und warf Theo einen wütenden Blick zu.

„Der Theo hat mich schon über die Ergebnisse eurer Ermittlungen informiert. Gute Arbeit. Die Sache mit den Wetten solltet ihr auf jeden Fall weiterverfolgen. Wenn die Wettmafia da mit drin steckt, dann brauchen wir womöglich Unterstützung vom LKA oder sogar BKA. Informiert mich, wenn sich was Neues ergibt."

Matthias zweifelte an seinem Geisteszustand. Wovon sprach sein Chef da gerade, war das sein Fall? Wettmafia, BKA, was war mit den anderen Ergebnissen, die sie zusammengetragen hatten?

Theo schüttelte seinem Chef kräftig die Hand. „Klar Peter, ich informiere dich sofort."

Auch Matthias bekam einen flüchtigen Händedruck von Herrn Leiter. „Dann mal wieder an die Arbeit, meine Herren." Damit waren sie entlassen.

„Sie schaun grausam aus. Waren die drei Bier zu viel?", dröhnte Theo auf dem Gang.

Matthias antwortete nicht. Erst im Büro fuhr er seinen Kollegen an: „Was haben Sie gegen mich? Ich habe Ihnen doch nichts getan. Warum bremsen Sie mich immer aus, geben mir Infos und Termine nicht weiter?"

„Wenn Sie pünktlich gewesen wären, hätten Sie den Termin ja nicht verpasst", konterte Theo, „wenn ich Sie so anschaue, bin ich mir ziemlich sicher, dass Sie auch mit Termin heute nicht pünktlich gewesen wären."

Matthias gab auf. Der Fall war jetzt wichtiger als die privaten Querelen und er bat seinen Kollegen, ihn aufzuklären, was dieser mit einer gewissen Genugtuung tat. Erstaunt hörte er sich an, was Theo am gestrigen Abend erfahren hatte. „Woher haben Sie diese Informationen? Ist die Quelle sicher?"

„Entscheiden Sie selbst. Von Ihrem Schwiegervater. Hat der nicht mit Ihnen darüber gesprochen?", grinste Theo zufrieden, als Matthias ihn verblüfft ansah. Der biss sich auf die Lippen und antwortete nicht darauf.

Die beiden verbrachten den Vormittag damit herauszufinden, wer auf das Weltcuprennen gewettet hatte und welche Summen eingesetzt worden waren. Nie hatten sie gedacht, dass so viele Menschen Geld für Sportwetten ausgaben und auch Gefahr liefen, höhere Summen zu verlieren.

„Arnes Eltern, Franziskas Eltern, Trainer, Psychologe, Damenteam, ..." zählte Theo auf.

„Was ist mit Kerstin Bäumler und ihrer Familie?", wollte Matthias wissen.

Die hatte Theo noch nicht erreicht und Matthias beschloss, ihr einen zweiten Besuch abzustatten. Er musste hier raus, an die frische Luft und freute sich, die junge Frau noch einmal zu treffen. Kerstin Bäumler war so anders als die meisten Menschen, mit denen er es in den letzten Tagen zu tun gehabt hatte. Sie hatte wie er die Heimatstadt verlassen, auch wegen der Liebe, allerdings einer unglücklichen Liebe. Da war er selbst doch wesentlich besser dran.

Die Sonne war hinter den dunklen Wolken hervorgekommen und schmerzte in seinen Augen. Er holte die Sonnenbrille aus dem Handschuhfach. Heute war so ein Tag, an dem er sie gar nicht wieder absetzen mochte, doch im Haus der Bäumlers steckte er die Brille dann doch in die Jackentasche zurück. In einem amerikanischen Krimi wäre der Ermittler nach einer durchzechten Nacht sicherlich mit dunklen Gläsern vor den Augen zum Verhör aufgetaucht, aber hier erschien es ihm dann doch unpassend.

Im Treppenhaus hörte er gedämpft aufgebrachte Stimmen und als er der Wohnung näher kam, erkannte er, dass sie aus der Wohnung von Familie Bäumler kamen. Matthias lauschte und erkannte Kerstins Stimme „Lass mich endlich in Ruhe. Du tust mir weh!"

„Was hast du der Polizei gesagt? Du solltest dich da raushalten." Etwas polterte und sie schrie auf. Matthias hatte den Finger schon am Klingelknopf. Er hielt inne. War die Frau in Gefahr? Musste er eingreifen? Er entschied sich, noch einen Moment zu lauschen.

„Hör auf! Ich habe die Nase voll! Diese Wette ruiniert uns noch beide." Sie schluchzte. „Arne ist tot. Kapierst du das überhaupt?"

„Wenn er dich nicht verlassen hätte, wegen dieser dummen Kuh, wäre das bestimmt nicht passiert."

Sie stöhnte. „Hast du was damit zu tun? Sag mir die Wahrheit!"

„Spinnst du? Natürlich nicht."

Die Antwort konnte Matthias nicht mehr hören, die beiden hatten sich vermutlich in den hinteren Teil der Wohnung bewegt. Er war neugierig, mit wem sich Kerstin stritt, war es ihr Vater? Er klingelte, niemand öffnete, ein zweiter Versuch blieb ebenfalls ohne Reaktion. Er klingelte erneut und rief: „Polizei, ich weiß, dass Sie in der Wohnung sind. Bitte öffnen Sie sofort." Jetzt kamen Schritte näher und Kerstin öffnete die Tür. „Es tut mir leid, ich war gerade im Bad und habe das Läuten nicht gehört."

„Haben Sie Besuch? Ich habe Stimmen gehört", begann Matthias vorsichtig.

„Nein, ich bin alleine. Ich hatte das Radio laut aufgedreht", sie lächelte Matthias an, „tut mir leid."

Matthias nannte den Grund seines Besuchs, die Prüfung des Wettverhaltens der Betroffenen und fragte direkt, ob sie auch auf den Sieg der deutschen Staffel gewettet hatte. Kerstin antwortete schnell, fast zu schnell, dass sie nie wettete. Dafür war ihr das Geld zu schade. Die nächste Frage beschäftigte Matthias seit dem gestrigen Gespräch mit Bernd Schäfer, und zwar warum sie nicht erwähnt hatte, dass sie ebenfalls eine sehr erfolgreiche Biathletin gewesen sei.

„Sie haben mich nicht danach gefragt. Es ist auch nicht mehr wichtig, zumindest nicht für mich."

Für ihren Aufenthalt am Sonntag zwischen 16 und 16.30 Uhr hatte sie ein Alibi. Sie war mit ihrem Bruder im Stadion gewesen und der würde bezeugen können, dass sie ihren Platz das ganze Rennen über nicht verlassen hatte. Ihr Bruder wohnte derzeit zwar bei seinen Eltern, war aber im Moment nicht zu Hause, vermutlich im Fitnessstudio. Sie notierte ihm die Handynummer auf einer kleinen gelben Haftnotiz.

Matthias erreichte den Bruder noch auf dem Weg zum Auto und der bestätigte Kerstins Angaben. Sie hätte ihn in der kurzen Zeit nicht vorwarnen können. Also schien ihr Alibi zu stimmen, doch vorhin hatte sie ihn belogen. Warum? Wurde sie bedroht? Er hatte deutlich die roten Abdrücke an ihren Handgelenken wahrgenommen, jemand hatte sie festgehalten, jemand war in der Wohnung gewesen und sie hatten sich über eine Wette gestritten. Matthias lehnte sich im Autositz zurück und rieb sich die müden Augen. Was verschwieg sie ihm?

Christoph kam aus dem Schlafzimmer ihrer Eltern. „Das ist ja noch mal gut gegangen. Der Typ ist schnell. Hat schon bei mir nach deinem Alibi nachgefragt. Brauchst dir keine Sorgen mehr zu machen, Schwesterchen."

Sie lächelte nur schwach und meinte: „Ich glaube nicht, dass er sich damit zufrieden gibt. Der hatte so ein Flackern in den Augen. Der gibt erst auf, wenn er den Fall gelöst hat."

Zurück im Büro, schlug Matthias vor, die Konten der betroffenen Personen überprüfen zu lassen. Theo fand das Vorgehen zwar übertrieben, stimmte dann aber zu und gemeinsam überzeugten sie die Staatsanwältin, eine Vollmacht für das Verfahren auszustellen. Kurz vor Feierabend konnten sie die Konten der Sportler und ihrer Angehörigen einsehen.

„Unglaublich", staunte Matthias, „die Franzi hat zehntausend Euro gesetzt, ihre Eltern tausend Euro, Arnes Eltern ebenfalls tausend Euro, Kerstin hat am Freitag zehntausend Euro in bar von ihrem Konto abgehoben." Eine Menge Geld für eine Studentin. Da würde er noch einmal genauer nachfragen.

Auf dem Heimweg kaufte Matthias ein. Spaghetti, Tomaten, Oregano, Olivenöl, Mozzarella, Basilikum und Parmesan. Dazu eine Flasche Rotwein, auch wenn im Kopf statt des Presslufthammers jetzt eine Herde Wildpferde galoppierte. Heute Abend würde er kochen. Noch einen Abend unter Beobachtung im Restaurant, das konnte sie nicht von ihm verlangen. Pfeifend öffnete er die Tür und stellte die Papiertüte mit den Lebensmitteln ab. Er schnupperte. Es roch nach angeschmorten Zwiebeln. Die hatte er beim Einkauf vergessen. Aus der Küche klang Musik, italienische Musik, Eros Ramazotti. Leise öffnete er die Tür. Vanessa würfelte Tomaten und gab sie zu den Zwiebeln. Auf der anderen Herdplatte dampften Nudeln im Kochwasser. Matthias hätte seine Freundin auf der Stelle vernaschen können, wie sie so dastand, in ihrer engen Jeans und dem körperbetonten schwarzen Shirt, die langen Haare nur locker von einem Gummiband aus dem Gesicht zurückgehalten.

Er schob sich leise an sie heran, griff mit der einen Hand vorsichtig das Messer in ihrer Hand, mit der anderen umfasste er ihre schmale Taille und küsste sie in den Nacken. „Entschuldige den Abend gestern. Es tut mir leid."

Vanessa drehte sich zu ihm um, eine blonde Haarsträhne war aus dem Zopfband herausgerutscht und fiel ihr ins vom Kochen leicht gerötete Gesicht. Sie schob sie hinter das Ohr und küsste ihn zärtlich auf den Mund: „Mir tut es auch leid."

Matthias zeigte grinsend auf seine Einkaufstüte. „Wie wäre es mit einem kleinen Aperitif?" Sie nickte und rührte weiter in der Pfanne. Matthias schenkte beiden ein Glas Rotwein ein und ergänzte die Mahlzeit durch einen Teller Tomate-Mozzarella. Beide lächelten sich verliebt an, als sie bei Kerzenlicht am gedeckten Tisch saßen.

„Was war los mit dir gestern?"

„Ich habe mich einsam gefühlt, hatte Sehnsucht nach Hamburg, meinen Freunden, meinen Kollegen, meinem Sport, nach etwas Eigenem.“ Er stockte. „Ich will dich nicht verletzen, aber hier gehört mir nichts. Ich wohne in deiner Wohnung, arbeite in Theos Büro, du hast keine Zeit für mich und Theo freut sich, wenn er mich nicht sieht. Der ist ein Einzelgänger. Das ist kein schöner Start.“

Vanessa versprach Besserung und hoffte, dass Theos Verhalten sich auch ändern würde.

Die beiden hielt es nicht lange am Esstisch, auf dem Weg zum Schafzimmer begann er bereits, seine Freundin zu entkleiden und wenig später lagen sie eng umschlungen auf dem Bett und liebten sich mit einer Heftigkeit, die alles andere vergessen ließ. Danach dauerte es nicht lange, bis Matthias lächelnd einschlief, den Kopf auf ihrer Brust. Vanessa schaute ihn lange an, sie war so glücklich über seinen Entschluss nach Oberhof zu ziehen. Das sollte er nicht bereuen. Vorsichtig schob sie seinen Kopf beiseite, löschte das Licht und kuschelte sich an seine Schulter.

Freitag

In Anbetracht des bevorstehenden Wochenendes entschieden Theo und Matthias, weiterhin arbeitsteilig vorzugehen und starteten in unterschiedliche Richtungen. Theo fuhr erneut in Richtung Oberhof, um mit Franziska Wagner zu sprechen. Die war im Begriff zu starten, saß bereits in ihrem BMW, um zum Training zu fahren, als Theo die Tür öffnete und sich auf den Beifahrersitz fallen ließ. Ohne großes Vorgeplänkel kam er zur Sache: „Sie haben ziemlich viel Geld bei der Sportwette eingesetzt. Wusste Ihr Verlobter davon?"

Sie schüttelte den Kopf „Ich wollte ihn überraschen. Die Chancen standen sehr gut für einen hohen Gewinn."

„Wie konnten Sie sich so sicher sein? Als Biathletin wissen Sie doch, das nur ein Schuss daneben zu gehen braucht, dann muss man in die Strafrunde und schon sind die Konkurrenten vorbeigezogen." Theo schüttelte den Kopf. „Das können Sie mir nicht weismachen. Hatten Sie denn überhaupt vor, den Gewinn zu teilen?"

Franzi schwieg und schaute zu Boden. „Also noch einmal, junge Dame, was hat Sie so sicher gemacht?" Theo sah sie mit stechendem Blick an. „Hinzu kommt, dass Ihr Verlobter verletzt war. Das hat die Chance auf einen Sieg doch eher gemindert! Wer setzt denn da zehntausend Euro?"

Als sie immer noch nicht antwortete, drohte er: „Ich komme wieder, überlegen Sie sich am besten jetzt schon mal eine passende Antwort!"

„Ich habe einen Tipp bekommen, von einem Freund. Er sagte, da kann nichts schiefgehen", flüsterte sie.

„Wer ist denn hier der Experte? Sie sind doch Biathletin und Ihr Freund der Rennläufer", schnaufte Theo, stieg aus und knallte die Autotür hinter sich zu.

Franzi saß zitternd vor Wut hinter dem Lenkrad. Was maßte sich der Typ eigentlich an? Es war doch ihre Sache, wofür sie ihr Geld ausgab. Der sollte lieber den Mörder finden, anstatt sie hier zu belästigen. Sie ließ den Motor aufheulen und gab so plötzlich Gas, dass der Polizist zur Seite springen musste, als ihr Wagen an ihm vorbei schlingerte. Theo klopfte sich den schmutzigen Schnee von der Jacke, den der rote Sportwagen hochgeschleudert hatte und folgte ihr kurz entschlossen mit seinem unauffälligem Passat Richtung Oberhof.

Franzi parkte das Auto vor der Ski-Sporthalle und stieg aus. Theo beobachtete aus seinem Fahrzeug heraus, wie sie hektisch in ihrer Sporttasche wühlte, ein Handy ans Ohr hielt und gestenreich telefonierte. Sie nickte mehrmals mit dem Kopf und lief telefonierend mit flotten Schritten ins Gebäude. Drei Minuten später hastete sie zurück zu ihrem Wagen, öffnete die Kofferraumklappe erneut und entnahm der Ladefläche die vergessene Trainingstasche. Hatte er sie aufgeschreckt?

Er folgte Franzi und hatte Glück, der Trainer der Herrenmannschaft, Dieter Maier, lief ihm im Eingang über den Weg.

„Grüß Gott, Herr Kommissar, Sie sind auch noch nicht im Wochenende?“, begrüßte er ihn. „Aber bei mir ist das nicht anders. Ich muss mir jetzt Gedanken machen, wer in die Staffel nachrückt.“

Theo war erstaunt, dass der Nachfolger noch nicht feststand.

„Ich habe schon meinen Favoriten, den Florian Meinert, aber der Bernd versucht mir einzureden, dass Moritz Ratinger, der richtige Mann ist.“

„Sie sind aber anderer Ansicht?“, forschte Theo.

„Sagen wir es so, der Moritz ist ein super Sportler, ein schneller Läufer und ein sehr sicherer Schütze.“

„Aber? So jemanden brauchen Sie doch, hätte ich als Laie gedacht.“

„Er passt nicht ins Team.“ Der Trainer hatte es schon einmal mit ihm probiert, Anfang dieser Saison, aber Moritz missachtete die Anweisungen und wurde schnell handgreiflich. „Letzten Monat hat er Arne sogar ein blaues Auge verpasst. Nur weil er wütend war, dass Andreas für ihn ins Team gekommen war und Arne diesen jungen Läufer unterstützt hat." So etwas ging einfach nicht. Dieter Maier schüttelte entschieden den Kopf. Mobbing und Schlägereien konnte er nicht gebrauchen!

Das war eine deutliche Aussage. Und sie stand im Gegensatz zur Aussage von Bernd Schäfer, der ihnen hatte weismachen wollen, dass ihm die Entscheidung des Trainers egal war.

„Können Sie sich vorstellen, dass Moritz Ratinger Arne vor dem Wettkampf zusammengeschlagen hat, um sich einen Vorteil zu verschaffen?", wagte sich Theo vor.

„Zusammengeschlagen? Arne wurde doch nicht zusammengeschlagen."

„Doch, genau das ist passiert. Ich habe bereits mit den Sportlern darüber gesprochen. Haben Bernd Schäfer und Carsten Selling Ihnen das nicht erzählt?" Man sah förmlich, wie die Gesichtszüge des Trainers in sich zusammenfielen, als er von Theo Näheres erfuhr. Was passierte alles in seiner Mannschaft, von dem er nichts wusste?

„Ich bin entsetzt. Vor allem, weil ich nichts bemerkt habe. Aber ich kann mir nicht vorstellen, dass Sie mit Ihrer Vermutung Recht haben. Moritz ist manchmal etwas ungestüm, aber so etwas traue ich ihm nicht zu." Dieter Maier raufte sich die Haare und sprach mehr zu sich selbst: „Aber alles andere konnte ich mir ja auch nicht vorstellen." Theo schlug ihm tröstend auf die Schultern. Es tat ihm leid, dass er dem Trainer die Arbeit so schwer machte, aber er bestand darauf, den Sportler am Montagvormittag zu sprechen.

Matthias hatte sich dieses Mal offiziell bei Kerstin Bäumler angekündigt. Heute würde er sich keine Lügen auftischen lassen. Auch er fragte direkt nach den zehntausend Euro. „Wofür haben Sie so viel Bargeld benötigt? Eine Menge Schotter für eine Studentin. Ich denke, Sie wetten nicht."

„Sie wissen davon?", Kerstin sah ihn erstaunt an.

„Nicht nur davon", pokerte Matthias, „was verschweigen Sie mir?"

„Warum wollen Sie das wissen? Das ist eine Privatsache. Denken Sie etwa, ich habe Arne getötet?", fragte sie ungläubig.

„Ich weiß gar nicht mehr, was ich glauben soll, möglich wäre es. Sie haben ein Motiv, Sie können mit einem Gewehr umgehen ...", er sah ihr in die Augen. „Wovor haben Sie Angst? Wer war der Mann gestern in der Wohnung?" Matthias sah die junge Frau ärgerlich an: „Und fangen Sie nicht wieder mit dem Radio an. Die Geschichte stinkt doch zum Himmel!"

„Ich habe das Geld meinem Bruder geliehen."

„Und der hat es verwettet?" Sie biss sich auf die Lippen und schwieg beharrlich. „Das war also Ihr Bruder gestern hier in der Wohnung. Stimmt`s?" Keine Antwort. „Ist er jetzt auch hier?"

„Ich weiß nicht, wo er steckt." Tränen standen in ihren Augen. „Möglicherweise ist er beim Boxen. Woanders geht er selten hin. Ich weiß es wirklich nicht. Sie müssen mir glauben."

„Wie soll ich das, wenn Sie mich anlügen? Bestellen Sie Ihrem Bruder, dass ich ihn sprechen möchte. Montagvormittag um 8.30 Uhr in meinem Büro!" Er verabschiedete sich. Heute war er keinen Schritt weiter gekommen.

Christoph hatte sich am Vormittag tatsächlich im Boxcenter ausgepowert, aber das harte Training hatte nicht gereicht, seine Unruhe verschwinden zu lassen. Im Gegenteil. Es wurde immer schlimmer. Er wanderte auf und ab, hin und her, vom Fenster zur Tür und wieder zurück zum Fenster. Diese monotone, sich wiederholende Tätigkeit, gab ihm eine gewisse Sicherheit. Die letzten Tage waren anders als geplant verlaufen. Mit Druck konnte er nicht umgehen. Und er fühlte sich jetzt gerade von allen Seiten unter Druck gesetzt, von Kerstin, von Franzi, und jetzt wollte ihn auch noch der Polizist sprechen. Er hatte doch schon Kerstins Alibi bestätigt. Was wollte der denn noch von ihm? Hin und her, her und hin. Stunde um Stunde.

Kerstin hörte im Nebenraum die monotone Schrittfolge und sie wusste die Zeichen zu deuten. Sie vermutete, dass ihr Bruder seine Medikamenteneinnahme ausgesetzt hatte. Dabei hatten die Ärzte darauf hingewiesen, wie notwendig die regelmäßige Einnahme der Antidepressiva war. Ohne seine Medikamente war er eine tickende Zeitbombe. Ein Rückfall würde die erneute Einweisung in die psychiatrische Klinik bedeuten, aus der er erst vor drei Wochen entlassen worden war. Fast ein Jahr lang hatte man ihn dort nach dem Afghanistaneinsatz behandelt, ein Jahr und eine intensive Betreuung waren notwendig gewesen, um ihm den Einstieg in ein halbwegs normales Leben zu ermöglichen, um ihn den Tod seiner Kameraden verarbeiten zu lassen. Die Soldaten waren mit ihrem Konvoi in eine Sprengfalle geraten, drei Männer waren sofort tot gewesen, darunter Christophs bester Freund Martin, mit dem er sich nach der Schule freiwillig für die Bundeswehr verpflichtet hatte. Abenteuer hatten sie erleben wollen, fremde exotische Länder sehen und Karriere machen. Beide hatten sich schon als Offiziere eine Einheit kommandieren sehen. Doch für Martin hatte das Abenteuer mit dem Tod geendet und Christoph war mit schweren Kopfverletzungen und stark traumatisiert zurück nach Deutschland gekommen.

Wer hatte ihn zu dieser verrückten Wette überredet? Das war gar nicht seine Art. Wer setzte ihn so unter Druck? Warum hatte er sie so eindringlich um zehntausend Euro gebeten? Gebettelt hatte er regelrecht. Sie dürfe ihn nicht im Stich lassen. Das würde er nicht überstehen. Oder hatte er sogar überleben gesagt? Kerstin wusste es nicht mehr. Aber sie liebte ihren kleinen Bruder, er war erst einundzwanzig Jahre alt und hatte genug durchgemacht. Sie würde alles tun, um ihn zu schützen.

Die Sache mit dem Müll ging ihm nicht aus dem Kopf, deshalb fuhr Matthias noch einmal zu Arnes Wohnung. Er fand es ungewöhnlich, dass ein dreißigjähriger Mann immer noch bei seinen Eltern wohnte und nicht zusammen mit seiner Verlobten, die er im Sommer heiraten wollte. Die Mutter öffnete ihm und nach der Begrüßung entschuldigte er sich für sein forsches Auftreten beim ersten Besuch und bat, das Zimmer des Sohnes sehen zu dürfen. Schnell merkte er, dass der Sportler gar nicht in der Wohnung seiner Eltern gelebt hatte. Die Mutter führte ihn in eine Einliegerwohnung, die einen eigenen Eingang von der Auffahrt des Hauses hatte. Durch die Glastür kamen sie in einen hellen, freundlichen Eingangsbereich. Auf einer Fußmatte stand ein Paar Wanderstiefel und an der Garderobe hing neben einer Winterjacke ein Wanderrucksack.

Die Räume waren ansprechend möbliert. Helles Holz, ruhige Farben in Brauntönen an den Wänden, sehr modern und alles ordentlich aufgeräumt. Matthias war positiv überrascht, insgeheim hatte er die gleichen Bauernmöbel wie im Wohnzimmer der Eltern erwartet. Er wusste, dass das albern war, schließlich war seine eigene Wohnung auch völlig anders eingerichtet als die seiner Eltern. Sofort kam ein wenig Wehmut auf, als er an Hamburg dachte, aber professionell wie er war, verdrängte er diese Gespenster und wandte sich dem Wohnraum des Getöteten zu. Er blieb einen Augenblick auf der Schwelle stehen und ließ das Zimmer auf sich wirken. Arnes Mutter stand stumm neben ihm. Sie hatte Tränen in den Augen, wirkte aber sehr gefasst. Matthias ging zu dem Bücherregal; ein paar Krimis und eine ganze Reihe mit Reiseführern, Bali, Kenia, Feuerland, Island standen dort aufgereiht. Bali, da wollte er auch noch mal hin. Er zog den Führer aus dem Regal und blätterte darin. Blauer Himmel, Meer, Palmen. Am liebsten würde er gleich los reisen und dem eisigen Winterwetter hier entfliehen. Ein Foto in dem Buch erinnerte ihn an eine der großen Fotografien in der Wohnung von Kerstins Eltern, und beim Wegstellen las er die Namen der Autoren, Greta und Hans Bäumler. Das waren wohl Kerstins Eltern.

„Arne ist gerne gereist. Er liebte Trekkingtouren. Nur mit dem Rucksack unterwegs, dabei Land und Leute kennenlernen", seine Mutter machte eine kleine Pause, „mit der Kerstin hat er solche Touren gemacht. Franzi war mehr für Pauschalurlaub zu haben. Irgendwo zwei Wochen All inclusive am Hotelpool abhängen." Sie schüttelte den Kopf, das war nichts für ihren Sohn gewesen. Auf dem Couchtisch lagen zwei weitere Reiseführer, mit einigen farbigen Reitern bestückt und ein aus einer Zeitschrift herausgeschnittener Reisebericht. Arne schien eine neue Reise geplant zu haben.

Matthias nahm ein Buch davon in die Hand. „Trekkingtouren durch Peru", murmelte er, „nicht gerade Pauschalurlaub." Er sah Arnes Mutter fragend an: „Hatte Ihr Sohn noch Kontakt zu Kerstin Bäumler?"

„Sie haben sich lange nicht mehr gesehen. Glaube ich jedenfalls. Kerstin ist ja damals auf und davon. Aber das konnte ich gut verstehen."

„Sie mochten sie gerne, stimmt`s?"

„Sie wäre eine großartige Schwiegertochter gewesen. Immer freundlich, hilfsbereit, lustig. Aber es hat nicht sollen sein." Ihr Blick schweifte wehmütig auf ein Foto im Regal. Eine Mixed-Mannschaft war abgelichtet, in der Mitte standen Kerstin und Arne und hielten lachend ihre Medaillen in die Kamera. Auch Franzi und Bernd waren darauf abgelichtet. Dann schaute Frau Becker wieder Matthias an und ergänzte: „Allerdings war die Kerstin in der letzten Woche zweimal hier. Das hat mich gewundert. Doch wenn ich die Reiseführer hier liegen sehe, könnte ich mir vorstellen, dass sie wieder eine gemeinsame Tour geplant haben. Nach Peru wollten die beiden damals schon."

„In der letzten Woche?", fragte Matthias nach, „sind Sie sich da ganz sicher?" Das würde Bernds Aussage bestätigen.

„Ganz sicher. Das war am Montag, da gehe ich immer zu Bauch-Beine-Po. Als ich das Haus verließ, fuhr Kerstin gerade auf die Auffahrt und hat mir zugewinkt."

„Machen Sie Sport zusammen mit der Frau Maiberg und Frau Franzen?"

„Woher wissen Sie denn das schon wieder, junger Mann?" Die Frau sah ihn verblüfft an.

„Geheimnis", zwinkerte er ihr schelmisch zu und fragte dann wieder ernsthaft nach dem zweiten Termin. Frau Becker erinnerte sich sofort, denn es war der Freitag gewesen, an dem Arne sich verletzt hatte. Jetzt sah sie so richtig wütend aus. Sie wusste nicht, wie die Franzi auf die blödsinnige Idee mit den Einkaufstaschen und dem Müll gekommen war. Sie ließ ihre Taschen nicht im Weg stehen und berichtete, dass Arne an dem Morgen beim Schneeschippen auf einem Eisplacken ausgerutscht war. Auch die Mutter gab an, dass ihr Sohn unbedingt am Wettkampf hatte teilnehmen wollen und aus Angst, der Mannschaftsarzt könnte ihm die Teilnahme verwehren, auf eine Behandlung verzichtet hatte. Matthias dankte ihr und verabschiedete sich.

Der Kaffee war nur noch lauwarm, als er ins Büro kam. Er setzte eine neue Kanne auf und hoffte, dass auch Theo bald wieder auftauchen würde. Warum sagte Kerstin ihm nicht die Wahrheit? Warum unterschlug sie ihm immer wieder wichtige Informationen? Was hatte sie von Arne gewollt in der Woche vor seinem Tod? Merkte sie nicht, dass sie sich immer verdächtiger machte? Es fiel ihm immer schwerer, an ihre Unschuld zu glauben, obwohl er sich wünschte, dass sie nicht an dem Verbrechen beteiligt war. Kerstin war ihm nach wie vor sympathisch, doch von Sympathie durfte er sich nicht leiten lassen.

„Arena am Grenzadler. Diese Fahrt endet hier", tönte die monotone Stimme vom Band des Busses. Es hatte wieder angefangen zu schneien und der Wind peitschte die Flocken durch die Luft. Christoph zog die Kapuze über den Kopf und wickelte den Schal so weit um den Hals, dass er das halbe Gesicht verdeckte. Nur seine Augen lugten noch aus der Jacke heraus. Er stapfte die zweihundert Meter mit gesenktem Kopf und hochgezogenen Schultern zum vereinbarten Treffpunkt und ärgerte sich, dass Franzi diesen Ort vorgeschlagen hatte, wo sie doch wusste, dass er wegen seiner Medikamente zurzeit nicht Auto fahren durfte. Christoph kniff die Augen zusammen, konnte Franzi aber in dem Schneetreiben nirgends entdecken.

Den Winter hatte er noch nie gemocht, im Gegensatz zu seiner Schwester, die schon als kleines Mädchen zu gerne im Schnee gespielt und dann mit großer Leidenschaft Wintersport betrieben hatte. Nein, das war nicht seine Welt. Er liebte den Sommer, die Sonne, einen warmen Wind, der die nackte Haut liebkoste. Nicht diese verdammte Kälte, die ihn hier zu einem Eisblock erstarren ließ. Christoph klopfte die weißen Massen von seiner Kleidung und spähte in die Umgebung. Wo steckte Franzi? Der Schnee dämpfte alle Geräusche. Die Stille machte ihm zu schaffen, erinnerte ihn an seinen letzten Einsatz. In der Wüste war es auch still gewesen, sehr still, und heiß, sehr heiß und sandig. Er sah sich und seine Kameraden wieder im Konvoi in der Wüste, die Umgebung genau beobachtend, hörte wieder den Knall, die Schreie und sah das viele Blut.

„Hat dich die Polizei schon befragt?" Franzi trat hinter einem Baum hervor und holte ihn abrupt aus dem wiederkehrenden Alptraum zurück. Er verneinte. „Ich warne dich, wehe, du nennst meinen Namen. Dann mache ich dich fertig.

Wenn die Polizei erfährt, dass du Arne verprügelt hast, dann werden sie sich alles Weitere schon zusammenreimen", drohte sie.

„Was willst von mir? Ich habe euch doch versichert, dass ich nichts sage. Außerdem habt ihr das Geld gekriegt. Von mir hören die nichts. Da kannst du dir sicher sein." Christoph zitterte vor Wut und packte sie fest am Arm. „Lass mich in Ruhe! Ich will nur meine Ruhe. Verstehst du das nicht!", schrie er sie an und schüttelte sie kräftig.

Franzi riss sich los. „Ein Aufenthalt im Gefängnis ist sicherlich weniger komfortabel als in deiner schicken Klinik", drohte sie, „halte dich an die Abmachung!" Mit erhobenem Stinkefinger sprang sie in ihren BMW und raste Richtung Stadt, wissend, dass der letzte Bus für heute soeben abgefahren war.

Christoph begriff das erst ein paar Minuten später, als er am Bushäuschen ankam. Er sank in sich zusammen und ein tiefer klagender Heulton entfuhr seiner Brust.

Matthias berichtete Theo von seinen Zweifeln an den Aussagen Kerstins und bemerkte, wie dessen Blick immer finsterer wurde. Beide überlegten, ob die Indizien bereits für eine Verhaftung ausreichten, entschieden sich aber dafür, das Wochenende abzuwarten. Sie hatten Indizien, aber keinerlei Beweise, die für die Ausstellung eines Haftbefehls ausreichen würden. Matthias war erleichtert, diese Entscheidung nicht alleine getroffen zu haben. Und auch Theo hatte bei den Sportlern Ungereimtheiten entdeckt, die sich lohnten, weiter verfolgt zu werden.

Sein Kollege verabschiedete sich, er musste noch für seine Mutter einkaufen und packen. Morgen wollte er mit seiner Familie übers Wochenende nach Altenburg fahren und einen Freund besuchen, mit dem er früher auf der Polizeischule gewesen war und der, wie er stolz berichtete, im letzten Jahr zum Thüringer des Jahres gewählt worden war. „Kennen Sie

Altenburg?“ Matthias verneinte. „Spielen Sie Skat?“ Matthias spielte nicht besonders gut, aber er kannte die Regeln. Aber was Skat spielen mit Altenburg zu tun hatte, konnte er nicht einordnen. „Wer Skat spielt, hält in der Regel Spielkarten aus Altenburg in der Hand. Altenburg ist weltberühmt. Sie ist die Stadt der Spielkarten.“ Theo grinste. „Das nur für die Allgemeinbildung. Hier im Osten weiß man das.“

Matthias versprach daran zu denken, wenn er mal wieder ein Blatt in der Hand hielte. „Aber Altenburger Bier habe ich schon getrunken“, fiel ihm wieder ein.

„Richtig. Das gibt`s auch und es schmeckt“, nickte Theo anerkennend. „Wenn Sie mit Ihrer Freundin mal einen Ausflug machen und die Gegend ein wenig kennenlernen wollen, kann ich den Ort nur empfehlen. Er ist wirklich hübsch mit den vielen historischen Häuschen und dem großen Schloss da oben auf den Felsen.“ Theo kam ins Schwärmen und beschrieb die Route über Erfurt, Weimar, Jena und Gera. Matthias wurde sich bewusst, wie wenig er die Region kannte. Die Namen der Orte hatte er zwar schon gehört, aber keinerlei Vorstellung davon, wo sie genau lagen und wie es dort aussah. Bei seinen bisherigen Besuchen war er mit Vanessa immer in der Nähe von Oberhof geblieben, da er dann schon über vierhundert Kilometer auf der Autobahn hinter sich gebracht hatte. „Ist auch ´ne gute Motorradstrecke im Sommer“, brummte Theo vor sich hin.

„Ich werde es mir merken, danke.“ Matthias wünschte seinem Kollegen ein schönes Wochenende und überlegte, woher Theo wusste, dass er ein begeisterter Motorradfahrer war. Er konnte sich nicht daran erinnern, es ihm erzählt zu haben. Eigentlich hatten sie noch gar nicht über private Dinge gesprochen.

Theo war weg und Matthias überlegte, was er alleine an den nächsten beiden Tagen anfangen sollte. Zumindest würde er nicht nach Altenburg fahren. Der Gedanke daran, seinen Kollegen auch noch am Wochenende zu sehen, ließ seine Nackenhaare hochstehen. Er griff sich die Jacke und setzte vor der Tür seine Mütze auf, denn es schneite wieder kräftig. Da ihn zu Hause niemand erwartete, machte er noch einen kleinen Abstecher zu den Bäumlers. Die Familie wohnte sehr zentral in der Innenstadt von Suhl, das war kein großer Umweg für ihn. Er hoffte, dass Kerstins Bruder wieder aufgetaucht war. Von der Straße aus erkannte er, dass Licht in der Wohnung brannte und er sah in dem großen Eckfenster einen Schatten, der sich bewegte. Das war gut. Matthias stieg die Treppen in den zweiten Stock ein weiteres Mal hoch und läutete. Niemand öffnete. Er klingelte noch einmal, jetzt etwas drängender und als er ein drittes Mal den Knopf drückte, wurde die Tür geöffnet. Kerstin strich sich eine Haarsträhne aus dem Gesicht. Als sie den ärgerlichen Blick des Polizisten bemerkte, fragte sie vorsichtig: „Stehen Sie schon lange hier? Ich habe das Klingeln eben erst gehört."

„War wieder das Radio schuld?", fragte er sarkastisch.

„So ähnlich", lachte sie „ich habe ziemlich laut Musik gehört." Sie bat ihn herein und jetzt hörte er es auch ganz deutlich.

„Ey, Clueso, cool!"

„Sie kennen ihn? Der kommt aus Erfurt."

Matthias hatte den Sänger mit seiner Band im letzten Sommer live auf einem Festival gesehen und fand die Musik super. Er holte sein iPhone aus der Hosentasche und suchte kurz in den itunes. Dann grinste er und zeigte Kerstin seine Playlist. Tatsächlich waren einige Stücke von Clueso dabei. „Cello von Clueso und Udo Lindenberg finde ich großartig."

„Guter Musikgeschmack", nickte sie. „Aber Sie sind sicher nicht hier, um mit mir über Musik zu reden. Was kann ich für Sie tun?"

Matthias gestand, dass er gehofft hatte, ihren Bruder anzutreffen, um ihm einige Fragen stellen zu können. Doch er hatte wieder kein Glück. Christoph hatte vor einer Stunde das Haus verlassen und war noch nicht zurückgekommen. „Sie können aber gerne hier warten, er hat seine Sporttasche nicht dabei, vermutlich ist er bald zurück." Kerstin bot ihm einen Tee an, den Matthias gerne annahm. Er setzte sich in einen der Ledersessel und blickte versonnen auf die Kerzen, die den Raum in ein gemütliches Licht tauchten. Nur ungern störte er die angenehme Stimmung, aber er musste die Frage loswerden.

„Warum haben Sie mir nicht gleich gesagt, dass Sie Arne in der letzten Woche sogar zweimal besucht haben?"

Die Antwort kannte er schon. „Sie haben mich nicht danach gefragt."

„Frau Bäumler, ist Ihnen wirklich nicht klar, wie prekär Ihre Situation ist? Warum helfen Sie mir nicht? Nur so kann ich Ihnen helfen", drängte Matthias die junge Frau.

Sie kniff die Lippen zusammen, begann dann aber doch zögernd zu reden. „Das erste Treffen hatte keinen besonderen Anlass. Ich hatte in einer Zeitschrift eine tolle Reisebeschreibung einer Trekkingtour durch Peru gefunden. Die wollte ich Arne geben. Natürlich hätte ich sie ihm auch schicken können, aber es war für mich ein kleiner Test, ob ich es schaffe, ein rein freundschaftliches Verhältnis zu ihm aufzubauen. Wir hatten viele gemeinsame Interessen."

Matthias nickte. Die Reisebeschreibung hatte er auf dem Tisch des Toten liegen sehen. „Und der zweite Termin?"

„Der hatte tatsächlich mit der Prügelattacke zu tun. Er hatte mich angerufen, weil ich ihm erzählt hatte, dass ich ein Langzeitpraktikum auf der Unfallstation für mein Studium absolviert hatte, und er nicht zum Arzt gehen wollte. Mir hat er auch erst was von einem Sturz erzählen wollen, aber ich habe sofort erkannt, dass das nicht stimmte. Dazu hatte ich genügend verprügelte Opfer im Krankenhaus gesehen. Ich habe ihn dann so gut ich konnte versorgt und ihm versprochen, es niemandem zu erzählen", sagte sie leise, eine Träne lief ihr über die Wange, „und die Schweigepflicht geht über den Tod hinaus." Diese Aussage erklärte zumindest ihr demonstratives Schweigen.

Sie schniefte und griff ihr Handy, welches zu vibrieren begonnen hatte. „Ja, natürlich, ich komme sofort. ... Ja, bleib einfach da wo du bist. ... Nein, gehe nicht los. Die Straße ist unbeleuchtet, man sieht dich schlecht. Ich fahre jetzt los. Versprich mir, dass du da bleibst." Sie sprang auf und erklärte Matthias, dass sie ihren Bruder abholen müsse, der den letzten Bus verpasst hatte. Matthias fragte, ob er sie begleiten dürfte und nach kurzem Überlegen stimmte sie zu. Er setzte sich auf den Beifahrersitz und freute sich, dass sie nun zumindest kooperierte. Die Fahrt verlief zuerst schweigsam. Matthias kannte die Strecke. Sie fuhren nach Oberhof, das Schneetreiben wurde dichter. „Bitte seien Sie vorsichtig mit ihm", kam es plötzlich aus der Stille.

„Wie meinen Sie das?"

„Mein Bruder ist nicht sehr belastbar. Wenn er unter Stress steht, kann er sehr gereizt und auch handgreiflich reagieren." Sie erzählte von seinen Kriegserlebnissen, dem Trauma und der langen Behandlungszeit. Auch ihre Vermutung, dass er seine Medikamente nicht regelmäßig einnahm, enthielt sie ihm nicht vor. „Und jetzt steht er unter enormen Stress. Die ganze Situation belastet ihn ungemein." Sie fuhr langsam an die Haltestelle an der Arena am Grenzadler heran und ein Schatten löste sich aus dem Dunkel.

Christoph öffnete die Beifahrertür und zuckte zurück, als er den Platz neben seiner Schwester besetzt sah. „Wer ist das?", herrschte er sie an.

Matthias erkannte den Mann, der ihn am ersten Tag im Treppenhaus fast umgerannt hatte und stellte sich vor. „Wir haben schon miteinander telefoniert. Mein Name ist Hansen, Matthias Hansen."

Der Mann sah ihn verständnislos an und seine Schwester erklärte: „Herr Hansen ist von der Kripo in Suhl." Christoph knallte die Tür wieder zu und rannte in die Dunkelheit. Matthias sprang hinterher und Kerstin folgte den beiden nachdem sie das Auto abgestellt hatte. Er packte den Flüchtenden von hinten an der Kapuze und wollte ihn beruhigen, als der unerwartet herumschnellte und ihm die Faust mit aller Wucht ins Gesicht stieß. Matthias stürzte zu Boden und blieb benommen liegen. Jetzt packte Christoph ihn am Kragen und holte zum finalen Schlag aus: „Schlaf gut, Bulle!" Matthias fühlte noch den Treffer am Kinn und dann gingen auch die letzten Lichter aus.

„Schluss jetzt!" Kerstin griff ihren Bruder am Arm. Obwohl der fast einen Kopf größer war als sie, ließ er sich widerstandslos zurückziehen und stand wie ein kleines Kind schuldbewusst vor ihr.

„Tut mir leid", murmelte er.

„Sag das lieber ihm, wenn er wieder wach ist", wetterte sie und zeigte auf Matthias, der bewusstlos am Boden lag. „Hilf mir, ihn ins Auto zu bringen." Gemeinsam schleppten sie Matthias zum Auto und legten ihn auf die Rückbank. Dann beförderte sie ihren Bruder auf den Beifahrersitz und startete, nicht nur vor Kälte zitternd, das Fahrzeug.

Drei Minuten später regte sich Matthias auf den hinteren Sitzen. „Mann, du hast aber einen kräftigen Hammer", stöhnte er und setzte sich auf. „Boxt du im Verein?" Er tastete vorsichtig sein Gesicht ab. Deutlich fühlte er die beginnende Schwellung um das linke Auge herum. Morgen würde da ein nettes Veilchen wachsen. Wie gut, dass Wochenende war und er Theos Kommentar erst am Montag zu erwarten hatte. Seine Zähne schienen noch alle fest im Kiefer zu stecken. Christoph antwortete nicht und Matthias hütete sich, ihn zu drängen. Kerstin hatte ihn ja gewarnt, aber einen so plötzlichen Angriff hatte er dennoch nicht erwartet.

In Suhl angekommen bat Kerstin ihn in die Wohnung und Matthias nahm das Angebot gerne an. Er fühlte sich noch nicht in der Lage, sofort selbst Auto zu fahren. Mit einem Kühlpack auf dem Auge und dem Aspirin, das sich gerade in einem Wasserglas sprudelnd auflöste, hockte er auf dem Sofa, während Kerstin ihren Bruder mit dem aufgewärmten Abendessen versorgte. Der Geruch von Bratkartoffeln und Spiegelei stieg in seine Nase und ließ ihm das Wasser im Mund zusammenlaufen. Matthias wurde bewusst, dass auch er seit heute Mittag noch nichts gegessen hatte. Als Christoph ihm kauend gegenüber saß und Kerstin in der Küche werkelte, fragte er unvermittelt „Waren Sie sauer auf Arne, weil er Ihre Schwester verlassen hatte?"

Christoph hörte auf zu kauen und sah ihn fassungslos an. „Woher wissen Sie davon?"

Matthias bluffte. „Das ist mein Job, solche Dinge rauszukriegen. Haben Sie ihn deswegen verprügelt?" Keine Antwort. Christoph presste die Kiefer aufeinander. „Oder haben Sie ihn erschossen?"

Christoph sah ihn empört an. „Natürlich nicht, spinnst du, Mann?"

„Aber verprügelt?"

„Das habe ich nicht gesagt." Christoph blickte trotzig zur Seite.

„Ich kriege es sowieso raus. Da ist es besser, wenn Sie es gleich zugeben. Mit wem haben Sie sich vorhin am Stadion getroffen?"

„Mit niemandem. Ich war spazieren."

Matthias lachte trocken. „Witzig, noch so einen und ich lache mich tot."

„Noch so eine Bemerkung und du bist tot." Christoph erhob sich drohend. In diesem Moment betrat Kerstin den Raum, starrte ihren Bruder entsetzt an und hielt sich die Hand vor den Mund. Matthias rückte ein wenig vom Tisch ab und spannte die Muskeln an. Er war unbewaffnet und leicht angeschlagen. Keine gute Ausgangssituation gegen einen muskelbepackten Psychopathen. Doch Christoph sah ihn nur grimmig an und erklärte „Das habe ich nicht so gemeint, aber eins aufs Maul kannst du kriegen, wenn du mich weiter anmachst."

„Danke, das hatten wir schon", wehrte Matthias ab. „Wenn Sie hier nicht mit mir reden wollen, dann kommen Sie am Montag um 8.30 Uhr zur Polizeiinspektion. Dann setzen wir unsere Unterhaltung in meinem Büro fort." Er wollte sich erheben, aber Christoph packte ihn an der Schulter, drückte ihn auf den Sitz zurück und baute sich vor ihm auf. „Ich kann nicht mehr sagen. Ich habe ihn nicht erschossen."

„Aber verprügelt?" Matthias versuchte es noch einmal.

Christoph zitterte jetzt wieder. „Ich darf es nicht sagen", flüsterte er, „sie hat es verboten, ich darf es nicht sagen."

„Wer hat es verboten? Ihre Schwester?" Kerstin sah ihn empört an.

„Ich darf es nicht sagen. Sie hat es verboten", wiederholte Christoph wie im Trance und reagierte auf keine weitere Frage.

Kerstin verließ den Raum und kam mit einer Schachtel Tabletten zurück. „Ich denke, es ist besser, wenn Sie jetzt gehen. Mein Bruder muss seine Medikamente nehmen und schlafen." Sie drängte ihn zum Ausgang und bot ihm an, ein Taxi zu bestellen, doch Matthias lehnte ab. Sein Schädel dröhnte leicht, aber es war nicht das erste Mal, dass er einen Schlag abbekommen hatte und er war sich sicher, fahrtüchtig zu sein.

Vanessa lag eingekuschelt in eine flauschige Decke im Pyjama auf dem Sofa. Der Fernseher lief, eine typische Freitagabend Comedy Serie, von der sie nichts mehr mitbekam, denn sie schlief fest. Nicht einmal das Ausschalten des Fernsehers bemerkte sie. Erst als Matthias sie zärtlich auf den Mund küsste, blinzelte sie ihn verschlafen an. „Komm ins

Bett“, schlug er vor und drehte ihr unauffällig die rechte Seite zu, so dass sein verschwollenes Auge weniger sichtbar war.

„Trägst du mich hoch?“, bat sie verschlafen und kuschelte sich an seine Schulter. Matthias lächelte, hievte sie hoch, stapfte mit ihr die Treppen nach oben und legte sie im Bett ab. „Bis gleich“, murmelte sie und drehte sich auf die Seite. Als Matthias aus dem Bad zurück war und sich neben sie legte, war sie schon wieder eingeschlafen. Das war ihm nur recht, denn heute Abend noch Fragen zu beantworten, das war das Letzte, wozu er Lust hatte. Er grübelte noch eine Zeit lang, aber dann fielen ihm die Augen zu und er freute sich auf den ersten Morgen ohne Wecker.

Kerstin brachte ihren Bruder ins Bett. Mit dem wichtigen Medikament versorgt, war er schnell eingeschlafen. Sie hockte sich an die Bettkante und streichelte ihm über sein blondes halblanges Haar. Er war ein kräftiger trainierter Mann und gleichzeitig ein so hilfloses Kind. Vorhin war ihr fast das Herz stehen geblieben, als er den Polizisten niedergeschlagen hatte. Wie gut, dass der so cool reagiert hatte und ruhig geblieben war. Sie hoffte, dass keine Anzeige wegen Körperverletzung folgte. Andere Polizisten hätten ihren Bruder vermutlich gleich in Handschellen abgeschleppt. Jetzt wanderte sie in der Wohnung umher. Wer bedrohte ihren Bruder? Etwa die Franzi? Hatte Christoph tatsächlich Arne zusammengeschlagen und jemand erpresste ihn? Hatte er dafür das Geld haben wollen? Aber warum passierte das jetzt und nicht vor einem Jahr, als Arne sie verlassen hatte? Sie wusste keine Antwort und irgendwann legte sie sich ins Bett. Trotz der Müdigkeit konnte sie nicht zur Ruhe kommen, lange noch wälzte sie sich von einer Seite auf die andere, bis sie spät in der Nacht vor Erschöpfung einschlief.

Samstag

Theo passierte die Ausfahrt Jena und war in Gedanken bei den Ereignissen der letzten Woche. Jaqueline und Patrick lümmelten sich auf den Rücksitzen, beide mit Stöpseln in den Ohren und beschäftigt mit ihren Smartphones. Früher hatten noch die Walkmen mit Kinderkassetten gereicht, um sie ruhig zu stellen. Marion saß neben ihm und strickte Socken. Theo wusste nicht, wer die alle tragen sollte, die Kinder jedenfalls nicht und er selbst hatte mindestens zehn Paar im Schrank, die noch unbenutzt waren, unabhängig von denen, die er in regelmäßigem Gebrauch hatte. Oft genug schon hatte er seine Frau auf die Gefahren hingewiesen, bei einem Unfall von fünf spitzen Nadeln aufgespießt zu werden und dass sie das den Rettungskräften nicht antun solle, aber sie tat das immer mit einem Lachen ab und sagte, dann solle er halt vorsichtig fahren.

Unvermittelt sprach ihn sein Sohn an. „Sag mal, hast du eigentlich einen neuen Kollegen gekriegt?"

„Seit wann interessierst du dich für meine Arbeit?", grummelte er.

„Sag schon. Einer aus meiner Klasse hat dich vorgestern mit so einem jungen Typen im Auto gesehen."

Jetzt guckte auch Jaqueline interessiert hoch. „Junger Typ?"

„So jung, dass er für dich interessant sein könnte, ist er nun auch wieder nicht. Der Herr Hansen ist achtundzwanzig Jahre alt."

„Siezt ihr euch etwa? Wie altmodisch ist das denn?", grinste Jaqueline. „Sieht er gut aus?"

„Weiß ich doch nicht. Normal eben."

„Was ist normal? So wie du etwa? Dann interessiert er mich wirklich nicht."

„Er ist ungefähr so groß wie ich, schlank, hat dunkle Haare, einen Bart."

„So wie deiner oder einen Schnurrbart?“, wollte sie wissen.

„Weder noch. So ein Drei-Tage-Bart, wie sie neuerdings alle tragen, die keine Lust haben, sich täglich zu rasieren.“

„Hm, nicht schlecht. Wo kommt er denn her?“

„Aus Hamburg.“

„Cool, Hamburg, Reeperbahn“, Patrick war begeistert. „Was trägt er für Klamotten?“

„Wie alle anderen, Hose, Hemd, kein Kleid“, motzte Theo, der langsam genervt war von der Fragerei. „Draußen eine Jacke und eine graue Mütze. So eine wie der Typ, der mal für Deutschland beim Songcontest gestartet ist.

„Roman Lob meinst du. Aber ich meine, was für Marken. Was für Jeans und was für T-Shirts?“

„Das weiß ich doch nicht.“

„Hat der dir das mit der SMS gezeigt? Du weißt doch sonst nicht mal wie man ein Gespräch mit dem Handy annimmt“, lästerte sein Sohn.

„Hm, ja“, brummte Theo.

„Und was hat er für ein Handy?“

„Weiß ich nicht. So ein Smartdings wie ihr.“

„Unsere sind total unterschiedlich“, klärten ihn die beiden auf.

„Und warum ist der jetzt hier? Wie kann man denn Hamburg gegen so ein Dorf eintauschen?

„Was ...?“ startete Jaqueline, aber Theo hatte die Nase voll.

„Mir reicht es jetzt. Schreibt ´ne Liste mit Fragen auf, die lege ich ihm nächste Woche vor.“ Insgeheim wurmte es ihn, wie wenig er über seinen jungen Kollegen wusste. Und Siezen ist altmodisch. Er würde seinen Kindern ein anderes Mal erklären, wie es im Berufsleben so ablief. Als die beiden merkten, dass von ihrem Vater nichts mehr kam, konzentrierten sie sich wieder auf die multimediale Welt ihrer Handys.

Unermüdliches Klingeln. Er wollte es nicht hören. Es war Wochenende und er hatte keinen Dienst. Matthias war sich sicher, vor dem Einschlafen den Wecker ausgestellt zu haben. Mühsam wälzte er sich zur Seite und griff nach seinem Handy. Vanessa ruft an, las er auf dem Display. „Ja", murmelte er in das Gerät.

„Matze, bist du wach?"

„Jetzt, ja", stöhnte er. „Wie spät ist es denn?"

„Zehn Uhr, tut mir leid, dass ich dich geweckt habe", entschuldigte sich Vanessa. „Ich habe mir Sorgen gemacht. Dein Gesicht sieht schlimm aus. Was ist passiert? Ich hatte es gestern Abend nicht bemerkt."

‚Das ist auch gut so', dachte Matthias und beruhigte sie. „Sieht vermutlich schlimmer aus, als es ist. Eine Zeugenvernehmung ist gestern Abend etwas aus dem Ruder gelaufen."

Vanessa fragte, ob er am Abend für sie kochen würde. Matthias versprach, für das Wochenende einzukaufen und auf sich aufzupassen.

Er wühlte sich aus der Decke und vor dem Badezimmerspiegel angekommen, verstand er Vanessas Besorgnis. Ein blauviolettes Veilchen war in der Nacht um sein linkes Auge herum aufgeblüht und der blaue Fleck am Kinn war auch nicht von schlechten Eltern. Aber daran war nichts mehr zu ändern, also lohnte es sich nicht, sich darüber zu ärgern. Das nächste Mal musste er eben wachsamer sein. Nach einer ausgiebigen Dusche ging es ihm besser und kurz darauf saß er am Küchentisch mit dem Rest Milch über seinen Frühstücksflocken und plante sein Wochenende. Unvermeidlich war ein Besuch beim Tegut, dem einzigen Lebensmittelgeschäft des Ortes. Danach musste er sich unbedingt bewegen. Die ganze Woche hatte er nur am Schreibtisch, auf irgendwelchen Sofas oder im Auto auf dem Weg zu solchen verbracht.

Die Einkäufe waren schnell erledigt, mehrere Kassen hatten den Ansturm am Wochenende gut bewältigt und den fragenden Blick der jungen Kassiererin in sein zerschlagenes Gesicht hatte er mit Sturz beim Skilaufen beruhigt, worauf sie lachend antwortete, dass es mit etwas Übung sicherlich besser laufen würde. Sie wünschte ihm ein sturzfreies Wochenende und er verließ grinsend den Laden. In der oberen Etage des Geschäftshauses hatte er ein Sportgeschäft entdeckt, das die Kunden mit vielen reduzierten Angeboten zum Winterschlussverkauf lockte. Matthias stöberte durch die Auslagen. Er hatte seine Skimütze und Handschuhe in Hamburg bei seinen Eltern vergessen. Aber er wurde schnell fündig und kaufte eine rote Mütze und graue Fleecehandschuhe. Hose und Jacke für den Langlauf hatte er glücklicherweise von seinen vorherigen Besuchen bereits bei Vanessa deponiert.

Es hielt ihn nicht lange zu Hause. Schnell kleidete er sich um, holte seine Langlaufskier und Stöcke aus dem Skikeller des Hotels und machte sich auf den Weg zur Loipe. Zehn Minuten später glitt er bereits auf den Skiern durch die Schneelandschaft. Die Sonne hatte sich durch die letzte Wolkenschicht hindurchgearbeitet, nur noch einige wenige Nebelschwaden hingen in der Ferne wie leichte Seidentücher über den Tannen, und die Schneekristalle glitzerten wie kleine Diamanten im Sonnenlicht. Vanessa hatte Matthias einige Loipen gezeigt, die abseits der Hauptwege verliefen. Die meisten Touristen nutzten die Strecken um den Rennsteig herum. Die breiten Wege teilten sich die Langläufer dort mit Wanderern und Spaziergängern und immer wieder traf man auf Pferdeschlitten, in denen Urlauber saßen, die sich nicht zu Fuß durch den Wald bewegen wollten oder konnten. Ihr Geläut hörte man schon auf Entfernung. Matthias hatte sich gewundert, wie viele solcher Gefährte im Wald unterwegs waren. Auch wenn genügend Platz auf den großen Wegen war, zog er die Stille der kleinen Waldwege vor. Er brauchte jetzt Ruhe, um abzuschalten, und kaum war er alleine auf der Strecke, fiel die Anspannung von ihm ab. Nur das Knirschen des Schnees unter seinen Skiern war zu hören und ab und zu in der Ferne das Geläut eines Pferdeschlittens. Mittlerweile beherrschte er die Langlaufskier ganz gut und kam flott voran. Nie hätte er gedacht, dass er einmal Freude an dieser Art der Fortbewegung empfinden würde. Als Snowboarder und alpiner Skiläufer drehte sich alles um noch steilere Abfahrten oder schwierigere Pisten. Hochliften, Abfahren, den ganzen Tag lang. Das brachte ihm immer noch großen Spaß, ohne Frage, aber das flotte Hinweggleiten in dieser fast unberührten Natur war ebenso schön.

Nach einer Stunde, in der er mutterseelenallein durch den Wald gelaufen war, kamen ihm zwei Läufer mit flottem Tempo entgegen. Da die Loipe hier nur einspurig war und die beiden im Gespräch vertieft keine Anstalten machten, ihm aus dem Weg zu gehen, trat er aus der Spur, grüßte freundlich und stutzte. Er kannte die beiden. Bernd Schäfer und Franziska Wagner zogen hier ihre Bahn. Das war zwar nicht ungewöhnlich, denn für die Biathleten zählte sicherlich jede Trainingsstunde, aber die beiden zusammen zu sehen, verwunderte ihn doch, denn ihren Äußerungen nach schienen sie kaum noch privaten Kontakt zu haben. Die Sportler hatten ihn wohl auch erkannt, denn nach ein paar Metern, auf denen sie heftig zu diskutieren schienen, stoppten sie und drehten sich um.

„Hallo, Herr Kommissar. Ich hatte Sie erst gar nicht erkannt und noch weniger hier im Wald erwartet“, rief Franzi ihm zu und kam die paar Schritte zurück. „Was ist Ihnen denn passiert? Das sieht ja schlimm aus!“ Erschrocken blickte sie auf seine blauen Flecken im Gesicht.

„Mir ist das Gleiche passiert wie dem Arne, Sie wissen ja …“ Matthias beobachtete die beiden genau und registrierte, wie Franzi unmerklich zusammenzuckte. „Ich bin gestürzt“, beendete er den Satz und die beiden Athleten atmeten erleichtert auf und fragten, ob er sich ihnen anschließen wolle.

Matthias lehnte dankend ab, er war sich sicher, mit dem

Tempo der Leistungssportler nicht mithalten zu können. Aber die beiden gaben nicht nach, sie wollten die letzten Kilometer locker auslaufen und nahmen ihn in die Mitte. „Glücklicherweise haben Sie Ihre Gewehre nicht dabei", frotzelte er. „Sonst würde ich mich jetzt unwohl fühlen, so mit der Waffe im Rücken."

Das lockere Auslaufen war immer noch schneller als sein vorheriges Tempo und er musste kräftig arbeiten, um den Anschluss an Franzi, die vorweg lief, zu halten. Den Blick nur noch auf die Spur gerichtet, flog die verschneite Landschaft an ihm vorbei, ohne dass er sich besonders daran erfreuen konnte. „Nutzen Sie die Arme mehr. Kräftig anschieben!", korrigierte ihn Bernd von hinten. Matthias war heilfroh, als die ersten Häuser des Ortes in Sicht kamen und die Loipe ein paar hundert Meter weiter endete. Er stützte sich schwer atmend auf seine Stöcke. „Unglaublich, wie Sie nach solchen Laufstrecken noch ruhig zielen können", bewunderte er die beiden Athleten, aber die kommentierten nur, dass sie ja auch wesentlich mehr trainieren würden als er und lobten seine Leistung. Er begleitete die beiden noch bis zum Parkplatz, wo Franzi in ihren BMW und Bernd in einen Mercedes-Geländewagen stiegen und mit flottem Tempo heimwärts brausten.

Matthias griff seine Skier und machte sich zu Fuß auf den Heimweg. Er hatte es nicht weit bis nach Hause. Völlig fertig ließ er sich im Skikeller des Hotels auf die Bank fallen. Schuhe aus, Skier weg und ab in die Sauna. Jetzt war es von Vorteil, hier zu wohnen, denn er durfte die Freizeiteinrichtungen des Hotels jederzeit nutzen. Zehn Minuten später lag er ausgestreckt auf der Holzbank und genoss die Hitze, die seinen Körper umwallte. Der Ofen böllerte leise in der Ecke und hielt die Temperatur konstant auf achtzig Grad. Ein leichter Hauch von Eukalyptus lag in der Luft und machte die Lungen frei. Um diese Zeit waren die Hotelgäste noch auf den Pisten und Wanderwegen unterwegs, so hatte er die Sauna für sich alleine und ließ seinen Gedanken freien Lauf. Was machten Franzi und Bernd zusammen im Wald, außer Langlauf natürlich? Nach einem erholsamen Bad im Whirlpool und einem zweiten Saunagang machte sich eine wohlige Erschöpfung in seinem Körper breit und auf dem bequemen Liegestuhl, eingekuschelt in eine flauschige Decke und leiser chilliger Musik über seine Kopfhörer dauerte es nicht lange, bis er einschlief.

Nach diesem gelungenen Start in den Tag wurde es Zeit für den Fernseher, Bundesliga, sein HSV spielte heute auswärts gegen Stuttgart, das war ein Muss! Er fläzte sich auf das Sofa, das Notebook auf dem Schoß und chattete mit seinen Hamburger Freunden, die neugierig nach seiner ersten Arbeitswoche fragten.

Nach einem knappen aber verdientem 1:0 seines Vereins machte er sich daran, das Abendessen zuzubereiten. Als Vanessa zur Küchentür hereinschaute, standen eine Schüssel Feldsalat mit Tomaten und Walnüssen auf dem Tisch und auf dem Herd lag in der Pfanne ein Stück Schweinefilet zum Braten bereit. Die dazugehörigen Pilze hatte er schon geputzt und ein frisches Bauernbaguette wartete auf den Anschnitt. „Hm, wie lecker", freute sich Vanessa und sprang schnell unter die Dusche. Als sie mit feuchten Haaren und einem gemütlichen Hausanzug aus Nickistoff wieder auftauchte, waren auch das Fleisch gebraten und die Pilze geschmort. Matthias hatte den Rest des Rotweins von Donnerstagabend eingeschenkt und eine zweite Flasche vom Supermarkt mitgebracht. So stand einem gemütlichen Samstagabend nichts mehr im Wege. Im Fernsehen gab es den ersten Teil der Bourne-Trilogie. Der war immer wieder spannend, obwohl sie ihn beide schon kannten. Dabei leerten sie auch noch die zweite Rotweinflasche und als er am Ende des Films in die Packung mit den Kartoffelchips griff, die auf Vanessas Schoß lag, fühlten seine Finger nur noch leeres Verpackungsmaterial. Vanessa war eindeutig schneller gewesen. „Soll ich Nachschub holen?“, fragte sie schuldbewusst, aber Matthias konnte sich auch etwas anderes mit ihr vorstellen und sie war dem nicht abgeneigt.

Zwei Stunden später, als er zufrieden und entspannt neben ihr auf dem Laken lag, strich sie vorsichtig mit den Fingern über die Verletzungen in seinem Gesicht und schaute ihn besorgt an: „Bisher habe ich wenig von deinem Arbeitsalltag mitbekommen. Ich hoffe, dass so etwas nicht häufiger vorkommt.“ Matthias versicherte, dass dies seine erste Verletzung während des Dienstes gewesen sei. Blaue Flecken hatte er sich in Hamburg eher beim Kampfsport zugezogen. Aber hier hatte er noch keinen Verein gefunden, so dass das blaue Auge wohl vorerst eine Ausnahme bleiben würde. „Pass auf dich auf, bitte“, flüsterte sie, aber das würde er schon aus eigenem Interesse tun.

Für Franzi und Bernd endete der Tag nicht so entspannt. Sie waren ins Olympiazentrum gefahren, hatten ein kurzes Krafttraining absolviert und sich nach dem Duschen in der Cafeteria zusammengesetzt. Hier konnten sie sich zwanglos treffen, hinzu kam, dass sich um diese Zeit kaum jemand hier aufhielt, nur eine Gruppe Jugendlicher hatte einen Tisch am Fenster besetzt. Franzi und Bernd, beide mit einer Saftschorle in der Hand, suchten sich einen Tisch im hinteren Teil des Raumes, abseits der Fenster und der Theke. Leise diskutierten sie, wie das hatte passieren können. Sie hatten diesen einsamen Weg gewählt, um sich in Ruhe aussprechen zu können und sicher zu sein vor fremden Blicken. Beide ärgerten sich gewaltig, dass ihnen gerade dort der Kommissar über den Weg gelaufen war. Was hatte der mit den Bemerkungen über Arnes Verletzungen und über ihre Waffen gemeint? Bernd beruhigte Franzi, er war sich sicher, dass der Polizeibeamte nur einen Witz hatte machen wollen, aber eine klitzekleine

Unsicherheit blieb zurück, besonders als sie an das zerschlagene Gesicht des Polizeibeamten dachte. Wie bei Arne, hatte er gesagt.

„Bleib ganz ruhig, Franzi. Warum sollten wir nicht am Wochenende gemeinsam trainieren? Du machst dir viel zu viele Gedanken. Das ist doch gut gelaufen, dass wir ihn mitgenommen haben, so konnte gar nicht erst der Gedanke entstehen, dass wir alleine sein wollten", er lachte, als er an den schnaufenden Beamten dachte, „der war ganz schön geschafft nach der Runde, was?" Als sie ihn immer noch zweifelnd anschaute, beruhigte er sie „Und wenn es ein Problem mit ihm gibt, dann werden wir das lösen." Sie nickte und legte den Kopf an seine Schulter. Er nahm sie in den Arm und drückte sie fest an sich. Sie ließ es mit sich geschehen und Bernd hielt sie länger fest als notwendig.

Sonntag

Kerstin wachte auf und räkelte sich im Bett. Trotz der halb durchwachten Nacht fühlte sie sich ausgeruht. Ein Blick auf den Wecker sagte ihr, warum. Er zeigte fast elf Uhr an. Sie konnte sich kaum daran erinnern, wann sie das letzte Mal so lange geschlafen hatte. In ihrem Schlafanzug aus kuscheligem rotkarierten Flanellstoff tappte sie in die Küche, brühte sich mit der Maschine einen Kaffee auf und genoss das Aroma des ersten Schluckes. Christoph war ein Langschläfer, der würde sich sicherlich auch über ein spätes Frühstück freuen. Sie wollte ihn mit frischen Brötchen überraschen. Nach einer schnellen Dusche stieg sie in ihren Jogginganzug und warf die Daunenjacke darüber.

Draußen war es bitterkalt, einige kleine Schneeflocken schwebten so langsam vom leicht verhangenen Himmel herab, dass es fast unwirklich erschien. Sie blieb stehen und freute sich an dem Bild, aber schnell wurde ihr kalt. Sie zog die Kapuze über den Kopf und lief mit flotten Schritten zum Bäcker an der Ecke. Groß war die Auswahl um diese Zeit nicht mehr, aber dafür musste sie auch nicht anstehen und verließ ein paar Minuten später den Laden mit einer Tüte lecker duftender knuspriger Brötchen. Als sie die Wohnung betrat, hing noch der Duft ihres Morgenkaffees in der Luft und sie freute sich auf das Frühstück.

„Christoph, Frühstück ist fertig!“ Sie setzte sich mit der Morgenzeitung an den Tisch, brühte sich einen zweiten Becher Kaffee auf und verfolgte die Meldungen über den Mord beim Weltcup. Doch die Schreiber wussten noch weniger als sie, so dass sie vom Lokalteil zum Allgemeinen Teil der Nachrichten wechselte.

Nach fünf Minuten wiederholte sie den Weckruf und als ihr Bruder danach immer noch nicht erschien, klopfte sie an seine Zimmertür. Keine Reaktion. Sie öffnete leise die Tür.

Christoph lag regungslos im Bett. Er war sehr blass und erst jetzt sah sie das viele Blut auf der Bettdecke. Kerstin stürzte auf ihren Bruder zu und fühlte seinen Puls an der Halsschlagader, die Handgelenke waren zerschnitten und blutig. Ganz schwach konnte sie das Pochen der Schlagader ertasten. Hastig holte sie den Verbandskasten aus dem Badezimmer und legte an beiden Handgelenken einen Druckverband an.

Erst dann wählte sie den Notruf und zehn Minuten später standen die Rettungssanitäter vor ihrer Tür. Sie lobten ihr besonnenes Verhalten und die Erstversorgung des Verletzten. Erst jetzt, wo ihr Bruder versorgt war, setzte der Schock ein. Zitternd saß sie auf dem Stuhl neben dem Bett und schaute zu, wie Christoph auf einer Trage festgeschnallt und aus dem Haus getragen wurde. Einer der Sanitäter kam zurück und fragte, ob sie mitfahren wolle. Sie antwortete nicht. Er fragte noch einmal. Jetzt sah sie ihn an. „Wie bitte? Was haben Sie gesagt?“, stotterte sie und schaute ihn hilflos an. Dem Mann waren solche Reaktionen nicht unbekannt, er legte ihr die Jacke um die Schultern, erinnerte sie daran, die Wohnung abzuschließen und führte sie dann zum Krankenwagen, der mit Blaulicht und Martinshorn ins Krankenhaus raste.

Christoph war immer noch ohne Bewusstsein, als sie dort eintrafen. Der Fahrer hatte den Suizidversuch bereits im Krankenhaus angekündigt und sie wurden von einer Schwester und einem Pfleger erwartet und in die Notaufnahme gebracht. Die beiden schoben Christoph in den Behandlungsraum und schickten Kerstin an die Anmeldung, um die Personalien ihres Bruders anzugeben. Sie zitterte immer noch am ganzen Körper. Die Krankenschwester war sehr freundlich, versuchte sie zu beruhigen und brachte ihr einen heißen Tee. Dann fragte sie nach und nach die Daten ab. „Bei einem Selbstmordversuch müssen wir die Polizei informieren“, erklärte sie abschließend. Sie bat Kerstin im Warteraum Platz zu nehmen, bis die Beamten eintrafen.

Kerstin sah sie gehetzt an „Muss das wirklich sein?" Die Schwester bejahte. „Können Sie bitte Hauptkommissar ...", sie rieb sich die Stirn, „wie heißt der denn noch. Jetzt fällt mir der Name nicht ein." Tränen liefen ihr über die Wangen.

„Ganz ruhig. Denken Sie noch einmal nach. Dann erinnern Sie sich bestimmt wieder." Kerstin war dankbar, dass an diesem Morgen nur wenige Notfälle zu versorgen waren und die Krankenschwester sich mit einer mütterlich beruhigenden Art Zeit für sie nahm. Jetzt erinnerte sie sich wieder an die Visitenkarte, die Matthias ihr in die Hand gedrückt hatte, bevor er ging, mit der Bitte sich zu melden, wenn sie ihm etwas mitteilen wollte.

„Warten Sie, einen Moment." Sie kramte in ihrer Handtasche, holte das Kärtchen aus ihrem Portemonnaie heraus und gab es der Krankenschwester. „Hauptkommissar Hansen. Er kennt meinen Bruder. Wenn Sie erlauben, kann ich ihn auch anrufen." Das war zwar ungewöhnlich, doch die Frau sah keinen Grund, dem zu widersprechen. Glücklicherweise hatte Matthias auf der Karte zusätzlich zu seiner Dienstnummer auch seine Handynummer notiert, so dass er auch außerhalb der Dienstzeiten erreichbar war. Sie betete, dass er den Anruf entgegen nehmen würde.

Matthias und Vanessa hatten ihr ausgiebiges Frühstück beendet. Matthias hatte gestern verschiedene Käsesorten, Aufschnitt und Krabbensalat eingekauft, frische Brötchen hatten sie sich aus der Hotelküche stibitzt. Vanessa musste heute erst nachmittags arbeiten, so dass sie jetzt bei einer letzten Tasse Kaffee die Termine der nächsten Woche abglichen. Ihr Vater sollte heute Abend zurückkommen, dann hatte sie wieder mehr Freizeit und die beiden nahmen sich vor, am folgenden Samstag Erfurt einen Besuch abzustatten. Matthias wollte wieder ein wenig Stadtluft schnuppern und Vanessa hatte auch nichts gegen einen Stadtbummel einzuwenden. Für den heutigen Abend hatte sie eine Überraschung geplant, mehr hatte sie nicht verraten und war im Badezimmer verschwunden, um sich zu schminken und umzukleiden.

Matthias blätterte in der Tageszeitung, als sein Handy klingelte. Unbekannte Nummer, sollte er das Gespräch annehmen? Pflichtbewusst wie er war, meldete er sich und damit war der freie Sonntag dahin. Er versprach, sich sofort auf den Weg zu machen und tauschte die Jogginghose und das T-Shirt mit einer Jeans und einem Oberhemd. Vanessa sah ihn verwundert an. „Ich muss auch arbeiten", erklärte er und gemeinsam verließen sie die Wohnung.

Matthias fand Kerstin Bäumler aufgelöst im Wartebereich des Krankenhauses. Immer noch in ihrem blauen Jogginganzug, wanderte sie unruhig im Eingangsbereich des Raumes auf und ab, in der Hoffnung, ihren Namen durch die Lautsprecheranlage aufgerufen zu hören. Bis jetzt hatte sie keine Nachricht vom Befinden ihres Bruders erhalten. Matthias konnte die junge Frau beruhigen. Er hatte bei seiner Ankunft vom behandelnden Arzt erfahren, dass der Patient außer Gefahr war. Kerstins Körper entspannte sich merklich, als sie das hörte. Matthias bestellte zwei Kakao und drückte ihr einen Becher in die Hand. „Schokolade entspannt", lächelte er, „trinken Sie, aber vorsichtig, der ist richtig heiß, und dann reden wir."

Sie nippte dankbar an dem Getränk und kaufte sich noch ein belegtes Brötchen an der Theke, denn heute knurrte ihr Magen so laut, dass sie Angst hatte, ihr Gegenüber könnte es hören. „Mein Frühstück steht noch unberührt in der Küche", erklärte sie, als Matthias sie zu einem Stuhl in einer ruhigen Ecke des Raumes führte. Die Betreiber der Klinik hatten sich Mühe gegeben, den Aufenthaltsraum so ansprechend wie möglich zu gestalten, um den Besuchern, die sich in der Regel aus weniger angenehmen Gründen hier aufhalten mussten, ein wenig Entspannung zu ermöglichen. Die sonnengelbe Farbe an den Wänden und die hellgrünen Gardinen vor den großen Fenstern, die kleinen Tische mit bequemen Stühlen davor, auf denen man auch länger ausharren konnte, ohne Rückenbeschwerden zu bekommen, nahm Kerstin erst jetzt wahr. Sie konnte Matthias kaum Neues berichten. „Sie haben ihn ja selbst erlebt, am Freitagabend. Hätten Sie erwartet, dass er heute versucht, sich umzubringen?“

Matthias schüttelte den Kopf. Christoph war unbeherrscht gewesen, aggressiv und bedrohlich, im nächsten Moment aber hatte er aber wieder ängstlich und unsicher gewirkt. Er fragte, ob Kerstin mit ihrem Bruder über die Medikamenteneinnahme gesprochen hatte und sie bejahte es. Ihr Bruder hatte ihr gestern versichert, die Tabletten regelmäßig zu nehmen und ihr ohne Nachfrage die Packung gezeigt, sie hatte nachgezählt und ihm Recht geben müssen. Christoph schien die Wahrheit gesagt zu haben. Seine Stimmungsschwankungen waren so nicht zu erklären. Matthias nahm sich vor, bei den behandelnden Ärzten nachzufragen und ließ sich von Kerstin den Namen der psychiatrischen Klinik geben. „Wollen Sie nicht Ihre Eltern informieren?“, fiel ihm plötzlich ein.

„Daran gedacht habe ich auch schon, aber die arbeiten zurzeit in Ägypten an einem neuen Buch und können uns ja auch nicht helfen. Ich würde sie nur verrückt machen. In zwei Wochen wollen sie zurück sein.“ Matthias nickte. Das konnte er gut verstehen, obwohl seiner Meinung nach Kerstin auch etwas moralische Unterstützung gut tun würde.

Endlich hörten sie über Lautsprecher ihre Namen und sie wurden zu Christoph gebracht, der mittlerweile in ein Krankenzimmer verlegt worden war. Er war an das Bett fixiert, um erneuten Selbsttötungsversuchen vorzubeugen. Aus einer Blutkonserve tropfte langsam die lebenserhaltende Flüssigkeit und wurde durch eine Kanüle in seine linke Ellenbeuge geleitet.

„Was ist passiert?“ Er schaute sie verwirrt an.

„Das würde ich gerne von dir wissen", drängte seine Schwester, „warum hast du das getan?"

„Ich weiß es nicht. Ich war plötzlich so unruhig. Konnte nicht mehr still sitzen. Dann habe ich meine Tasche gepackt und wollte ins Fitnessstudio gehen, um mich auszutoben. Da lag in der Sporttasche mein Taschenmesser und dann habe ich einfach zugeschnitten, ohne nachzudenken."

„Mensch Christoph, du hast versucht, dich umzubringen!"

„Das wollte ich nicht. Ich war irgendwie nicht ich. Du musst mir glauben. Ich würde mich nie im Leben umbringen, davor hätte ich viel zu viel Schiss." Er versuchte, sich mühsam aufzurichten. Matthias half ihm. „Wirklich, Kerstin. Das würde ich nie tun. Ich habe Angst vorm Sterben. Ich will noch nicht sterben!"

Kerstin konnte nicht antworten, sie weinte und nahm ihren Bruder in den Arm. „Du sollst auch noch nicht sterben. Versprich mir, dass du es nicht noch einmal tust."

Matthias hakte nach: „Und Sie können sich nicht erinnern, warum Sie das taten?" Christoph schüttelte den Kopf. „Gibt es noch andere Dinge, an die Sie sich nicht mehr erinnern können?"

„Hören Sie auf damit!", herrschte ihn Kerstin an. „Mein Bruder war die ganze Zeit im Stadion mit mir zusammen. Wollen Sie ihm in dieser Situation auch noch den Mord an Arne in den Mund legen?"

„Es tut mir leid." Matthias ärgerte sich über sich selbst, aber die Frage hatte sich ihm einfach aufgedrängt.

„Ich habe mit Arnes Tod nichts zu tun. Sie müssen mir glauben", beteuerte Christoph erneut und Matthias versicherte den Geschwistern, dass er mit seinem Kollegen alle Spuren verfolgen würde.

Hier konnte er nichts mehr tun. Matthias bot Kerstin an, sie nach Hause zu bringen, aber sie wollte den Tag bei ihrem Bruder bleiben und würde später mit dem Bus zurück fahren.

Matthias versicherte sich, dass Christoph auf jeden Fall über Nacht im Krankenhaus bleiben würde und machte sich dann auf den Rückweg. Er überlegte, ob er Theo über den Vorfall informieren sollte, entschied sich aber dagegen. Warum ihn am Wochenende damit belasten, morgen früh reichte auch aus.

Vanessa war pünktlich um 18 Uhr zu Hause und verriet ihm strahlend „Wir gehen heute Abend essen!"

Matthias machte ein langes Gesicht „Das ist nicht dein Ernst. Zum vierten Mal in dieser Woche. Welch Überraschung." Sie gab nicht auf und riet ihm, sich eine bequeme Hose anzuziehen, dann hätte er mehr von dem Abend. Also tat er ihr den Gefallen und eine halbe Stunde später machten sie sich auf den Weg.

Sie waren nur fünfzehn Minuten zu Fuß unterwegs, bis sie vor einem ockerfarben gestrichenen Gebäude standen. Durch die Fenster eines großen vorgebauten Wintergartens konnte man in den modern eingerichteten Speiseraum des Hotels schauen. Er sah schwarze Tische und Stühle mit braunen Lederbezügen, terrakottafarbene Wände und anscheinend zufriedene Gäste mit gefüllten Tellern vor sich. Jetzt freute er sich doch, hier waren sie Gäste wie alle anderen auch, das war etwas anderes als im Hotel ihrer Eltern, wo er sich permanent beobachtet fühlte. Sie gingen hinein, allerdings nicht in den Speiseraum.

Vanessa meldete sich an der Rezeption des Schlossberg Hotels und ein Mitarbeiter führte sie in einen kleinen Raum, in dem nur für zwei Personen eingedeckt worden war. Matthias starrte ungläubig in das Zimmer. „Mach den Mund zu, Schatz. Überraschung." Sie strahlte ihn an. Die beiden standen in einem kleinen japanisch eingerichtetem Essraum, der mit japanischen Ausstellungsstücken dekoriert war. Auf der einen Seite des Raumes erblickte er Vasen, Schalen und verschiedene Zeichnungen, auf der anderen standen zwei flache Esstische und Stühle davor. Der Kellner führte sie an den für sie vorbereiteten Tisch und sie nahmen auf den kleinen Stühlen Platz. Dafür also die bequeme Hose.

„Wir haben für Sie Essen aus dem Wok vorbereitet und als Vorspeise Sushi, darf ich Ihnen Sake dazu bringen?", fragte der Kellner und beide stimmten zu.

„Das ist ja unglaublich. Wieso gibt es hier in diesem Hotel solch einen Ort?" Matthias war ein Japan-Fan und übte seit einigen Jahren das japanische Taiko-Trommeln. Mit seiner Trommelgruppe hatte er im letzten Jahr einen zweiwöchigen Urlaub in Tokio und Osaka verbracht. Auch einen Workshop hatten sie dort mit einer international berühmten Trommelgruppe absolviert, das war das Highlight der Reise gewesen. Seine Trommlerfreunde hatten ihn nur ungern ziehen lassen und Matthias vermisste nach der einen Woche in Oberhof schon die Übungsabende und auch sein Karatetraining. Er hoffte, hier eine neue Übungsgruppe zu finden, aber die Chancen standen eher schlecht für ihn. In der Trachtentanzgruppe suchten sie noch neue Mitglieder, aber japanisches Trommeln in Oberhof?

Er liebte nicht nur japanisches Trommeln und die Kampfkunst, sondern auch japanisches Essen. In Hamburg gab es einige gute asiatische Restaurants, die er häufiger aufsuchte. Im letzten Jahr hatten seine Freunde ihm zum Geburtstag einen Sushi-Kochkurs geschenkt und mittlerweile gelang ihm diese japanische Spezialität schon ganz gut. Die Sake wurde serviert und eine Auswahl Sushi zur Vorspeise brachte der Kellner auf einer Etagere auch mit. Matthias rührte ein wenig Sojasoße mit einem winzigen Klecks Wasabi an, griff geschickt mit den Stäbchen nach einem Sushi und tauchte den in Seetang gewickelten Reishappen in die Flüssigkeit. „Oh, lecker." Vanessa machte es ihm nach, aber das Sushi fiel ihr mehrmals aus den Stäbchen, so dass sie, um auch noch etwas abzubekommen, schließlich zur Gabel griff und es sich ebenfalls schmecken ließ.

„So, und jetzt zu deiner Frage", begann Vanessa, als der erste Hunger gestillt war. „Der Thüringer Koch Rolf Anschütz hat 1966 in Suhl das erste japanische Restaurant der DDR gegründet. Der Waffenschmied, so hieß das damals, wurde das berühmteste japanische Restaurant Europas", erklärte sie ihm zwischen den Happen. „Vielleicht hast du ja davon gehört." Als Matthias verneinte, freute sie sich, ihm etwas Neues über Japan in Europa erzählen zu können. Wer damals einen Platz im Waffenschmied ergattert hatte, konnte sich etwas einbilden. Nachdem der Besitzer sich gegen die Stasi durchgesetzt hatte und immer mehr Besucher, auch aus dem Ausland kamen, auch Peter Maffay und Udo Lindenberg waren dort gewesen, war das Restaurant immer ausgebucht, obwohl zwei Jahre Wartezeit für einen Platz keine Seltenheit waren und man im Schnitt einen Monatslohn für den Abend zahlte. Für die Menschen in der DDR war das ein kleiner Ausflug in die Welt da draußen. „Wenn ich schon nicht raus darf, dann hole ich mir die Welt eben rein", hat der Anschütz gesagt und das Japanische auf hohem Niveau zelebriert. Solch eine Mahlzeit begann standesgemäß mit einem japanischen Bad vor dem Essen. Danach wurden die Gäste mit Kimonos bekleidet in den Speisesaal geleitet, wo das mit original japanischen Zutaten zubereitete Mahl serviert wurde.

Matthias lauschte gebannt, auf der Etagere waren nur einige Scheibchen Ingwer übrig geblieben und der Kellner schenkte Sake nach. „Gibt es das Restaurant noch? Da müssen wir unbedingt mal hin."

„Du willst wohl auch in netter Damengesellschaft ein Bad nehmen", witzelte sie und fuhr dann aber ernsthaft fort „Den Waffenschmied gibt es noch, aber nicht in der Form. Geh doch mal vorbei in der Mittagspause oder nach Dienstschluss, das Restaurant befindet sich direkt in der Innenstadt von Suhl, vom alten Rathaus sind es nur ein paar Meter. Aber du wirst enttäuscht sein, es ist nichts mehr übrig von damals, draußen eine grelle Leuchtreklame und drinnen altdeutsches Inventar." Sie berichtete weiter, dass der damalige Waffenschmied 1993 geschlossen wurde. Ihr Vater hatte dort auch zweimal gegessen und schwärmte heute noch davon. Er hatte sich in der letzten Woche sogar die neu erschienene DVD über die Geschichte des Restaurants gekauft, denn im letzten Jahr war ein Spielfilm über den Waffenschmied gedreht worden, mit ganz bekannten Schauspielern, „Sushi in Suhl" hieß der. „Den können wir uns demnächst gerne gemeinsam anschauen." Das wollte Matthias natürlich sehr gerne und er versprach, dazu einige Sushi vorzubereiten. Vanessa machte eine kleine Pause und stieß mit dem Reiswein an.

„Und, wie ging es weiter?", drängelte Matthias wissbegierig.

Vanessa wusste nicht genau, warum das Restaurant geschlossen wurde, die Meldungen waren damals sehr widersprüchlich gewesen. Der Anschütz hatte das alles geschafft, ohne Parteimitglied gewesen zu sein und man hat gemunkelt, dass er sich einer Rekrutierung in die Partei immer widersetzt hatte und die Führung das auf Dauer nicht akzeptiert hatte. Sicher war aber, dass er in Oberhof einen Neuanfang gestartet und ein japanisches Hotel eröffnet hat, das Sakura.

Jetzt wurde das Essen aus dem Wok serviert und Matthias lachte plötzlich los und fragte „Wird etwa aus diesem Grund die Wok-WM in Oberhof durchgeführt?"

Vanessa kicherte: „Nimm doch deine Polizeimarke und mach beim nächsten Event bei Stefan Raab eine Wokkontrolle. Vielleicht erzählt er dir ja bei der Gelegenheit, wie er zu der Ortswahl gekommen ist." Immer noch lachend versprach Matthias, das zu tun.

Das Gericht schmeckte beiden ausgezeichnet und Vanessa konnte noch mehr erzählen. Sie saßen jetzt in den Überresten des Sakura. Das Hotel hatte sich eine Zeitlang gut gehalten, aber irgendwann wollten die Gäste nicht mehr auf harten Reismatten schlafen und blieben aus. Vanessa konnte sich das vorstellen, denn ihr tat jetzt schon alles weh, vom ungewohnten Sitzen und sie versuchte, ihre Beine auszustrecken, was an diesen flachen Tischen schwierig war, obwohl die Hotelleitung hier etwas gemogelt und unter den Tischen Hohlräume eingebaut hatte, so dass man zumindest halbwegs normal am Tisch sitzen konnte und anstelle der in Japan typischen Sitzkissen standen den Gästen sogar flache Stühle mit Rückenlehne zur Verfügung. Matthias grinste, obwohl er vom Karatetraining sehr beweglich war, schmerzten seine Beine auch ein wenig. „Die Japaner sind eindeutig kleiner als wir. Für Menschen unserer Größe ist das auf Dauer ganz schön anstrengend. Ich kann mir vorstellen, dass man so zwar einen Abend, nicht aber einen ganzen Urlaub verbringen möchte."

Der Gründer des Hotels war 2008 gestorben, berichtete Vanessa, und nach dem Umbau hat man zumindest den Raum, in dem sie jetzt saßen, für die Nachwelt erhalten. Wer genau hinschaute, konnte beim Rundgang durch das Hotel noch vereinzelt japanische Papiertüren und andere Überreste aus der Zeit entdecken. Das sehr gute Essen und die aufmerksame und freundliche Bedienung entschädigten sie voll für die unbequeme Sitzhaltung und drei Stunden später stapften sie nach einigen Bechern Sake lustig und satt gegessen, eng umschlungen durch den Schnee nach Hause. Das war ein sehr schöner Abend für beide gewesen. Matthias hatte sich über den japanischen Abend gefreut und Vanessa darüber, dass sie ihrem Freund eine Freude hatte machen können.

Kerstin hatte den ganzen Tag am Krankenbett ihres Bruders verbracht. Sie hatten nicht viel geredet, Christoph war immer wieder eingeschlafen. Er hatte sich unruhig im Bett gewälzt, soweit das mit der Fixierung möglich war und viel geträumt. „Nein, ich sag nichts", wiederholte er immer wieder und irgendetwas von einem Brief hatte er gemurmelt. Ein Brief, der wichtig zu sein schien. Als sie ihn darauf ansprach, machte er sofort dicht. Er wisse nichts von einem Brief. Gegen zweiundzwanzig Uhr schickte die Nachtschwester sie nach Hause, hier konnte sie nicht mehr helfen, wichtiger war es, am nächsten Morgen ausgeruht wiederzukommen. Kerstin warf noch einen Blick auf ihren schlafenden Bruder, hauchte ihm einen Kuss auf die Stirn und ging leise hinaus.

Für den Heimweg bestellte sie sich ein Taxi, es war das erste Mal, dass sie in Suhl Taxi fuhr, aber um diese Zeit fuhr hier kein Bus mehr ab und zu Fuß würde sie bis zur Ortsmitte über eine halbe Stunde unterwegs sein. Als sie müde in dem warmen Fahrzeug saß und ein netter älterer Herr sie nach der Zieladresse fragte, war sie sich ganz sicher, dass es das Geld in diesem Moment wert war. Erschöpft schloss sie die Augen. Zehn Minuten später und neun Euro ärmer betrat sie die Wohnung. Auf dem Küchentisch stand noch das vorbereitete Frühstück. Sie setzte sich und weinte hemmungslos. Jetzt musste sie niemandem mehr ihre Stärke beweisen. Noch einmal ging sie das Szenario durch: das viele Geld, das sie Christoph geliehen hatte, die Wette, Arnes Tod, Christophs Alibi, sein Selbstmordversuch, was würde noch kommen? Wie kam sie aus dem Schlamassel nur wieder raus? Einmal gelogen und die Schlinge zog sich immer enger zu.

Beim Blick auf den gedeckten Tisch spürte sie, wie groß ihr Hunger war. Das eine Brötchen heute Mittag im Wartesaal des Krankenhauses, das reichte nicht, um bei Kräften zu bleiben. Sie schaute sich die Teesorten in der Küchenschublade an und entschied sich für einen Abendtee mit Melisse, Kamille, Baldrian und Hopfen. Die Kräuter würden sie hoffentlich etwas zur Ruhe kommen lassen. Während der Tee in der Kanne zog, schmierte sie sich ein Käsebrötchen und ein zweites mit Schinken. Dass die Brötchen schon etwas trocken waren, störte sie nicht. Herzhaft biss sie hinein und ließ es sich schmecken. Schon beim Essen wurde sie müde, aber Christophs Gemurmel über den Brief ging ihr nicht aus dem Kopf.

Mit deutlich schlechtem Gewissen ging sie in sein Zimmer und begann seine Sachen zu durchsuchen. Zuerst nur oberflächlich, auf dem Nachttisch, auf seinem Schreibtisch, im Bücherregal, aber als sie dort nichts fand, packte sie das Jagdfieber und sie durchforstete den Kleiderschrank, seine Jacken, die Schreibtischschubladen. Immer noch nichts, aber jetzt war sie besessen davon herauszufinden, ob Christoph Hinweise auf den Mord oder einen Abschiedsbrief versteckt hatte. Hatte er jemanden in dem Brief belastet? Als sie schon aufgeben wollte, fand sie zwischen Matratze und Lattenrost eingeklemmt tatsächlich einen Briefumschlag. Er war geöffnet und mit klopfenden Herzen zog sie ein Blatt Papier heraus.

Montag

Die Mannschaft saß versammelt im Teamraum und wartete auf den Trainer. Montags gab es immer ein kurzes Briefing und die Trainingspläne für die Woche wurden besprochen. An dieser Sitzung nahmen alle Sportler, Fitnesstrainer, Schießtrainer und auch der Psychologe und die Physiotherapeuten teil. Moritz hatte vor Aufregung feuchte Hände, würde der Trainer heute schon die Aufstellung für die Staffel bekannt geben? Pünktlich um zehn Uhr betrat Dieter Maier den Raum und begrüßte sie wie immer freundlich, aber wer ihn kannte, der merkte, dass die Lockerheit fehlte. Ein ernster Zug lag auf seinem Gesicht. „In zwei Tagen geht es los nach Ruhpolding. Ihr habt alle hart trainiert und ich hoffe, dass ihr die Belohnung dafür in Form von Medaillen mit nach Hause bringen werdet." Er machte eine Pause, länger als gewohnt, was einige der Athleten unruhig auf den Stühlen hin und her rutschen ließ. Aber er enttäuschte alle, die gehofft hatten, sich heute schon über einen Startplatz für die Staffel freuen zu können. Der Trainer hatte sich entschieden, erst in Ruhpolding nach dem Abschlusstraining die Staffel neu zusammenzustellen und Arnes Verlust damit zu kompensieren. Das hieß für alle, sich weiterhin anzustrengen und Höchstleistungen abzuliefern.

Dieter Maier zögerte einen Moment und bat dann Moritz zu einem kurzen persönlichen Gespräch. Der sah ihn erwartungsvoll an. Honorierte der Trainer doch noch seine kontinuierliche Leistungssteigerung? Doch das Gespräch nahm eine unerwartete Wendung, als der Trainer eine Frage stellte, auf die er nicht vorbereitet war. „Sag mal Moritz, was würdest du alles tun, um in der Staffel mitlaufen zu dürfen?"

„Ich trainiere mehr als alle anderen, das weißt du ...", begann Moritz, doch sein Trainer unterbrach ihn.

„Wir wissen alle, dass du nicht gut auf Arne zu sprechen warst. In gewisser Hinsicht kommt sein Tod sogar für dich zum richtigen Zeitpunkt."

Moritz schnappte nach Luft und sah ihn entsetzt an. „Du glaubst doch nicht, dass ich ...".

„Was ich glaube, steht nicht zur Debatte. Aber nein, ich glaube nicht, dass du ihn erschossen hast, obwohl das theoretisch natürlich möglich gewesen wäre, denn ich habe dich beim Staffelrennen nicht bei der Mannschaft gesehen und dass du ein sicherer Schütze bist, wissen wir alle." Moritz beteuerte kalkweiß im Gesicht, dass er mit seiner Freundin das Rennen auf dem Zuschauerrang verfolgt hatte und Maja das bezeugen könne. Der Trainer nickte und stellte jetzt die Frage, wegen der er Moritz zum Gespräch gebeten hatte. „Ich möchte etwas ganz anderes von dir wissen. Hast du Arne kurz vor dem Rennen verprügelt, um dir einen Vorteil zu verschaffen?" Moritz schüttelte nur mit dem Kopf, völlig entgeistert von der Beschuldigung, und starrte seinen Trainer mit offenem Mund ungläubig an. „Ich muss dich das fragen, Moritz, so schwer mir das fällt, denn die Polizei hat mir am Freitag die gleiche Frage gestellt."

„Die Polizei?"

Der Trainer berichtete von seinem Gespräch mit dem Kommissar Greitner und dass die Polizei von seinem Streit mit Arne wusste.

Der Sportler fiel in sich zusammen. „Das würde ich doch nie tun, Trainer. Manchmal bin ich etwas aufbrausend, aber ich arbeite an mir. Ich habe mir sogar einen eigenen Mentalcoach zugelegt, um meinen Jähzorn in den Griff zu kriegen."

Dieter Maier versicherte ihm, dass er der Polizei die gleiche Antwort gegeben habe, es aber aus seinem Mund habe hören wollen und sprach dem Sportler weiterhin sein Vertrauen aus.

„Von zehn Schuss vier Treffer und das im Liegen, was ist los mit dir, Moritz? Das machst du doch sonst mit geschlossenen Augen." Der Schießtrainer stellte sich neben ihn und forderte ihn auf, die Serie noch einmal zu schießen. „Und jetzt will ich alle Klappen dicht sehen, klar?" Moritz nickte, lud die Patronen, legte sich in Position und zielte erneut. Treffer, Treffer, Treffer, auch die nächsten Schüsse trafen ins Zentrum der Scheibe. „Geht doch, bleib konzentriert. Schließlich willst du ein Stück Edelmetall umgehängt bekommen, oder?" Moritz nickte. Er hatte einen starken Willen und würde es schaffen.

Nach Abschluss des Schießtrainings kam Bernd auf ihn zu. „Da kann ich mir ja den Mund fusselig reden beim Trainer. Mit solchen Schießleistungen stellt er dich bestimmt nicht auf. Was war los mit dir?" Moritz berichtete ihm von den Anschuldigungen und Bernd biss sich auf die Lippen. Damit hatte er nicht gerechnet. Die Polizei verdächtigte doch den Bruder von Kerstin Bäumler. Er hatte gedacht, dass damit die Sache für die Sportler erledigt wäre. Warum schnüffelten die immer weiter hier herum? Nach seinem Wetteinsatz hatten sie auch schon gefragt. Er schlug Moritz auf die Schultern und murmelte etwas von „sich keine Sorgen machen" und wechselte das Thema.

Theo stieß fast mit Matthias zusammen, als der ins Büro gestürmt kam. „Vorsicht, heißer Kaffee", warnte er noch, aber der erste Schwall traf Matthias und leckte über seine Jacke auf die frisch gewaschene Jeans.

„Na toll", entfuhr es Matthias und Theo lachte los. „Was ist denn daran so witzig?", fragte er verärgert.

„Bist du am Wochenende mit deiner Freundin zusammengestoßen oder hat sie dir eins mit dem Nudelholz verpasst?"

Erst jetzt begriff Matthias. Theo spielte auf sein blaues Auge an, das hatte er schon fast wieder vergessen. „Nein, wir haben Fasching gefeiert und die Abschminktücher sind mir ausgegangen.“ Er zog die Jacke aus und trocknete seine Hose mit einem Papiertuch. „Hatten Sie ein schönes Wochenende?“ Theo bejahte und das reichte dann auch mit dem Smalltalk. „Meins war nicht ganz so prickelnd, aber danke für die Nachfrage“, brummte Matthias und berichtete von Christophs Angriff am Freitagabend und von dessen Selbstmordversuch am Sonntag.

„Haben Sie schon die Spurensicherung in die Wohnung geschickt?“ Als Matthias verneinte, verzog Theo das Gesicht und wählte die Nummer der Kollegen und beauftragte Matthias, Kerstin über die Durchsuchung zu informieren. „Wir müssen heute auch noch diesen Moritz Ratinger befragen. Ein Motiv hätte der ja ebenfalls“, überlegte Theo laut und Matthias stimmte zu.

Auch die Sache mit den Wetten mussten sie weiter verfolgen. Die höchsten Einsätze hatten Bernd und Franzi getätigt. Und von Kerstins Konto fehlen zehntausend Euro. Die behauptet allerdings, nicht gewettet zu haben. Aber vielleicht ihr Bruder? Die Zeit wurde knapp, denn die Sportler würden am Mittwoch zur Weltmeisterschaft starten. Ihnen blieben nur noch zwei volle Tage. Doping und Medikamentenmissbrauch konnten sie ausschließen, bei der Obduktion des Sportlers hatte die Pathologin keine irregulären Werte gefunden. Da war alles sauber, wie der Mannschaftsarzt und die Familie beteuert hatten. „Mit dem Verdacht hast du ja schon die Familie des Opfers verärgert“, moserte Theo. Matthias beschloss, diesen Vorwurf einfach zu überhören und fragte, ob Theo denn vielleicht auch etwas zur Lösung des Falls beitragen wolle, was diesen wiederum zur Schnappatmung brachte. So kamen sie nicht weiter, das war klar.

„Heute werde ich mir mal dieses Fräulein Kerstin zu Gemüte führen. Wie war die Adresse noch mal?“

„Adam-Riese-Str. 1“

„Wollen Sie mitkommen oder haben Sie andere Pläne?“

Theo griff seine Jacke. Matthias überlegte noch, aber da war sein Kollege schon zur Tür raus.

„Gut, dann fahre ich zu den Sportlern", rief er ihm hinterher. Vielleicht war es ganz gut, die Seiten zu tauschen. Er wusste mittlerweile nicht mehr, was er von Kerstin halten sollte. Die Fakten sprachen gegen sie, irgendetwas verheimlichte sie ihm. Doch sein Bauchgefühl sagte ganz etwas anderes. Er konnte sich einfach nicht vorstellen, dass sie ihren ehemaligen Freund erschossen hatte.

Die Athleten hielten sich in der Ski-Sporthalle auf, das hatte er bei seiner Anmeldung erfahren. „Haben Sie einen Gästeausweis?", fragte die junge Frau am Eingang, „dann können Sie gratis auf die Gästetribüne." Er hielt ihr seinen Dienstausweis entgegen und fragte nach den Biathleten. „Treppe runter, durch die Umkleide in die Halle." Sie musterte ihn. „Hoffentlich sind Sie warm genug angezogen. Es ist saukalt da drinnen." Matthias zog seinen Reißverschluss hoch und stand zwei Minuten später auf dem schneebedeckten Boden der Ski-Sporthalle. Aber wohin jetzt? Die Halle war riesig, mehrere Pistenkilometer hatten die Sportler hier witterungsunabhängig zum Training zur Verfügung. Ein Skilehrer zeigte ihm die Richtung und schon bald konnte er die Schüsse von der Schießanlage hören und ein paar Meter weiter die Sportler beobachten. Schießen, eine kleine Laufrunde, schießen und wieder laufen. Dass die Jungs und Mädels hier Kondition hatten, hatten Bernd und Franzi ihm am Samstag auf der Runde durch den Wald bereits demonstriert. Aber hier ging es richtig zur Sache. Gebannt schaute er dem Training zu, das war kein Zuckerschlecken sondern Hochleistungssport. Er überlegte, ob es wohl schwierig sei, mit einem Wettkampfgewehr zu schießen, wenn man mit anderen Gewehren umgehen konnte.

Jetzt hatte ihn der Trainer entdeckt und winkte ihn heran. „Die nehmen Sie ja hart ran, Ihre Männer", bemerkte er.

„Darf ich mal probieren, mit solch einem Gewehr zu schießen?“, fragte er den Trainer und der erklärte ihm gerne die Besonderheiten des Sportgerätes. „Beim Stehendschießen haben Sie die große Öffnung als Trefferfläche zur Verfügung. Dagegen verkleinert sich die Öffnung beim Liegendschießen. Schauen Sie mal, jetzt bleibt nur noch diese kleine Öffnung übrig und die Scheibe ist fünfzig Meter entfernt.“ Matthias kniff die Augen zusammen. Im Fernsehen sah man die Scheiben immer groß eingeblendet und hier am Schießstand sahen sie sehr winzig aus. Er nahm das Gewehr in die Hand. Ganz schön schwer war das. „Legen Sie sich mal auf die Matte, und jetzt die Wange ans Gewehr, das Ziel anvisieren, vorspannen, gut so, und wenn Sie den schwarzen Kreis im Visier haben, können Sie abdrücken. Treffer, jetzt links, Treffer, noch weiter nach links“

„Mist, daneben“, ärgerte sich Matthias.

„Macht nichts, die Reihe machen wir zu Ende.“ Matthias schaffte noch zwei weitere Treffer und der Trainer lobte ihn. „Gut gemacht, nur eine Strafrunde. Dann mal los!“ Matthias sah ihn verwirrt an, das meinte der doch nicht ernst, oder? Dieter Maier lachte „Da habe ich Sie jetzt aber verwirrt, was?“ Matthias nickte und von hinten hörte er Bernds Stimme.

„Der Kommissar kann auch gut Langlaufen. Er hat vorgestern mit uns im Wald eine Runde gedreht.“ Matthias drehte sich um und bedankte sich für das Kompliment, gab aber auch zu, wie fertig er nach der Runde gewesen war.

„Bei Ihrem Beruf sind Sie doch der geeignete Kandidat fürs Biathlon. Sie müssen doch auch hinter den Verbrechern herlaufen, dann ruhig zielen und schießen, oder?“, motivierte ihn der Trainer für diese Sportart und erklärte, dass der Oberhofer Skiclub diese Möglichkeit auch als Breitensport anböte.

Matthias erklärte, dass solch eine Verbrecherjagd glücklicherweise nicht so häufig eintrat, wie immer in Krimis zu sehen war, versprach aber, es sich zu überlegen und nannte dann den Grund seines Besuchs. Der Trainer fasste das Gespräch mit Moritz Ratinger vom heutigen Tag kurz zusammen und Matthias diktierte die Aussagen in Kurzfassung in sein Handy. Das persönliche Gespräch mit dem Sportler brachte ihn auch nicht weiter. Einen Platz als Staffelläufer zu ergattern als Mordmotiv war völlig abwegig, zumal die Teilnahme ja auch jetzt keineswegs sicher war. Da war es schon denkbarer, den Kollegen zu verprügeln, um seinen Platz einzunehmen. Er beobachtete die Athleten noch ein wenig bei ihrem harten Training und fuhr zurück nach Suhl.

Dort angekommen wanderte er schnurstracks in die Kantine, denn die Geräusche, die sein leerer Magen von sich gab, waren nicht salonfähig. Er hatte gerade sein Tablett mit einem Salat, Putenschnitzel und Reis abgestellt, als eine bekannte Stimme: „Hallo Herr Hansen!“, quer durch die Kantine rief. Jetzt kannten ihn mit Sicherheit auch die Kollegen, zu denen er bisher noch keinen Kontakt gehabt hatte. Eine unübersehbare Gestalt in quietschegrünem Schlauchkleid, breitem Ledergürtel um die nicht vorhandene Taille und Schuhen, deren Absätze sie mindestens zehn Zentimeter größer erscheinen ließen, balancierte mit einem Tablett, nur mit einem Salat und einem Glas Wasser beladen, auf ihn zu. „Darf ich mich zu Ihnen setzen?“, fragte Gisela. Matthias nahm ihr das Tablett ab und rückte ihr den Stuhl zurecht, was sie geschmeichelt anerkannte. „In Hamburg wissen die Männer anscheinend noch, wie man eine Dame behandelt.“ Matthias betrachtete mitleidig ihr Tablett. Sie registrierte den Blick und seufzte: „Diät.“ Er wünschte ihr trotzdem einen guten Appetit. „Kommen Sie gut voran mit Ihrem Fall?“ Matthias nickte mit vollem Mund. „Und der Theo, behandelt der Sie gut?“ Matthias zuckte mit den Schultern. „Wissen Sie, der hat nach dem Tod seines Partners schon drei andere Kollegen vergrault. Sie wären der vierte, aber der Chef hat gesagt, dann muss er in den Innendienst." Matthias horchte auf. Solch ein Essen konnte sehr informativ sein.

„Tod des Partners?", fragte er nach und Gisela Maiberg schilderte ihm den Verlauf und das traurige Ende der Verfolgungsjagd in allen Einzelheiten, zwischendurch schaute sie ihn an und seufzte immer wieder: „Traurig, nicht wahr? Wirklich traurig die Sache." Matthias nickte jedes Mal verständnisvoll. Dann tätschelte sie ihm den Arm und meinte „Das wird schon, Herr Hansen, das wird schon. Halten Sie mal durch." Er nickte wieder und Gisela Maiberg sprang nach einem Blick auf die riesige, mit Strass besetzte Armbanduhr auf, sie sollte den Chef zu einer Pressekonferenz begleiten, winkte ihm noch kurz zu und war verschwunden. Unglaublich, wie schnell sie sich auf diesen Stöckelschuhen bewegen konnte.

Ihr Platz blieb nicht lange leer, kurz darauf erschien Theo, dessen Tablett im Gegensatz zu dem vorherigen sehr beladen ausschaute. „Das passt ja", begrüßte er ihn und ließ sich auf den frei gewordenen Stuhl fallen, zerschnitt genüsslich den Schweinebraten und tunkte den Knödel in die Soße. Und dann hinein damit. Beide aßen schweigend. Diese Ruhe war wohltuend, nachdem Frau Maiberg ihn pausenlos beschallt hatte. Matthias entschied sich, nicht mit dem Gespräch zu beginnen, sondern Theos Ergebnisse abzuwarten. Bis dahin musste er sich noch ein paar Minuten gedulden. Als er seinen Teller geleert hatte, wischte sich Theo mit der Serviette die Essenreste aus dem Bart und startete unvermittelt: „Fürs erste haben wir in der Wohnung nichts gefunden. Haben dann noch die Fingerabdrücke der Frau genommen. Das fand sie aber nicht witzig." Matthias konnte sich gut vorstellen, wie Theo an die Sache rangegangen war. Feinfühligkeit war ja nicht gerade seine Stärke. „Danach haben wir im Krankenhaus noch die Abdrücke ihres Bruders geholt und jetzt kann die Spurensicherung mal ein wenig arbeiten." Er lehnte sich zufrieden zurück. „Und, gibt es bei Ihnen was Neues?" Matthias berichtete kurz, aber eigentlich waren die Fakten ja alle schon bekannt gewesen. Er würde sich nach der Mittagspause an den PC setzen und ein weiteres Mal die Wetteinsätze durchgehen. Theo, der mit dem Computer nicht sehr bewandert war, war das ganz recht. Er wollte heute früher Feierabend machen, musste noch etwas besorgen, sein Sohn hatte morgen Geburtstag. Er trat von einem Fuß auf den anderen, sichtlich unschlüssig, ob er seinen jungen Kollegen ansprechen sollte. Dann fasste er sich ein Herz. „Sagen Sie mal, was für Marken tragen die jungen Leute denn so in Hamburg?"

„Wie alt wird Ihr Sohn denn?"

„Patrick wird sechzehn."

Matthias überlegt kurz. Er dachte an die Auswahl an Klamotten, die er in Oberhof gesehen hatte und konnte sich nicht vorstellen, dass junge Leute dort überhaupt einkauften, da war die Auswahl in Suhl schon größer. „Wenn es etwas Besonderes sein soll, dann Cleptomanicx, Ben Sherman, Bench oder Hollister, aber das kriegen Sie hier möglicherweise nicht. Habe ich zumindest noch nicht entdeckt, aber ich habe auch nicht danach gesucht. Sportmarken wie Adidas oder Nike trägt man auch viel. Ich würde ein Adidas Shirt kaufen, das müssten Sie hier im Sportgeschäft bekommen." Theo schwirrte der Kopf, die Namen hatte er noch nie gehört. Adidas kannte er, das konnte er sich merken und wollte damit sein Glück versuchen. Matthias staunte, es war das erste Mal, dass sein Kollege ein persönliches Anliegen angesprochen hatte. Er wünschte ihm viel Erfolg und wandte sich wieder seinem Computer zu. Zwei Stunden später verschwammen die vielen Zahlen vor seinen Augen und er machte sich ebenfalls auf den Heimweg.

Dienstag

Matthias hatte schon den Kaffee gekocht, als Theo pfeifend zur Tür reinkam. Er schien gute Laune zu haben. „Adidas war ein guter Tipp." Es war schon lange her, dass er seinen Sohn mit einem passenden Geschenk beglückt hatte, zumindest seit die Lego- und Starwars-Zeit vorbei war. Seine Frau hatte es kaum fassen können, als Theo seinem Sohn ein selbst gekauftes Geschenk überreicht hatte. Derartige Aufgaben blieben in der Regel an ihr hängen und das war schwierig genug, da Theo meist das Auto für sich beanspruchte. Marion erledigte den Weg zu ihrer Arbeit in einer Arztpraxis und die meisten Einkäufe mit dem Fahrrad. Zwei große Packtaschen und ein Korb am Lenker reichten für die meisten Erledigungen aus und das Radfahren hielt sie fit.

„Sind schon Ergebnisse der Spurensicherung eingetroffen?" Matthias verneinte, wusste aber auch nicht, wonach die dort überhaupt hatten suchen sollen. Es war mit Sicherheit ein Selbstmordversuch gewesen, Fremdbeteiligung war ausgeschlossen, denn Christoph hatte den Vorgang genau schildern können. Theo wollte selbst nach den Ergebnissen schauen, er verband solche Ausflüge im Haus gerne mit einem Plausch mit den Kollegen. Nur so blieb man auf dem Laufenden. Eine halbe Stunde später war er zurück und wedelte zufrieden mit einem Stapel Papier. „Manchmal muss man etwas Dampf machen, dann läuft der Laden." Matthias sagte nichts dazu, ihm waren solche Aktionen unangenehm. Er ging davon aus, dass jeder seiner Kollegen so schnell und genau er konnte arbeitete und Drängen nicht weiter half, es sei denn, es war Gefahr in Verzug, dann mussten auch mal Arbeiten vorgezogen werden. Theo vertiefte sich in den Bericht. Nur ab und zu hörte Matthias ein „hm" oder „aha" und das Rascheln des Papiers. „Das ist ja interessant."

„Was ist interessant?", fragte Matthias nach.

„Das ganze Zimmer von diesem Christoph ist übersät mit Fingerabdrücken.“

„Ja und? Was ist daran seltsam?“

„Es sind nicht seine Fingerabdrücke.“ Eine kleine Kunstpause folgte. „Es sind die Abdrücke seiner Schwester. Sie sind überall, auf dem Schreibtisch, in den Schubladen, im Kleiderschrank, einfach überall.“ Matthias schwieg. Das war tatsächlich ungewöhnlich. Sie schien etwas gesucht zu haben. Theo unterbrach sein Schweigen. „Die beiden verschweigen uns doch was. Wir sollten die Geschwister vorladen. Was meinen Sie?“ Matthias stimmte zu und Theo rief bei Kerstin Bäumler an, aber sie war nicht zu Hause.

„Sie wird ihren Bruder im Krankenhaus besuchen“, vermutete Matthias, „wenn es Christoph besser geht, können wir einen Wagen schicken, der die beiden abholt.“

„Gute Idee“, sagte Theo und wählte die Nummer des Krankenhauses.

Bernd nahm den Anruf auf seinem Handy entgegen. Die Nummer war ihm unbekannt. Er wurde blass und stotterte: „Das kannst du nicht machen. So war das doch nicht gemeint. Natürlich bekommt ihr das Geld zurück. Ich hatte es doch nur ausgeliehen. Hast du mit jemandem darüber gesprochen? ... Mist, warum? Wir regeln die Sache unter uns, ohne Polizei. Halt dich dran, dann passiert auch nichts! Ich melde mich bei dir.“ Wütend beendete er das Gespräch. Das hatte gerade noch gefehlt, dass die jetzt auch noch ihre Nase in Dinge steckte, die sie nichts angingen. Morgen war die Abfahrt nach Ruhpolding. Jetzt war keine Zeit mehr zu verlieren. Er wählte Franzis Nummer. „Wir müssen uns treffen, gleich. ... Nein, es geht nicht am Telefon. Um zwölf Uhr hinter der Bobbahn. An dem kleinen Spazierweg. Du weißt schon. Bis dann.“ So ein Mist. Welche Informationen hatte Kerstin dem Polizisten weitergegeben? Er wanderte unruhig hin und her und versuchte zu einer schnellen Lösung zu kommen. Das fiel ihm schwer, denn er war nicht der spontane Typ, alles was er tat, war genau geplant, sein Training, seine Freizeitgestaltung und auch dieses dunkle Kapitel seines Lebens. Er hasste es, sich spontan entscheiden zu müssen. Schon beim letzten Mal war das schief gegangen. Für spontane Entscheidungen war Franzi zuständig, sie war der Gegenpol zu ihm, schon damals in ihrer Beziehung war sie diejenige gewesen, die mal eben ein Wellnesswochenende gebucht oder kurzfristig Freunde zum Grillen eingeladen hatte. Sie hatten sich immer gut ergänzt. Nur dumm, dass sie sich dann ebenso kurzfristig für Arne entschieden hatte, dabei passten die beiden seiner Meinung nach gar nicht zusammen. Arne, der Naturbursche und die schicke Franzi, die schnelle Autos und Fünf Sterne Hotels liebte.

Wie Matthias vermutet hatte, hockte Kerstin bei ihrem Bruder auf der Bettkante. Sie steckte ihr Handy zurück in die Handtasche und sagte eine Zeitlang nichts. Christoph kannte sie und wartete ohne Nachzufragen auf das Ergebnis ihres Telefonats. Kerstin kaute auf ihren Lippen, wie immer wenn sie nachdachte. Das war eine eindeutige Drohung gewesen. Die waren wirklich zu allem fähig, daran hatte sie jetzt keine Zweifel mehr. Was sollte sie tun? Wer konnte ihr helfen? Sie stützte den Kopf auf die Hände und überlegte. Zuerst einmal musste Christoph aus der Schusslinie heraus. „Ich bin gleich zurück“, murmelte sie und ging entschlossen ins Stationsbüro und dort zielstrebig auf die Krankenschwester zu. „Guten Tag Schwester Ingeborg. Ich habe eine gute Nachricht. Mein Bruder, Christoph Bäumler aus dem Zimmer 4, kann heute noch in der Klinik aufgenommen werden, in der er das letzte Jahr wegen seiner posttraumatischen Belastungsstörung behandelt worden ist. Die Frau Dr. Lindner benötigt nur einen Abschlussbericht von dem behandelnden Arzt.“

Die Krankenschwester sah sie erfreut an. „Das ist ja wunderbar. Ich sage Dr. Hirschberg gleich Bescheid. Er ist noch mit der Visite unterwegs, bei Ihrem Bruder ist er schon gewesen. Ich denke, in einer halben Stunde müsste er für Sie zu sprechen sein, wenn keine Notfälle eingeliefert werden." Kerstin bedankte sich. Sie würde so lange bei ihrem Bruder warten, teilte sie der Stationsschwester mit.

Christoph lag im Bett und starrte aus dem Fenster in den grauen Tag. Ihm war langweilig, er lag alleine im Zimmer und hatte keine Möglichkeit sich zu beschäftigen, immer noch war er wegen der Suizidgefahr ans Bett fixiert. Kerstin löste die Gurte und warf ihm seine Kleidungsstücke auf das Bett. „Zieh dich an, schnell, wir gehen." Ihr Bruder sah sie erstaunt an, befolgte aber ihre Aufforderung ohne weitere Nachfragen. Fünf Minuten später stand er fertig angekleidet vor ihr, mit blutverschmierter Jeans und T-Shirt. So ein Mist, daran hatte sie nicht gedacht, auch eine Winterjacke fehlte, was noch ärgerlicher bei diesen Temperaturen war. Kerstin zog ihre Daunenjacke aus und gab ihm die Fleecejacke, die sie darunter trug. Ohne zu murren zog er die Jacke an. Die war weit geschnitten, nur die Ärmel waren etwas kurz und in der Länge ging sie bis knapp an seinen Hosenbund. „Egal, komm! Zu Hause kannst du dich umziehen." Sie spähte auf den Gang, der war leer, nur der Wagen mit den Krankenakten für die Visite stand drei Zimmer weiter auf dem Flur. Kerstin zog ihren Bruder am Ärmel aus dem Krankenzimmer und eilte mit ihm die Treppen hinab ins Erdgeschoss und weiter zu ihrem Auto.

Als sie den schwarzen Polo startete, klingelte ihr Handy. Ihre Freundin Mandy war dran. „Sag mal, ist was bei euch passiert? Den ganzen Vormittag steht schon ein Polizeiwagen vor eurem Haus und ich erreiche dich nicht auf dem Festnetz."

Kerstin stockte der Atem. „Nein, es ist alles in Ordnung. Ich besuche gerade meinen Bruder im Krankenhaus. Er hatte wieder einen Rückfall. Die müssen auf jemand anderen dort warten. Aber danke, dass du nachgefragt hast." Sie verabredeten noch einen Termin in der nächsten Woche, um mal wieder in Ruhe zu quatschen und beendeten das Gespräch. Parallel zum Telefonat rasten ihre Gedanken und versuchten eine Lösung zu finden. Nach Hause konnten sie jetzt nicht mehr, nicht einmal um ein paar Sachen und eine Jacke für Christoph abzuholen und was noch wichtiger war, seine Medikamente einzupacken. Womöglich wurde auch ihre Wohnung in Erfurt überwacht, auch dorthin traute sie sich nicht mehr.

„Christoph, hast du eine Idee wohin wir jetzt fahren können? Nach Hause können wir nicht mehr. Die Polizei wartet dort auf uns." Er überlegte, bat sie aber erst einmal den Motor zu starten, denn ihm war kalt. Kerstin lenkte ihr Auto vom Parkplatz und fuhr Richtung Innenstadt. „Lass uns doch in die Hütte fahren", schlug ihr Bruder nach ein paar Minuten vor. Sie runzelte die Stirn.

„In welche Hütte?"

„Erinnerst du dich nicht mehr? Am Lütsche Stausee, wo vom Angelverein das kleine Schutzhäuschen steht. Papa ist doch immer da, wenn er in Ruhe nachdenken will." Das war eine gute Idee. Kerstin erinnerte sich noch gut an den kleinen See, einige Male hatte ihr Vater sie dorthin mitgenommen, doch meistens war er ohne Familie zum Angeln gefahren und hatte die Stille an diesem schönen Ort genossen. Auf dem Weg zum See kaufte Kerstin noch ein paar Lebensmittel ein, Milch, Brot, Aufschnitt, Käse, Margarine, Bananen, Kerzen und Streichhölzer. Hoffentlich war genügend Holz dort gelagert, sie erinnerte sich an einen gusseisernen Ofen, aber es war lange her, seitdem sie das letzte Mal dort gewesen war. Eine Zeitung nahm sie auch noch mit, zumindest zum Anheizen könnten sie die gebrauchen.

Der Weg zur Hütte war kaum zu befahren. Hier war seit dem Herbst sicherlich niemand mehr gewesen. Der Zufahrtsweg durch das Waldstück war stark verschneit. Einmal musste Christoph aussteigen und sie anschieben. Für den Notfall hatte sie auch noch die Schneeketten im Kofferraum. Aber sie schafften die Strecke und hielten auf der kaum noch sichtbaren Parkfläche vor dem Angelsee. Wie idyllisch dieser Platz war. Man ahnte nur, dass sich unter der großen, weiß verschneiten Fläche ein See befand. Drei Bänke standen aufgereiht mit Blick auf die freie Fläche. Es war ein wunderschöner Platz, aber Christoph hatte wenig Sinn für diese Idylle. Ihm war kalt. Sie holten die Lebensmittel aus dem Auto und bahnten sich den Weg durch einige Schneewehen zur Hütte. Mist. Ein Vorhängeschloss an einer Kette sicherte den Eingang. Christoph stapfte wieder zurück zum Fahrzeug und kam mit dem Drehkreuz und einem Schraubendreher zurück. Zuerst versuchte er mit dem Schraubendreher das Schloss zu knacken, ohne Erfolg. Seine Hände waren kalt und starr. Dann hakte er das Drehkreuz unter die Kette und versuchte mit roher Gewalt, die nicht allzu dicken Kettenglieder zu sprengen. Kerstin sah, wie die Adern an seiner Stirn pochten und erschrak, als sich der Schnee rot färbte. Die Verletzungen an den Handgelenken hatten wieder zu bluten begonnen, aber Christoph ließ nicht nach mit seinen Anstrengungen und endlich gab die Kette nach und den Eingang frei.

Es war dunkel und muffig in dem kleinen Raum, aber die Vorgänger hatten die Hütte sauber hinterlassen. Kerstin hatte unter einem Überstand einen großen Stapel Brennholz entdeckt. Frieren mussten sie zumindest nicht. Christoph holte einige Scheite herein und kurz darauf züngelten die ersten Flammen aus der zusammengeknüllten Zeitung heraus und leckten an dem noch kalten Holz, welches beißenden Qualm produzierte, sich aber den Flammen noch nicht ergeben wollte. Christoph hustete, gab aber nicht auf, er pustete vorsichtig unter das Holz und tatsächlich schwärzten sich die ersten Scheite und bald darauf prasselte ein kräftiges Feuer im Ofen. Er schloss die Klappe und wärmte seine Hände an dem sich langsam erhitzenden Metall. Bald würde man den Ofen nicht mehr berühren können, ohne sich zu verbrennen. Kerstin hatte inzwischen den Erste-Hilfe-Kasten aus dem Auto geholt und umwickelte seine Handgelenke mit frischem Verbandsmaterial.

Sie wusste nicht, wie sie das Gespräch beginnen sollte, denn schließlich hatte sie die Privatsphäre ihres Bruders verletzt. Doch es nützte nichts und sie rückte mit der Wahrheit heraus. „Wir müssen reden. Ich habe den Brief gefunden. Sag mir die Wahrheit, was ist passiert?" Christoph stützte den Kopf in die Hände und schwieg. „Christoph, ich warte."

Er begann stockend und dann konnte sie beobachten, wie sich die Spannung in seinem Körper immer mehr löste und es schließlich wie befreit aus ihm heraussprudelte. Er redete ohne Punkt und Komma und versicherte am Ende: „Ich war´s nicht, Kerstin, du musst mir glauben. Ich war da. Aber ich konnte nicht abdrücken. Ich konnte es einfach nicht. Ich habe das Gewehr weggeworfen und bin abgehauen. Du weißt, warum."

Sie nahm ihren Bruder fest in die Arme. „Es wird alles gut, Christoph. Wir kriegen das hin." Sie wusste nicht wie, doch das sagte sie ihrem Bruder nicht. In ihrer Jackentasche vibrierte ihr Handy. Sie schaute darauf, der Akku zeigte nur noch einen Balken, und keine Steckdose war in Reichweite. Eine SMS war angekommen. Kerstin las die Nachricht und runzelte die Stirn. War das die erhoffte Rettung oder eine Falle? Sie hatte niemanden, der ihr in dieser Situation weiterhelfen konnte und so antwortete sie kurz: „Ich werde dort sein."

„Was? Entlassen? Das kann doch nicht wahr sein! Warum informiert man uns denn nicht?" Theos Gesicht verfärbte sich hochrot und die Halsschlagader trat gefährlich pochend hervor. Er warf den Hörer auf die Gabel. „Kerstin Bäumler hat ihren Bruder vor einer Stunde abgeholt. Sie sprach von einer erneuten Aufnahme in die Klinik, in der er behandelt worden war. Allerdings hat sie die Einweisungspapiere dafür nicht mitgenommen und ist mit ihm sang- und klanglos verschwunden."

„Dann schicken wir einen Streifenwagen zu ihrer Wohnung. Die Beamten können die beiden abfangen, wenn sie dort ankommen. Ich rufe in dieser Klinik an, das hatte ich ohnehin vorgehabt." Der Anruf war allerdings schnell erledigt und jetzt war auch Matthias sauer. Die Ärztin berief sich auf ihre Schweigepflicht. Ohne Einwilligung des Patienten oder richterliche Anordnung durfte sie keinerlei Angaben zu dem Patienten machen. Er wusste, dass die Ärztin im Recht war, aber so kamen sie nicht weiter, nicht einmal die Auskunft, ob Christoph Bäumler dort eingetroffen war, konnte er der Frau entlocken. Wie sollte man da erfolgreich ermitteln?

Es fiel Matthias schwer, sich auf die Arbeit zu konzentrieren, denn seine Gedanken wanderten immer wieder zu den Geschwistern. Wo steckten die beiden? Dennoch ging er am Computer die Wetteinsätze ein weiteres Mal durch, aber es war wie verhext, er fand die Lücke nicht. Was war falsch? Was hatte er nicht bedacht? Eine E-Mail poppte auf. Er war erstaunt, denn kaum jemand kannte bisher seine dienstliche Mailadresse. Kein Absender, kein Betreff, sollte er die Nachricht öffnen? Er klickte sie an und rief Theo zu sich. Jemand hatte ihm ein Video geschickt. Es schien eine Handyaufnahme zu sein, etwas verwackelt, aber dennoch erkannte man ganz deutlich darauf Christoph Bäumler, der auf den bereits am Boden liegenden Arne Becker einschlug und trat und ihn dabei wüst beschimpfte. „Das ist für meine Schwester. Warum hast du sie wegen dieser Schlampe verlassen?" Dann stoppte die Aufnahme abrupt, als sei der Akku leergewesen oder der Filmende gestört worden.

„Das ist ja mal ein Ding", murmelte Theo „Aber wer schickt Ihnen so etwas? Und warum anonym?" Er schlug vor, beim Fredi nachzufragen und der bat ihn, die Mail an ihn weiterzuleiten, um den Absender ausfindig zu machen.

Matthias erinnerte sich nur daran, Kerstin eine Visitenkarte gegeben zu haben und dem Trainer. Aber dann fiel ihm ein, dass er die Kärtchen auch bei den Sportlern verteilt hatte. „Ich könnte auch eine gebrauchen", meinte Theo.

„Ich habe Ihnen doch meine Daten ins Handy eingespeichert", erinnerte Matthias seinen Kollegen.

„Aber das habe ich ja nicht immer in Reichweite", murmelte Theo. Matthias runzelte die Stirn. Er hatte sein Handy immer in Reichweite, eben weil alle Daten dort abgespeichert waren. Adressen, Telefonnummern, E-Mail-Anschriften und alle Termine und Notizen, die er sich kurzfristig machte. Aber er reichte Theo dennoch eine Karte mit seinen Kontaktdaten, die der in seine Geldbörse steckte. Die Bäumlergeschwister waren noch nicht aufgetaucht, aber Fredi meldete sich nach einer guten Stunde, gerade als die beiden zum Essen gehen wollten. Das Video war von einem Computer im Leistungszentrum abgesendet worden.

„Ich fahre da hin. Das Schwein kriege ich, das uns so eine anonyme Nachricht schickt. Was denken die sich eigentlich?" Theo griff wutschnaubend nach seiner Jacke. „Geben Sie inzwischen eine Fahndungsmeldung nach Kerstin und Christoph Bäumler wegen Körperverletzung und Mordverdacht raus, schießen können die ja anscheinend beide!"

Matthias gab die Fahndungsmeldung an die Einsatzleitstelle weiter und informierte auch den Polizeiwagen, der ohnehin vor dem Haus auf die Geschwister wartete. Er sollte etwas abseits parken, damit die beiden nicht gleich wieder verschwanden, wenn sie das Fahrzeug sahen. Danach ging er in die Kantine und wie es der Zufall wollte, war auch Frau

Maiberg wieder zur Stelle. Heute ruderte sie ihm in einem komplett pinkfarbenen Outfit entgegen. Sogar die Stiefel und das Haarband waren farblich angepasst. Diese Frau war wirklich nicht zu übersehen. Wieder standen nur ein Salatteller und ein Glas Wasser auf dem Tablett. Matthias bewunderte ihr Durchhaltevermögen und sagte ihr das auch, was ihre Augen zum Strahlen brachte. „Der Frühling naht, da muss man vorbereitet sein", erklärte sie entschieden. Matthias schaute aus dem Fenster. Frau Holle schüttelte wieder heftig ihre Betten aus und die Windböen spielten mit den Schneeflocken, ließen sie auf und ab tanzen bevor sie sich auf den Dächern, Straßen und den vorbeihastenden Menschen niederließen. Frühling sah in seiner Erinnerung anders aus. Aber noch hatten sie Januar und da durfte es schneien.

„Haben Sie eigentlich schon mal an einer Sportwette teilgenommen, Frau Maiberg?", fragte er, nachdem sie ihre Mahlzeit beendet hatten.

„Aber natürlich junger Mann, Sie nicht?" Matthias verneinte. „Also ich verwette nur kleine Summen. Beim Biathlon zum Beispiel setze ich zehn Euro und wenn die Quote gut ist, so wie am letzten Sonntag, dann kommt schon mal das Achtfache oder mehr als Gewinn heraus."

„Aber doch nicht am Sonntag. Deutschland hat doch nicht gewonnen. Also haben Sie Ihre zehn Euro wohl verloren."

„Das hätte ich, wenn ich auf Deutschland gesetzt hätte. Ich hatte aber auf Norwegen gewettet, die Quote war höher, und somit hätte ich sogar einen Gewinn von fünfundachtzig Euro eingesteckt. Aber leider wurde das Rennen ja unterbrochen und nicht gewertet. Sie zuckte trotzig mit den Schultern und lachte. „Aber ich habe das Geld trotzdem ausgegeben. Und was glauben Sie, was ich davon gekauft habe?" Matthias zuckte unsicher mit den Schultern und verzog fragend das Gesicht. „Rätätätä!" Sie stand auf und präsentierte ihr neues Kleid.

Er starrte sie an und konnte den Blick gar nicht wieder von ihr abwenden. Das war die Lösung. Warum war er nicht selbst darauf gekommen? Matthias sprang auf, drückte die völlig irritierte Frau Maiberg und rief nur: „Das ist es. Super!“, und flitzte aus dem Speisesaal.

Sie schaute zufrieden an sich herunter: „Dass das Kleid solche Begeisterungsstürme auslöst, hatte ich gar nicht erwartet.“

Ein weiteres Mal überprüfte Matthias die Wetteinsätze, erkundigte sich aber danach, worauf die einzelnen Parteien gewettet hatten und nicht wie viel Geld sie eingesetzt hatten. Er pfiff laut, als er das Ergebnis betrachtete. Fast alle Familienmitglieder und Athleten hatten auf den Sieg der deutschen Staffel gewettet und nur Franzi und Bernd hatten wie Frau Maiberg auf die norwegische Staffel gesetzt. Und gerade diese beiden hatten auch mit Abstand den höchsten Wetteinsatz getätigt. Da war also richtig Kohle geflossen. Das war ein Knaller. Sie hatten sich gegen ihre eigene Mannschaft entschieden. Gerade Bernd, der sich so leistungsorientiert präsentiert hatte und eine Goldmedaille bei der Weltmeisterschaft anpeilte, setzte auf den Konkurrenten. Hatte Arne nicht mitspielen wollen? Wurde er darum verprügelt und musste womöglich deshalb sterben?

Theo polterte in die Abschlussbesprechung des Trainers hinein. Dieter Maier schaute ihn ärgerlich an. „Das passt jetzt aber gar nicht, Herr Kommissar! Kommen Sie doch bitte in einer halben Stunde wieder.“

Der baute sich in voller Größe vor dem Trainer auf, der nicht gerade schmächtig war, aber hinter der massigen Gestalt des Polizeibeamten fast verschwand. Theo trat dicht an ihn heran und dröhnte „Was passt und was nicht passt, entscheide ich alleine. Und mir passt es jetzt gerade besonders gut!“ Die Athleten starrten ihn an und auch dem Trainer hatte es die

Sprache verschlagen. „Können wir jetzt anfangen? Ich habe da noch was zu klären, bevor hier alle ihre Koffer packen." Es kam keine Widerrede, einige nickten, andere murmelten ein leises: „Ja".

Theo fragte direkt nach dem Video, welches Matthias heute von einem Computer aus diesem Gebäude zugespielt worden war. Alle schüttelten den Kopf, empört über die Unterstellung. Natürlich hätten sie der Polizei solche Informationen sofort und nicht anonym zukommen lassen. Aufgeregte Stimmen überschlugen sich und jeder verdächtigte jeden. Der Trainer sah seine mühsam wiederhergestellte Ordnung und Disziplin davon schwimmen. Die Arbeit einer ganzen Woche war dahin. Der Blick zu seinem Psychologen bestätigte diesen Eindruck, auch Hanno beobachtete entsetzt, wie sich die Teamkollegen misstrauisch beäugten.

Das Theater ging noch eine Zeit lang so weiter, bis es Theo zu bunt wurde. „Meine Herren, so kommen wir nicht weiter. Da unser Experte sicher ist, dass es sich um ein Handyvideo handelt, bitte ich Sie, mir Ihre Telefone für eine kurze Untersuchung zur Verfügung zu stellen. Sie bekommen sie vor Ihrer Abreise zurück." Jetzt entwickelte sich das Stimmengewirr zu einem Getöse. Keiner wollte auf sein Gerät verzichten und Einblick in alle privaten Nachrichten und Fotos gewähren, aber Theo blieb stur. Er stellte die Beteiligten vor die Wahl, ihr Mobiltelefon jetzt bei ihm abzugeben oder ihn auf die Wache zu begleiten und in ihrem Beisein die Untersuchung dort abzuwarten. Er würde jetzt einen Polizeibus anfordern und die Athleten und Betreuer zur Wache transportieren lassen. Langsam merkten alle Beteiligten, dass es ihm ernst war und nach und nach gaben sie ihre Telefone ab. Theo hatte vorsorglich Klebezettel mitgebracht und versah ordentlich jedes Gerät mit dem Namen des Besitzers, zusätzlich legte er eine Liste an, auf der er handschriftlich den Namen des Besitzers, den Gerätetyp sowie die PIN, falls das Handy mit einer Kennzahl gesperrt war, notierte und das Ganze von der jeweiligen Person unterschreiben ließ. Den Tipp mit der PIN hatte Matthias ihm mit auf den Weg gegeben. Das verlieh ihm hier eine gewisse Kompetenz, die er sichtlich genoss.

Zwei Personen, Bernd und Moritz hatten ihre Telefone nicht dabei. Theo zögerte nicht lange und drohte, Beamte von der Spurensicherung in die Wohnungen zu schicken, um die Telefone dort abholen zu lassen. Da es sich um einen Mordfall handelte, wäre das überhaupt kein Problem und wie es der Zufall wollte, fanden sich die beiden Telefone dann doch ganz schnell in den Sporttaschen an. „Geht doch", brummte Theo zufrieden, „wir hören voneinander. Auf Wiederschau´n die Herrschaften."

Ohne sich noch einmal umzusehen, verließ er den Raum und ließ eine Schar aufgelöster Männer zurück. Das Glück stand ihm Pate, denn als er aus dem Zimmer stürmte, rannte er Franziska Wagner fast um, die auf jemanden zu warten schien. So kassierte er ihr Telefon auch gleich ein und stapfte zum Auto zurück. Er freute sich diebisch über seinen Coup, die waren doch tatsächlich alle auf seinen Bluff mit dem Polizeibus hereingefallen. Aber die Sache hatte auch reichlich Zeit gekostet.

Das Mittagessen lag ihm immer noch schwer im Magen und machte müde. Matthias lief über den Flur und brühte sich einen frischen Kaffee auf. Schon das Aroma des durchlaufenden Gebräus, das seine Nase umspielte, weckte neue Lebensgeister und er grübelte weiter. Nach seinen neusten Erkenntnissen hatten Bernd und Franzi ebenfalls ein Tatmotiv. Warum aber die beiden? Sie waren seit über einem Jahr getrennt. Dennoch hatte er sie zusammen im Wald getroffen. Trafen sie sich schon länger heimlich? Franzi und Arne hatten im Sommer heiraten wollen, wie konnte sie es zulassen, dass ihr Verlobter wegen einer Wette verprügelt und erschossen wurde? Das machte alles keinen Sinn! Bei Kerstin Bäumler war Eifersucht ein mögliches Tatmotiv. Doch sie hatte auf ihn nicht eifersüchtig gewirkt. Was verheimlichte sie ihm? Christoph würde sich für die Prügelaktion verantworten müssen. Zumindest das war sicher. Für den Todeszeitpunkt gaben sich die Geschwister gegenseitig ein Alibi.

Sein Handy klingelte. Die Nummer war ihm unbekannt. Eine nur undeutlich zu verstehende Frauenstimme stellte sich als Petra, eine Freundin von Kerstin vor. Kerstin wolle ihn treffen und ihm die Fakten nennen, die sie bisher verschwiegen hatte, aber nicht auf der Polizeistation, denn sie hatte Angst, dort festgehalten zu werden und diese Angst war ja begründet. Sie erwartete ihn um 16.30 Uhr im Stadion an der Schießanlage. Matthias überlegte kurz und sagte zu. Bevor er sich auf den Weg machte, informierte er Theo durch eine SMS, er wollte ihn nicht beim Verhör der Sportler stören.

Es war kurz vor 16 Uhr, als Theo völlig ausgehungert die Polizeiinspektion wieder betrat und ohne Umweg in die Kantine ging, wo er sich das letzte Brötchen mit einer dicken Scheibe Leberkäse sicherte. Das Brötchen in der einen Hand und den Stoffbeutel mit den erbeuteten Handys in der anderen, stieg er in den Fahrstuhl. Ein Handy surrte, er kannte den Ton, aber darum konnte sich jetzt der Fredi kümmern. Er legte ihm die Sammlung auf den Arbeitstisch, packte die Liste dazu und hockte sich neben ihn an den Tisch. „Jetzt zeig mal, was du drauf hast." Fredi machte sich an die Arbeit, die nicht schwierig war, da die PINs in der Liste notiert waren. Er ging auf jedem Handy die gespeicherten Videos durch, das dauerte nicht lange. Schnell wurden sie fündig. Auf Bernds Gerät fand sich die bekannte Videobotschaft. Irgendwie hatte er das bereits vermutet. Der liebe Bernd. Mit dem würde er noch ein Hühnchen zu rupfen haben. Dummerweise konnte er ihn jetzt nicht mehr anrufen, auf dem Festnetz sprang nur der Anrufbeantworter an und das Handy hatte er ja einkassiert. Aber der würde ihm nicht weglaufen. Morgen Vormittag startete die Mannschaft zur Weltmeisterschaft und Bernd würde die Abfahrt sicherlich nicht verpassen. Dieses Telefon blieb hier zur Beweissicherung. Er bat Fredi, sich das Handy noch etwas genauer anzuschauen und die anderen Geräte von einem Beamten zum Leistungszentrum zurückbringen zu lassen. Schließlich hatte er den Sportlern versprochen, dass sie ihre Geräte vor der Abreise zurück erhielten und er wollte sein Wort halten. Fredi verzog das Gesicht, aber er versprach, sich darum zu kümmern.

„Ach noch was. Ich fahre gleich los, muss meine Mutter noch abholen, Patrick hat heute Geburtstag. Ruf mich zu Hause an, wenn du was Interessantes herausfindest." Sein Kollege versprach, das zu tun und Theo wanderte kauend treppab ins Büro. Es war niemand da. Gut, dann würde er sich jetzt auch auf den Heimweg machen.

Matthias stand pünktlich an der verabredeten Stelle. Wo war sie? Es war bitter kalt, der Wind war noch stärker geworden und blies ihm harte Eiskristalle ins Gesicht. Er zog seine Mütze tief über die Stirn und stellte den Kragen seiner Jacke hoch. Es dämmerte bereits, aber jetzt sah er eine Gestalt zügig durch den Schnee auf sich zu stapfen. Es war Kerstin. Sie hatte die Schultern hochgezogen, aber auch das half nicht gegen die Kälte. Sie vermisste ihre Fleecejacke, doch die trug ihr Bruder.

„Gut, dass Sie endlich die Wahrheit sagen wollen", kam Matthias gleich zur Sache.

„Wie kommen Sie darauf?"

„Jetzt reicht es mir. Ich kann Sie auch gleich verhaften. Aber Ihre Freundin hat am Telefon gesagt, dass Sie endlich Fakten liefern wollen."

„Welche Freundin?"

„Ihre Freundin Petra, hat mich vorhin angerufen, weil Sie mit mir sprechen wollten. Haben Sie das schon vergessen? Deshalb bin ich doch hier!"

„Ich habe keine Freundin, die Petra heißt und ich bin hier, weil Sie mir eine SMS geschickt haben, dass Sie sich mit mir hier treffen wollen."

Matthias beteuerte, keine Nachricht geschickt zu haben. Ihn beschlich ein unwohles Gefühl. Wer hatte sie hier her bestellt? Er schaute sich um und gerade als Kerstin ihm das Display mit der Nachricht hinhielt, nahm er intuitiv eine Bewegung in der Baumgruppe wahr, dort wo er vor einer Woche die Skispuren entdeckt hatte. „Vorsicht!", schrie er und stieß sie zurück, doch der Schuss traf Kerstin am Kopf und sie fiel rückwärts in den Schnee, er auf sie drauf. Er rappelte sich wieder hoch und öffnete seine Jacke, um an die Dienstwaffe zu kommen. Doch er war nicht schnell genug, der nächste Schuss streckte auch ihn nieder und er fiel vornüber neben Kerstin in den Schnee.

Zwei Treffer. Er war zufrieden, wollte sich aber davon überzeugen, dass die beiden wirklich tot waren. Er schnallte die Skier ab und stapfte zu den am Boden liegenden Gestalten. Kerstin lief das Blut von der Schläfe. Sie regte sich nicht. Der Polizist stöhnte leise. Er drehte ihn mit dem Fuß um, und der Verletzte sah ihm ins Gesicht. Es war ein gequälter Blick. Matthias konnte sich nicht rühren, so stark war der Schmerz. Die Kugel war von hinten in seine linke Schulter geschlagen. Er konnte nur daliegen und den Schützen anstarren, der ihn jetzt mit einem gezielten Schuss ins Jenseits befördern würde, denn der Mann hatte sein Gewehr gehoben und zielte auf Matthias Kopf. Doch es war etwas anderes, dem Menschen in die Augen zu sehen, um ihn dann zu töten.

Der Schütze zögerte und als er die Warnung vernahm: „Achtung, da kommt ein Polizeiwagen. Lass uns abhauen, bevor uns hier jemand sieht!", war er erleichtert. Er musste nicht schießen. Die beiden würden auch so nicht überleben. Er sah dem Polizisten in die Augen „Glück gehabt, Schnüffler", und trat Matthias mit dem Fuß an den Kopf. Dann drückte er Kerstin das Gewehr in die Hand, schaute auf die Bewusstlosen herab und scharrte mit dem Fuß Schnee über die regungslosen Körper. Hier würde niemand die beiden suchen und am nächsten Morgen wären sie erfroren.

„Hier sind noch zwei Pakete, die zur Post zurück müssen. Kannst du das für mich erledigen, Theo?" Seine Mutter wies auf zwei Kartons, die in der Ecke des Flurs standen. Theo stöhnte. Vor einem Jahr hatte Patrick seiner Oma den alten Computer aufgeschwatzt und sich mit viel Geduld mit ihr zusammengesetzt und ihr die Grundlagen des Umgangs mit dem PC erklärt. Nun saß sie jeden Tag mehrere Stunden vor dem Gerät und spielte Solitär, was sie liebte, denn sie hatte schon früher gerne Patiencen gelegt. Das Mischen und Verteilen der kleinen Spielkarten fiel ihr mittlerweile sehr schwer, am Computer dagegen gab es das Problem nicht. Seit seine Mutter auch noch den Interneteinkauf für sich entdeckt hatte, schleppte er jede zweite Woche Pakete zur Post. „Freu dich doch", meinte sie, „sonst müsstest du mit mir auch noch Kleidung einkaufen gehen." Theo verdrehte die Augen, das hätte ihm gerade noch gefehlt. Dann lieber zur Post. „Wie gefällt dir dieses Kleid?" Sie drehte sich, soweit es ihr mit der Gehhilfe möglich war.

„Schön, sehr schön."

Seine Mutter stupste ihn vorwurfsvoll mit ihrem Stock an „Du hast gar nicht hingeschaut, Theo." Sie drehte sich noch einmal.

Jetzt guckte ihr Sohn ganz genau hin. „Hast du nicht erst letzten Monat ein Kleid in dieser Farbe gekauft?"

„Das war keine Antwort auf meine Frage, Theo", ermahnte sie ihn. „Aber immerhin erinnerst du dich. Das letzte Kleid war fliederfarben, und dieses ist fuchsia. Alles was sich daran ähnelt, ist das F für den Anfangsbuchstaben der Farbe." Sie seufzte: „Du bist wie dein Vater." Theo fasste das als ein Kompliment auf.

Seine Mutter ließ sich von ihm in den Mantel helfen und erinnerte ihn an das dritte Päckchen, in dem sich ihr Geschenk für Patrick befand. Er brachte die drei Pakete ins Auto und verstaute sie im Kofferraum, holte dann seine Mutter aus der warmen Wohnung und stützte sie auf dem verschneiten Fußweg. Das Einsteigen wurde immer beschwerlicher für sie, aber auch diese Hürde bewältigten die beiden. Er startete das Auto und schon dröhnte ihnen Led Zeppelin um die Ohren. „Bei der Lautstärke kriegst du doch gar nicht mit, was um dich herum passiert", beschwerte sich seine Mutter ein paar Minuten später.

„Ich höre noch gut, mach dir da mal keine Sorgen", beruhigte er sie.

„Und warum gehst du dann nicht an dein Telefon?", bemerkte sie schnippisch. Sie hörte mit ihren zweiundachtzig Jahren immer noch top.

Theo stutzte. Er hatte sein Handy nicht gehört, wollte es aber nicht zugeben. „Ich fahre doch. Nachher schaue ich nach", wich er aus und drehte die Musikanlage tatsächlich etwas leiser. Das Schneetreiben wurde immer dichter und die weiße Masse deckte nun auch die Fahrbahn zu. Theo war froh, heute nicht mehr hinausgehen zu müssen und freute sich auf einen gemütlichen Abend mit der Familie und ganz besonders auf ein leckeres Abendessen, denn das Leberkäsebrötchen von heute Nachmittag war längst verdaut. Seine Schwiegereltern kamen zeitgleich mit ihnen an. Glücklicherweise fuhr sein Schwiegervater noch selbst Auto, auch wenn ihm manchmal unheimlich war, wenn er den alten Mann lostuckern sah, so war er doch froh, dass er diese Fahrdienste nicht auch noch leisten musste.

Bernd und Franzi hasteten durch den Wald. Sie sprachen nicht miteinander. Franzi konnte immer noch nicht glauben, was da gerade passiert war. Bernd hatte auf Kerstin und den Polizisten geschossen und sie hatte es nicht verhindert. Sie hatten es sogar gemeinsam geplant. Doch es war etwas anderes, darüber zu sprechen, jemanden mundtot zu machen, als es dann tatsächlich auch zu tun. Nur weil die beiden der Aufklärung des Falles immer näher kamen. Nur weil sie nicht wussten, was Kerstin bereits an den Polizisten weitergegeben hatte? War das ausreichend, um zwei Menschen zu töten? Vielleicht hatte der junge Polizist sogar schon mit seinem Kollegen gesprochen, dann wäre ohnehin alles umsonst. Warum hatte dieser Blödmann Christoph auch ihren Verlobten erschossen? Verprügeln sollte er ihn und notfalls beim Wettkampf außer Gefecht setzen, aber doch nicht erschießen. Tränen der Wut liefen ihr übers Gesicht und vermischten sich mit den Schneeflocken, die der Wind ihr ins Gesicht blies. Vor ihr hetzte Bernd die Loipe entlang. Sie konnte kaum noch den Anschluss halten. Endlich hatten sie Bernds Auto erreicht, das sie in der kleinen unbewohnten Straße am Waldausgang abgestellt hatten. In der kurzen Zeit war es bereits von einer dicken Schneehaube bedeckt. Wenn es die ganze Nacht so weiter schneite, und das hatte der Wetterbericht prophezeit, würden die beiden Körper da draußen mit Sicherheit nicht mehr zu sehen sein.

Sie lehnte erschöpft ihren Kopf an Bernds Schulter. „Halt mich fest." Sie zitterte. „Was haben wir getan?" Bernd nahm sie in die Arme. Er genoss die wiedergewonnene Nähe. „Wir können sie doch da nicht so liegen lassen!"

„Der Kommissar hat mich gesehen, schon vergessen? Und wenn sie mich kriegen, bist du auch fällig, das ist dir doch wohl klar! Willst du ins Gefängnis anstatt zur Weltmeisterschaft?" Sie schüttelte den Kopf. „Die werden sich Christoph schnappen. Seine Fingerabdrücke vom letzten Sonntag sind noch auf dem Gewehr. Alles spricht gegen ihn. Bei seiner Vorgeschichte und den Medikamenten sowieso. Kerstins Fingerabdrücke sind jetzt auch noch auf der Waffe, da haben sie genug zu rätseln. Bleib ganz ruhig und kein Wort zur Polizei." Franzi nickte, wie gut, dass Bernd so ruhig und besonnen reagierte. Sie sorgten noch für ihr Alibi, Franzi kaufte auf dem Heimweg einige Lebensmittel ein und verwickelte die Kassiererin in ein Gespräch, zusätzlich bewahrte sie den Kassenbon auf und Bernd fuhr ins Trainingszentrum und arbeitete sich an den Geräten ab, bedacht darauf, von vielen wahrgenommen zu werden.

Christoph saß zitternd im Auto. Nachdem Kerstin den Wagen am Rande des großen Parkplatzes, abseits der Straßenlaternen, abgestellt hatte, war er schnell ausgekühlt. Sie hatte ihm strengstens untersagt, das Auto zu verlassen und jetzt hörte er auf sie. Es waren vielleicht zehn Minuten vergangen, als er einen Knall hörte und dann noch einen. Das klang, als wären Schüsse gefallen. Panik stieg in ihm auf. Hatte etwa jemand auf seine Schwester geschossen? Er hielt es nicht mehr im Auto aus und öffnete die Tür. In diesem Moment sah er einen Polizeiwagen auf den Parkplatz fahren und vor der Ski-Sporthalle halten. Schnell schloss er die Tür und duckte sich. Ein Polizeibeamter stieg aus dem Wagen. Er trug einen Stoffbeutel in der Hand und ging zielstrebig in das Gebäude hinein. Christoph wagte nicht, sich zu bewegen. Vorsichtig lugte er aus dem Seitenfenster.

Es dauerte nur ein paar Minuten, dann stieg der Beamte wieder in sein Auto und fuhr davon. Christoph stieß die Luft aus den Lungen. Das war noch einmal gut gegangen. Kerstin war immer noch nicht zurück. Christoph waren ihre Anweisungen jetzt egal. Wenn ihr etwas passiert war, dann musste er handeln und zwar sofort. Kerstin hatte im Kofferraum immer eine Taschenlampe liegen, er hatte sie vorhin noch gesehen, als er das Werkzeug aus dem Auto geholt hatte. Er leuchtete in die Richtung, in die Kerstin verschwunden war. Es schneite mittlerweile so heftig, dass er ihre Spuren nur noch mit Mühe erkennen konnte. Sie führten ihn ins Stadion bis zu den Schießständen.

Doch hier war niemand. „Kerstin“, rief er leise, „Kerstin, bist du hier irgendwo?“ Keine Antwort. Das war unheimlich hier. Die Tribünen ragten wie kahle Gerippe schwarz in den düsteren Himmel. Der Schnee peitschte ihm schmerzhaft ins Gesicht. Er leuchtete mit der Lampe die Umgebung ab und stolperte fast über einen Gegenstand, der vor ihm im Schnee lag. Er richtete den Strahl der Taschenlampe auf den Boden und erschrak. Ein Arm ragte aus dem Schnee heraus, an dem Arm konnte er roten Stoff erkennen, ebenso rot wie Kerstins Daunenjacke.

Christoph legte die Lampe ab und schob den Schnee mit den Händen beiseite. Er schrie auf, als er seine Schwester leblos mit Blutflecken am Kopf aus dem Schnee zog. Sie hielt ein Biathlongewehr in der anderen Hand. Er buddelte weiter und sah den Polizisten, den er letzte Woche k.o. geschlagen hatte, leblos neben ihr liegen. Voller Panik griff er das Gewehr und schleuderte es zur Seite. Das war nicht möglich. Kerstin hatte kein Gewehr dabei gehabt, als sie das Auto verlassen hatte. Sie konnte nicht geschossen haben. Warum sollte sie den Polizisten erschießen und sich selbst. Das hätte sie ihm nie angetan. Was sollte er tun, ohne seine Schwester? Man durfte sie hier nicht finden. Er hob sie hoch und legte sie vorsichtig über seine Schulter.

Dann griff er die Lampe, leuchtete dem Polizisten noch einmal ins Gesicht, der war mausetot, und schleppte Kerstin ins Auto zurück. Er durchsuchte ihre Jackentasche und fand den Autoschlüssel, den er unschlüssig in den Händen hin und her drehte. Seit über einem Jahr hatte er nicht mehr hinter einem Lenkrad gesessen. Aber deshalb verlernte man ja nicht das

Autofahren. Er bettete Kerstin vorsichtig auf die Rückbank ihres Autos, setzte sich auf den Fahrersitz, drehte entschlossen den Schlüssel im Zündschloss herum und startete den Wagen. Den Rückweg zu der Angelhütte schaffte er in zwanzig Minuten. Während der ganzen Fahrt überlegte er, was er mit Kerstins Leiche anfangen sollte. Vielleicht ein Loch in den Angelsee schlagen und sie dort versenken? Irgendwo im Wald ablegen? Nein, das ging gar nicht. Allein der Gedanke, dass Tiere sich an seiner Schwester zu schaffen machten, machte ihn wahnsinnig.

Tränen liefen ihm übers Gesicht, als er das Auto parkte und Kerstin heraus hievte. Sie stöhnte. Das konnte nicht sein. „Leichen stöhnen nicht, wenn man sie transportiert. Ich werde verrückt, das ist nicht möglich", sprach er zu sich selbst und strich ihr die Haare aus dem Gesicht. In diesem Moment schlug sie die Augen auf und schaute ihn an. Vor Schreck ließ er sie fallen und sie stöhnte wieder. Das war real. „Es tut mir leid, Kerstin, entschuldige bitte", stammelte er und hob sie vorsichtig wieder hoch. Die Hütte war kalt, das Feuer erloschen. Christoph legte seine Schwester auf dem Sofa ab und suchte im Dunkeln die Kerzen, die sie besorgt hatte. Sie tauchten den Raum in ein warmes Licht. Er betrachtete seine Schwester besorgt. Die Kugel hatte den Kopf nur gestreift, aber eine tiefe Furche als Scheitel gezogen. Das sah nicht gut aus. „Hast du große Schmerzen?" Sie nickte nur. Er holte frischen Schnee von draußen und versuchte die Verletzung zu säubern und zu kühlen. Sie zuckte zusammen und verlor wieder das Bewusstsein. Christoph desinfizierte die Wunde, das merkte Kerstin glücklicherweise nicht mehr, und versorgte sie mit einer großen Kompresse, die er mit einer Mullbinde fest um den Kopf wickelte.

Jetzt kümmerte er sich um den Ofen. Es war noch ein wenig Glut in der Brennkammer zurückgeblieben und vorsichtig entfachte er mit dem restlichen Zeitungspapier und einigen

Holzscheiten wieder ein prasselndes Feuer. Nun musste er nur noch aufpassen, dass es nicht wieder ausging. Besorgt schaute er auf seine besinnungslose Schwester. Er wusste, dass sie unbedingt einen Arzt brauchte, aber wenn er mit ihr ins Krankenhaus fahren würde, würde man sie vermutlich sofort verhaften. Warum hatte er nur das blöde Gewehr dort gelassen?

Er hatte so starke Schmerzen und es war so kalt. Matthias erwachte alleine in dem dunklen Stadion. Wo war Kerstin geblieben? Er versuchte, sich aufzurichten, aber ein heftiger Schmerz durchfuhr seinen linken Oberkörper, so dass er wieder zurücksank. Seine Hände waren steif gefroren, er spürte sie kaum noch, ebenso seine Füße. Trotzdem versuchte er mit der rechten Hand in seine linke Jackentasche zu greifen. Endlich hatte er sein Handy zu fassen. Jetzt nur nicht fallen lassen, er würde nicht danach suchen können. Glücklicherweise hatte der Akku noch nicht aufgegeben bei dieser Kälte. Er versuchte, sich den Schnee aus dem Gesicht zu blasen, aber der Schmerz im Brustkorb war zu heftig und die Schneekristalle bereits an seinem Bart festgefroren. Matthias schaltete das Handy ein und wollte die PIN eingeben, aber das Gerät reagierte nicht auf seine kalten Hände. Mühevoll blies er ein wenig warme Luft an die Fingerkuppen und versuchte es noch einmal, jetzt funktionierte es und er tippte die Kurzwahl von Theos Handy ein. Der Ruf ging raus. „Geh ran, bitte geh ran", flüsterte er. Nur die Mailbox ertönte mit der Aufforderung, eine Nachricht zu hinterlassen.

Patrick begrüßte seine Großeltern und seine Oma. Die Eltern seiner Mutter hatten immer auf die Anrede Großvater und Großmutter bestanden, von klein auf kannte er es nicht anders, die Mutter seines Vaters war für die Kinder immer die Oma gewesen. So war es bis heute geblieben. Er hätte auf diese Pflichtveranstaltung verzichten können und freute sich schon auf den Samstag. Dann wollte er mit seinen Freunden eine Party feiern. Seine Eltern hatten sich bereit erklärt ins Kino zu gehen, so dass er an dem Abend sturmfreie Bude hatte.

Von seinen Großeltern bekam er einen neuen Skihelm und eine DVD-Box geschenkt, die Herrn-der-Ringe-Sammlung, jetzt konnte er endlich einmal alle Episoden im Stück schauen. Keine große Überraschung. Beides hatte er sich gewünscht und er nahm an, dass seine Eltern die Geschenke besorgt hatten, wie immer in den letzten Jahren, auch wenn sie es natürlich nie zugeben würden. Doch dann übergab ihm seine Großmutter noch ein besonderes Geschenk. Patrick holte eine CD aus der Verpackung und verzog das Gesicht. Die frisch herausgekommene CD mit dem Song über die Thüringer Klöße. Das konnte doch nicht wahr sein. Er hatte das Video schon einige Male auf YouTubes angeklickt und sich jedes Mal weggelacht. Der Typ, der das singt, war so alt wie er und wohnte in der Nachbarschaft seiner Großeltern und die waren wiederum mit der Familie befreundet. Er reichte die CD an seine Mutter weiter. „Kannst du haben", und zu seinen Großeltern: „Danke, aber ich habe gar keinen CD-Player mehr, hab die Musik auf dem Handy und meinem Computer."

Sein Vater grinste und stellte ihm im Gegenzug das Paket von der Oma hin. Patrick hatte keine Vorstellung davon, was drinnen war. Seine Oma hatte in der letzten Zeit so einige Andeutungen gemacht, dass sie etwas ganz Tolles für ihn besorgt hätte. Neugierig löste er die Knoten und griff in etwas Weiches. Er zog es heraus und schaute unsicher auf das Teil, das er in der Hand hielt. Jaqueline prustete los vor Lachen und seine Oma, die schon am Esstisch saß, fragte enttäuscht „Gefällt es dir etwa nicht?"

„Ich weiß nicht so recht", murmelte Patrick und betrachtete das Etwas in seiner Hand. Es war ein Kleid, und zwar genau das gleiche wie seine Oma gerade trug, nur in hellblau. „Soll ich mit dir jetzt im Partnerlook gehen?“

Die Oma humpelte zu ihm herüber und sah ihren Sohn streng an. „Theo, du hast das falsche Paket aus dem Auto geholt. Dieses sollte zurück zur Post!“ Sie hielt sich das Kleid vor den Körper und fragte „Soll ich es doch behalten? Findet ihr die Farbe auch gut?“ Theo versuchte sich der Beantwortung dieser Frage zu entziehen, indem er zum Auto lief, um jetzt das hoffentlich richtige Paket zu holen. Dieses Mal ließ er seine Mutter das Päckchen kontrollieren, bevor er es an Patrick weiterreichte. Der versuchte noch einmal sein Glück, wickelte wieder etwas Weiches aus der Verpackung und strahlte.

„Cool, Oma. Wo hast du das denn her?“

„Im Internet bestellt“, erwiderte sie stolz.

Patrick hielt ein dunkelblaues T-Shirt mit einer leuchtend rot aufgedruckten Möwe in den Händen. „Von Cleptomanicx“, flüsterte er ehrfürchtig. „Mensch Oma, wie kommst du denn darauf?“

„Ist es richtig?“ Sie strahlte über das ganze Gesicht. „Du hast mal davon gesprochen, dass du dir so etwas wünschst und ich habe es mir gemerkt. War aber ganz schön schwierig im Internet zu finden. Ich kann doch kein Englisch und wusste nicht, wie man das schreibt.“ Patrick drückte seine Oma und zog das Shirt gleich über den Kopf. Es passte perfekt.

Der Duft von frisch gebackenen Hähnchenkeulen und Pommes frites, Patricks Lieblingsgericht gleich nach Pizza, breitete sich im Esszimmer aus. Seine Mutter hatte das Essen aufgetragen und alle nahmen am Tisch Platz. Sie bat Patrick, noch eine Flasche Wasser aus der Küche zu holen. Auf dem Küchentisch lagen noch der Autoschlüssel und das Handy seines Vaters. Patrick registrierte die Nachrichten darauf und brachte es mit in die Stube.

„Hast du gesehen, dass du eine SMS erhalten hast und einen Anruf in Abwesenheit?“

Theo erinnerte sich wieder an den Anruf im Auto, aber an keine SMS. Patrick bot seinem Vater an, nachzuschauen und der nickte. Er hatte schon wieder vergessen wie man Nachrichten von der Mailbox abhörte. „Wird wohl nicht besonders wichtig sein, aber mach ruhig."

Patrick las zuerst die SMS vor. „Ich fahre jetzt zur Arena. Treffe mich am Schießstand mit Kerstin Bäumler. Wollen Sie dazu kommen? Ist von deinem Kollegen Matthias Hansen, abgeschickt um 16 Uhr. Das ist wohl jetzt wohl ein wenig spät." Er drückte ein paar andere Tasten. „Jetzt noch die Mailbox". Zuerst hörte man nur ein Rauschen und dann eine schwache Stimme: „... noch im Stadion ... angeschossen ... hilf mir, Theo ...bitte ..." Nur noch Rauschen und das Heulen des Windes. Alle saßen erstarrt um den Esstisch herum.

„Kannst du das noch einmal abspielen?" Theo war kalkweiß im Gesicht.

Patrick ließ die Mailbox noch einmal laufen und Theo sprang auf. „Wann war das?"

„17.30 Uhr", Theo schaute auf seine Armbanduhr. Es war jetzt genau eine Stunde später.

Patrick biss sich auf die Zunge, fast wäre ihm ein beißender Kommentar zur Nutzung neuerer technischer Geräte herausgerutscht, die selbst seine Oma besser zu beherrschen schien, als sein Vater. Und der war Polizist und sollte Leben retten. Aber er spürte, dass solche Kritik in diesem Moment völlig unangebracht war.

Theo sprang auf und griff den Telefonhörer. Sie hörten, wie er einen Rettungswagen und mehrere Einsatzfahrzeuge ins Stadion orderte. Dann kam er zurück und bat Patrick ganz ruhig: „Kannst du bitte diese Nummer zurückrufen?" Patrick tat, was er von ihm verlangte, aber erfolglos. Nach einigen Freizeichen ertönte nur Matthias Mailbox. „Mist! Lasst euch das Essen schmecken." Weg war er.

So schnell hatte Theo Oberhof noch nie erreicht. Gleichzeitig mit den Einsatzbeamten kam er in der Arena an und fuhr an den Parkplätzen vorbei bis an den Eingang heran. Dort hatte auch Matthias sein Auto abgestellt, welches mittlerweile von einem großen Schneeberg bedeckt war. Theo erklärte den Beamten kurz die Situation und sie schwärmten in einer Reihe aus, um den Verletzten zu suchen. Jetzt war auch schon das Martinshorn des Notarztwagens zu hören. Theo war zwar nicht in der Kirche, aber jetzt betete er, dass sie nicht zu spät waren.

Zielstrebig bewegte sich die Gruppe auf den Schießstand zu. Der gesamte Bereich war mittlerweile mit einer frischen Schneedecke überzogen. „Ich habe hier was!“ Einer der Beamten war mit dem Fuß gegen einen harten Gegenstand gestoßen. Er bückte sich und hob ein Gewehr hoch. Jetzt leuchteten sie diesen Bereich noch intensiver aus und Theo erkannte deutlich einen menschlichen Umriss unter dem Schnee.

Er stürzte auf den Schneeberg zu, wischte vorsichtig die weiße Haube vom Gesicht der Person und erkannte seinen Kollegen. Matthias hielt noch das Handy mit dem er den Notruf getätigt hatte, in der Hand, er reagierte nicht auf seine Ansprache. Theo hob ihn vorsichtig an und nahm ihn in die Arme „Matthias, wach auf!“ Der zeigte keine Lebenszeichen. „Mensch Matze, mach keinen Scheiß, wach auf!“ Theo wollte nicht noch einen Kollegen verlieren.

Der Notarzt schob ihn vorsichtig beiseite, untersuchte den Bewusstlosen und fühlte ganz schwach den Puls schlagen. Theo stieß die Luft aus. „Gott sei Dank. Wird er durchkommen?“ Dazu konnte der Arzt nichts sagen, noch kannte er die Schwere der Verletzungen nicht, sah nur die Wunde an der Schläfe des Patienten und die blutige Jacke. Matthias wurde in eine Wärmedecke gewickelt, in den Krankenwagen befördert und notdürftig versorgt, während der Fahrer mit Blaulicht ins Krankenhaus nach Suhl raste.

Christoph beobachtete die Rettungsaktion vom Oberrang des Stadions. Er war zu spät gekommen. Als Kerstin ruhig schlief, hatte er sich noch einmal auf den Weg hierher gemacht, um das Gewehr zu entsorgen. Kerstin sollte auf keinen Fall dadurch belastet werden. Ohne die Waffe gab es keinen Anhalt für eine Beteiligung seiner Schwester an dem Anschlag auf den Polizisten. Doch gerade als er das Auto wieder in der Dunkelheit des Parkplatzes abgestellt hatte, preschten die Einsatzfahrzeuge an ihm vorbei und die Beamten sprangen heraus. Jetzt konnte er sehen, wie ein Polizist das Gewehr hochhielt und sie den Kommissar in den Krankenwagen verfrachteten. Der schien tatsächlich noch zu leben, denn sonst wäre der Transporter kaum mit Blaulicht losgerast. Die Einsatzbeamten blieben vor Ort und untersuchten das Gelände nach weiteren Personen und Beweismaterial.

Christoph schlich zurück zum Parkplatz und öffnete die Fahrertür schon auf Entfernung. Das sollte er bereuen, denn zwei Beamte hatten sein Fahrzeug entdeckt und drehten sich um, als die Blinklichter durch das Betätigen der Automatikverriegelung aufleuchteten. Auf die Aufforderung stehen zu bleiben und die folgenden Warnschüsse reagierte er nicht und rannte in die Dunkelheit, verfolgt von den Beamten, die ihn erst einhundert Meter weiter durch einen gezielten Schuss in den Oberschenkel stoppen konnten. Christoph lag am Boden und die Beamten verdrehten ihm grob die Arme auf den Rücken und legten ihm Handschellen an. Dann schleiften sie ihn zurück zur Arena, wo Theo sich den Fang zufrieden anschaute. „Na da schau her. Da haben wir ja den Übeltäter. Dummerweise die Tatwaffe liegen gelassen, was?“ Er packte den jungen Mann, der zitternd seine Unschuld beteuerte, am Oberarm und schüttelte ihn kräftig. „Wenn mein Kollege das nicht übersteht, dann bist du fällig! Wünsch dir nicht, mit mir alleine im Raum zu sein, dann kann ich für nichts garantieren!“

„Theo, hör auf!“ Ein Beamter zog seinen Kollegen zurück

und sie bestellten einen zweiten Krankenwagen für den angeschossenen Täter.

Kerstin wurde wach. In ihrem Kopf schien eine ganze Brigade im Akkord Braunkohle abzubauen. Das Hämmern und Pochen wurde immer schlimmer. Es dauerte einen Moment, bis sie sich erinnerte, wo sie sich befand und was geschehen war. Nur verschwommen hatte sie wahrgenommen, dass Christoph sie hier hereingetragen hatte. Es war stockdunkel in der Hütte. Die Kerze war heruntergebrannt, so dass sie nicht erkennen konnte, ob Christoph eingeschlafen war. Sie rief leise nach ihm, bekam aber keine Antwort. Es wunderte sie nicht, denn nach seinem Selbstmordversuch war er mit Sicherheit noch geschwächt und schlief jetzt fest. Es war kalt im Raum. Sie zitterte trotz der Daunenjacke. Eine Decke wäre jetzt schön gewesen, aber danach hatte sie schon bei ihrer Ankunft heute Nachmittag vergeblich Ausschau gehalten. Kerstin rieb die Hände aneinander und rubbelte die Füße auf dem rauen Sofastoff hin und her, aber auch diese Versuche trugen nicht zu einer Erwärmung ihres ausgekühlten Körpers bei. Sie rollte sich vorsichtig von dem Sofa herunter und tastete sich langsam zum Ofen heran. Das Metall war noch leicht erwärmt, vielleicht schaffte sie es, einige Holzscheite nachzulegen, um das Feuer wieder anzufachen. Doch sie hatte sich überschätzt, als sie sich zur Öffnung niederbeugte, wurde ihr schwindelig, sie stürzte zu Boden und verlor erneut das Bewusstsein.

Wie ein gefangener Bär wanderte er den Gang auf und ab. Immer wieder. Ihm fehlte die Ruhe, sich auf einem der bereitgestellten Stühle niederzulassen. Beide Patienten wurden operiert und er selbst konnte nichts tun, als warten, und das fiel Theo von Natur aus sehr schwer. Auch wenn sein Äußeres eine gewisse Behäbigkeit, wenn nicht sogar Trägheit, vermuten ließ, hielt es Theo, wenn er im Dienst war, selten ruhig am Platz. Daher hatte ihn die Drohung seines Chefs mit der Versetzung in den Innendienst auch schwer getroffen. Das würde er keine drei Wochen aushalten, nur Akten zu bearbeiten. Er brauchte die Nähe zum Tatort und Menschen um sich herum, auch wenn er sie häufig durch seine barsche Art verunsicherte oder sogar verletzte, hatte er doch im Inneren einen weichen Kern, den er im letzten halben Jahr aber nur selten gezeigt hatte.

Zumindest hatte er die Wartezeit genutzt, um die zu Hause versammelte Familie darüber zu informieren, dass sein Kollege gerettet war, sie heute aber nicht mehr mit ihm zu rechnen bräuchten. Und das hatte er tatsächlich alleine mit seinem Handy bewältigt. Es hatte zwar einige Augenblicke gedauert, aber er hatte konzentriert die Anweisungen befolgt, die Matthias ihm in der letzten Woche gegeben hatte, und dann war Patrick am Telefon gewesen. Theo war stolz auf sich, so schwierig war die Sache gar nicht, man musste es nur wollen. Nie wieder sollte es ihm passieren, dass Menschen in Gefahr gerieten, nur weil er zu faul war, sich mit der Technik zu befassen. Nie wieder, das nahm er sich an diesem Abend fest vor. Auch wenn er Ende fünfzig war, konnte er dazu lernen, er konnte Fragen stellen und würde Hilfe bekommen. Kurz darauf erhielt er die Nachricht von der Spurensicherung, dass am Gewehr, welches sie am Tatort gefunden hatten, sowohl Kerstins als auch Christophs Fingerabdrücke gefunden worden waren. Davon war er ohnehin ausgegangen, aber die Bestätigung seines Verdachtes freute ihn.

Es dauerte noch eine Stunde, bis endlich ein Arzt auf ihn zukam und ihm mitteilte, dass der Patient Christoph Bäumler aus der Narkose erwacht war und er ihn kurz sprechen durfte. Über Matthias wusste der Mediziner nichts zu berichten. Vor der Tür des Krankenzimmers saß ein Polizist zur Wache, Theo nickte dem Kollegen kurz zu und betrat den Raum. Er atmete tief durch. Vorhin waren seine Emotionen hochgekocht, das würde ihm nicht noch einmal passieren. Zuerst machte er den Patienten auf das Recht der Aussageverweigerung aufmerksam und fragte, ob Christoph einen Anwalt hinzuziehen wolle, doch der sah mit starrem Blick durch ihn hindurch. Er schien seine Anwesenheit überhaupt nicht wahrzunehmen.

„Herr Bäumler, Sie schaden sich doch nur selbst. Geben Sie zu, dass Sie Arne Becker zuerst verprügelt und dann erschossen haben." Von dem operierten Mann kam keine Reaktion. „Doch warum haben Sie auf meinen Kollegen geschossen? War er Ihnen auf die Spur gekommen?"

Ohne ihn anzusehen antwortete Christoph nur immer wieder: „Ich habe nicht geschossen. Ich war es nicht!"

„Und wie erklären Sie, dass wir auf dem Gewehr nur Ihre Fingerabdrücke und die Ihrer Schwester gefunden haben? Hat sie geschossen?"

„Nein, das hat sie nicht. Das hat sie wirklich nicht!", schrie Christoph voller Panik.

„Wer dann, verdammt noch mal?" Jetzt verlor Theo doch die Beherrschung.

„Ich weiß es nicht", murmelte Christoph verstört, „aber Sie glauben mir ja ohnehin nicht. Für Sie ist der Fall doch geklärt." Er wandte sich ab und presste die Lippen zusammen.

„Wo finde ich Ihre Schwester? Vielleicht ist die ja etwas kooperativer."

„Sie hat nichts damit zu tun", beharrte Christoph. Er machte sich große Sorgen um Kerstin, wollte aber auf keinen Fall ihren Aufenthaltsort verraten.

Der Arzt schaute besorgt zur Tür herein und wies Theo an, den Patienten jetzt alleine zu lassen, er stünde unter Schock und brauchte den Schlaf nach der Operation. Christoph erhielt ein leichtes Beruhigungsmittel und Theo verließ widerstrebend den Raum.

Jetzt wurde Matthias im Krankenbett an ihm vorbeigefahren und in ein benachbartes Krankenzimmer gebracht. Er war immer noch ohne Bewusstsein. Der begleitende Arzt durfte aufgrund der Schweigepflicht keine näheren Angaben machen, meinte aber, dass der Verletzte Glück im Unglück gehabt hatte. Er litt unter einer sehr starken Unterkühlung, aber die Kälte hatte wiederum dafür gesorgt, dass der Blutverlust nicht zu stark geworden war.

Theo bat, bei seinem Kollegen warten zu dürfen, dagegen hatte der Arzt keine Einwände, bat ihn jedoch, die Angehörigen des Patienten zu informieren. Theo versprach, das zu tun. Jetzt wurde ihm wieder bewusst, wie wenig er über seinen jungen Kollegen wusste. Lebten seine Eltern in Hamburg? Er ließ sich mit der Rezeption des Sporthotels verbinden und blies die Luft tief aus, während er an Vanessa weitervermittelt wurde. Diese Aufgaben waren die härtesten, glücklicherweise hatte Matthias den Anschlag überlebt. Vanessa war völlig außer sich. Sie hatte ihren Freund schon vermisst und ihm mehrmals auf die Mailbox gesprochen. Die junge Frau wollte sofort losfahren, aber Theo bot ihr an, einen Streifenwagen zu schicken, der sie herbringen würde und riet ihr, für Matthias die nötigen Toilettenartikel und Kleidung einzupacken, denn ihr Freund würde sicherlich einige Tage im Krankenhaus verbringen müssen. Das Angebot für den Fahrdienst nahm sie dankend an und versprach ihm, Matthias Eltern in Hamburg zu informieren.

Sein Kollege lag warm verpackt, an Überwachungsgeräte, die Puls, Blutdruck und andere Werte anzeigten, verkabelt im Bett. Ein Medikament und eine Blutkonserve tropften über Schläuche langsam in die Vene seines linken Armes. Die schwarzen Haare standen im starken Kontrast zu der blassen Gesichtshaut, die sich kaum von den weißen Bettlaken abhob. Matthias war aufgrund der besonderen Situation in einem Einzelzimmer untergebracht worden. Theo setzte sich auf den Besucherstuhl, hielt es dort aber nur ein paar

Minuten aus und setzte seine Wanderschaft im Krankenzimmer fort.

Matthias blinzelte. Das helle Licht blendete seine Augen und er schloss sie wieder. Der Kopf dröhnte leicht, aber die Schmerzen waren jetzt erträglich, seinen linken Arm konnte er nicht bewegen, er hatte allerdings auch nicht das Bedürfnis, das zu tun. Der heftige Schmerz in der Schulter beim Versuch mit seinem Kollegen zu telefonieren, war noch sehr präsent. Unter der Bettdecke war es angenehm warm, dennoch fröstelte er leicht. Er wusste nicht, wie er hierhergekommen war. Nur noch an den Anruf auf Theos Handy erinnerte er sich. Noch einmal öffnete er vorsichtig die Augen. Etwas verschwommen nahm er ein Krankenzimmer wahr, am Fenster stand ein Mann und schaute hinaus in die Dunkelheit. Es war also Abend oder Nacht. Er blinzelte noch einmal und sein Blick wurde klarer.

„Haben Sie mich gefunden?“, flüsterte er schwach.

Der Bär stürzte auf ihn zu und ehe er sich versah, hatte er einen Vollbart im Gesicht und wurde kräftig gedrückt. „Gott sei Dank, du bist wieder wach, mein Junge. Ich hatte schon Angst, dass ich zu spät war.“ Auf Matthias Stöhnen hin, ließ er ihn los und trat einen Schritt zurück.

Der lächelte gequält. „Hat ja gereicht. Danke.“ Er sah Theo in die Augen. „Sind wir jetzt beim Du?“

Sein Kollege schaute beschämt zurück. „Es tut mir so leid. Wirklich. Ich weiß, dass ich unausstehlich zu dir war. Bitte entschuldige“, er grinste breit und ergänzte, „Matze.“

Matthias lächelte zurück, wühlte seine rechte Hand unter der Decke hervor und hielt sie ihm entgegen. „Gerne, Theo.“ Der nahm die angebotene Hand erleichtert und drückte fest zu.

Jetzt kam der Arzt dazu, kontrollierte Matthias Körperfunktionen und entfernte die leer gelaufene Blutkonserve. Er berichtete, dass das Projektil noch in der Schulter gesteckt hatte, es war nur knapp an der Lunge vorbei geschrammt. Nach der Heilungsphase und anschließender Reha würde Matthias das Gelenk wieder frei bewegen können. Die Platzwunde am Kopf hatte der Arzt mit einigen Stichen nähen müssen. Eine Gehirnerschütterung könne er nicht ausschließen, aber Bettruhe war aufgrund der Schussverletzung ohnehin erforderlich. Matthias nickte. Er hatte auch nicht das Bedürfnis, sich in irgendeiner Form aus dem Bett zu bewegen.

„Aber wir haben den Kerl, der dir das angetan hat.“ Theo sah ihn zufrieden an.

„Hat er gestanden?“

„Nein, aber den bringe ich noch dazu. Darauf kannst du dich verlassen. Das Pärchen kommt mir nicht davon!“

Matthias nickte und schloss die Augen wieder. Er war so müde. Theo merkte, dass sein Kollege Ruhe brauchte und verabschiedete sich. Die Wache vor Christophs Krankenzimmer blieb die Nacht über dort. Mehr konnte er jetzt nicht tun. Müde, aber zufrieden trollte er sich heimwärts.

Auf dem Parkplatz stürmte ihm Vanessa entgegen, die er beruhigen konnte. Er nannte ihr die Zimmernummer ihres Freundes und sie hastete ins Gebäude. Fassungslos stand sie kurz darauf an Matthias Bett, der regte sich nicht, er schien zu schlafen. Hatte er ihr nicht noch vor zwei Tagen versprochen, auf sich aufzupassen? Sie hauchte ihm einen Kuss auf die Lippen, er lächelte leicht und drückte unmerklich ihre Hand. „Schön, dass du da bist“, murmelte er „aber ich bin so müde.“ Sie blieb an Matthias Bett sitzen, hielt seine Hand fest, wollte ihn am liebsten nicht wieder loslassen, doch in den folgenden zwei Stunden kam kein Lebenszeichen mehr von ihm, nur die Aufzeichnungen der Überwachungsgeräte zeigten, dass es ihm den Umständen entsprechend gut zu gehen schien. Dann schlich sie sich leise aus dem Raum und ließ sich von einem Taxi nach Hause bringen.

Mittwoch

Als Kerstin das nächste Mal erwachte, lag sie neben dem jetzt ganz erkalteten Ofen auf dem Fußboden. Durch das kleine Fenster drang Dämmerlicht herein, es musste früher Morgen sein. „Christoph?“ Es kam keine Antwort. Sie wusste, dass er einen sehr festen Schlaf hatte und versuchte es noch einmal etwas lauter. „Christoph, der Ofen ist kalt.“

Als sie immer noch keine Antwort bekam, versuchte sie aufzustehen. Mit klammen Händen suchte sie Halt an der Ofentür und zog sich mit letzter Kraft daran hoch. Sie lehnte erschöpft am Ofenrohr und bemühte sich, das Hämmern im Schädel zu ignorieren. Bloß nicht wieder stürzen. Sie wusste, dass sie alleine nicht noch einmal würde aufstehen können. Jetzt ließ sie den Blick ganz langsam im Raum umherwandern. Ihr Bruder war nicht zu sehen. War er nach draußen gegangen, um Holz zu holen? Sie wartete einen Moment ab und rief dann noch einmal etwas kräftiger nach Christoph. Als er nach einigen Minuten immer noch nicht aufgetaucht war, wagte sie sich einige Schritte vorwärts, hangelte sich entlang an Tisch, Sitzbank und Kommode, bis sie die Tür der Hütte erreichte.

Sie öffnete sie, noch kältere Luft strömte in den Raum. Christoph war nirgends zu entdecken und ihr stockte der Atem, als sie den Platz, wo sie gestern das Auto geparkt hatte, leer sah. Kerstin schloss die Tür und hangelte sich zum Sofa zurück. Die Erkenntnis, alleine hier in der Wildnis zu sein, durchfuhr sie wie ein Schock und ein Blick auf das Handy, dessen Akku mittlerweile seine Dienste aufgegeben hatte, ließ sie verzweifeln.

Das Verhör von Christoph Bäumler brachte Theo keinen Schritt voran. Er hatte vorher kurz bei Matthias reingeschaut, der aber hatte geschlafen, so dass er bei dem Verhafteten dort weiter machte, wo er gestern Abend aufgehört hatte. Nachdem er ihn mit dem Video zur Prügelattacke konfrontiert hatte, war Christoph zusammengebrochen, beharrte aber nach wie vor auf seiner Aussage, nichts mit dem Tod von Arne und dem Polizisten zu tun zu haben. Er wollte einen Anwalt, bis dahin würde er nichts mehr sagen, kannte aber niemanden, der ihn vertreten könnte. Kerstin hätte ihm sicherlich helfen können, aber er konnte ja keinen Kontakt zu ihr aufnehmen, die Beamten hatten sein Handy konfisziert.

Theo stapfte wütend aus dem Raum und stattete seinem Kollegen einen zweiten Besuch ab. Matthias starrte an die Decke. Die Nacht war beschwerlich gewesen. Als die Wirkung der Medikamente nachließ, hatten die Schmerzen ihm den Schlaf geraubt. Dann erst war ihm die Gefahr, in der er sich befunden hatte, so richtig bewusst geworden und er war dankbar dafür, dass Theo ihn rechtzeitig gefunden hatte. Sorgen hatte er sich auch um Kerstin gemacht. Theo hatte nichts von ihr berichtet, hatte er ihn schonen wollen und sie war womöglich tot?

Er hörte, wie sich die Tür öffnete und sein Kollege leise fragte, ob er jetzt wach sei. Matthias nickte und bat ihn herein. Endlich konnte er seine Fragen, die ihn die ganze Nacht wach gehalten hatten, loswerden. Er bat Theo, das Kopfende seines Bettes etwas höher zu stellen, damit er ihn besser anschauen konnte und platzte mit der Frage heraus „Wie geht es Kerstin Bäumler? Ist sie auch hier?"

„Nein, die Fahndung läuft auf Hochtouren. Ewig kann sie sich ja nicht verstecken. Ihr Bruder liegt hier, drei Zimmer weiter?"

„Wieso ihr Bruder? Sollte der nicht wieder in die Spezialklinik?"

„Den mussten wir mit einem Schuss ins Bein stoppen, als er sich der Verhaftung entziehen wollte." Als Matthias ihn verständnislos ansah, ergänzte er: „Der ist noch einmal ins

Stadion zurückgekommen, wollte wohl das Gewehr, das er nach dem Schuss auf dich hat liegen lassen, holen. Da haben wir ihn dann gekriegt. Aber er weigert sich, ein Geständnis abzulegen."

„Er war es nicht."

Theo traute seinen Ohren nicht. „Wieso, er war es nicht? Das Gewehr ist voll mit seinen und Kerstins Fingerabdrücken."

„Er war es nicht!", beharrte Matthias und berichtete, was am Nachmittag zuvor passiert war, und dass Kerstin als erste von einer Kugel getroffen worden war.

„Da war niemand außer dir!"

„Dann hat sie jemand weggeschafft." Matthias sah seinen Kollegen eindringlich an: „Alleine hätte sie sich da nicht wegbewegen können, sie war bewusstlos, Theo, oder tot."

Beide schwiegen. Dann entschied Matthias: „Ich muss mit Christoph reden. Vielleicht spricht er mit mir. Er kennt mich."

„Ja, schließlich hat er dir eins auf Auge gegeben."

„Lass das jetzt. Besorg uns lieber unauffällig einen Rollstuhl und schieb mich dahin." Theo schaute ihn mit einem Blick an, der so etwas wie „jetzt ist er völlig abgedreht" ausdrückte, zuckte mit den Schultern und war fünf Minuten später mit dem Gefährt zurück. Er hievte seinen Kollegen vorsichtig hoch und drei Minuten später saß Matthias schwer atmend auf dem rollenden Untersatz. Das Krankenhaushemd flatterte um seine nackten Beine, der Rücken war völlig frei und Matthias wehrte sich entschieden dagegen, sich so aus dem Zimmer zu bewegen. Also half Theo ihm auch noch in die von Vanessa mitgebrachte Jogginghose, beim Überstreifen des T-Shirts waren die Schmerzen allerdings so heftig, dass sie die Aktion abbrachen und nur das Klinikhemd in die Hose stopften. Theo schaute nach, ob die Luft rein war und schob dann los, vorbei an der irritiert dreinschauenden Wache und hinein in das andere Krankenzimmer.

„Hallo Christoph“, begann Matthias.

Der sah ihn entsetzt an, als würde ein Gespenst vor ihm stehen und flüsterte „Ich hatte gedacht, Sie sind tot.“

Matthias lächelte ihn an und versuchte eine freundschaftliche Stimmung aufzubauen, indem er zum „Du“ überging: „Glücklicherweise nicht. Warst du im Stadion, gestern Abend?“ Christoph nickte unmerklich. „Hast du beobachten können, was passiert ist?“ Jetzt schüttelte er den Kopf. „Du musst keine Angst haben, Christoph. Ich weiß, dass du nicht auf mich geschossen hast.“

Christoph berichtete stockend, was geschehen war, sein Warten im Auto, das Polizeifahrzeug, vor dem er sich versteckt hatte und die Entdeckung der vermeintlich leblosen Gestalten im Schnee. Er stockte kurz, berichtete dann aber doch von dem Gewehr, das er Kerstin aus den Händen genommen und weggeworfen hatte.

„Und dann ist sie plötzlich wach geworden. Ich habe sie vor Schreck fallen lassen.“ Matthias zuckte zusammen und atmete schwer. Theo schaute ihn besorgt an und wollte ihn wieder ins Bett zurückbringen, aber er weigerte sich und lehnte sich zu Christoph hinüber.

„Wo ist sie jetzt, deine Schwester?“ Christoph schwieg. „Sie ist verletzt und muss behandelt werden. Ihr passiert nichts. Bitte sag mir, wo wir sie finden“, drängte Matthias. Immer noch keine Antwort. Matthias hoffte, dass Christoph endlich einlenken würde. Er spürte, dass er sich nicht mehr lange in diesem Rollstuhl würde halten können. Der Schmerz in der Schulter breitete sich immer weiter aus, durchdrang den gesamten Brustkorb, kroch den Nacken hinauf in den Kopf und vereinigte sich dort mit dem Dröhnen der Gehirnerschütterung. „Was meinst du, wie sie sich jetzt fühlt? Alleine, mit Schmerzen?“ Christophs Körper bebte. Matthias sah, wie der junge Mann mit sich rang. „Du liegst hier warm und trocken, bekommst Medikamente und wirst versorgt. Deine Schwester hat möglicherweise nicht einmal etwas zu essen und zu trinken. Willst du wirklich, dass sie leidet?“

Christoph schüttelte den Kopf, Tränen liefen über seine Wangen und er gab sein Geheimnis preis. „Sie ist in der Hütte vom Angelverein. Am Lütsche Stausee.“

„Kenn ich!“ Theo flitzte aus dem Krankenzimmer, um die Kollegen zu informieren. Kurz darauf waren ein Krankenwagen und ein Einsatzfahrzeug dorthin unterwegs.

„Gut gemacht, Christoph. Wir werden sie finden“, lobte ihn Matthias erleichtert. „Kannst du noch ein wenig weitermachen?“, fragte er erschöpft und hielt sich seine Schulter.

Christoph war erleichtert, dass er alles loswerden konnte. Er schaute den Kommissar an, merkte, dass der angeschlagen war „Und Sie?“

Matthias nickte. „Was hat dich so wütend gemacht, dass du auf Kerstins Ex dermaßen eingeschlagen hast?“ Erstaunt vernahm er, dass der Anstoß dazu von Bernd gekommen war. Der hatte Christoph angesprochen, kurz nachdem er von seinem Klinikaufenthalt nach Suhl zurückgekehrt war. Sie hatten ein paar Bier zusammen getrunken und irgendwann war die Idee aufgekommen, Arne eins auf die Nase zu geben, wie Christoph sich ausdrückte. Schließlich hatte der Kerstin verlassen und war schuld daran, dass auch Bernd ohne Freundin da saß. Beide wollten ihm gemeinsam auflauern. An dem besagten Abend hatte Bernd dann zurückgezogen, aus Angst, sich vor dem Wettkampf zu verletzen. Er wollte stattdessen Wache schieben und Christoph warnen, sollte sich jemand nähern. Dann hatte er Christoph noch einen Brief in die Hand gedrückt, den er Arne zustecken sollte. Christoph biss sich auf die Lippen und stockte.

Matthias nickte ihm aufmunternd zu. „Und dann?“

Arne hatte nicht mit dem Angriff gerechnet und Christoph freundlich begrüßt, schließlich hatten sie sich lange nicht gesehen, als der unvermittelt und mit aller Wucht zuschlug.

Christoph konnte selbst nicht verstehen, warum er in der letzten Zeit urplötzlich so aggressiv reagierte. Er hatte noch ein paar Mal auf Arne eingetreten, ihn am Boden liegen lassen und gerufen: „Das war für Kerstin!“ Dann war er verschwunden.

„Was hast du mit dem Brief gemacht?“

„Den habe ich mitgenommen.“ Er hatte sich dann auf den Heimweg gemacht, Bernd war nicht mehr zu sehen gewesen. Für ihn war die Sache damit erledigt gewesen, nicht aber für Bernd. Am nächsten Tag hatte der ihm die bekannte Videobotschaft geschickt.

„Und was wollte er von dir?“

„Zehntausend Euro, sonst würde er mich anzeigen.“

„Er hat dich also erpresst. Sind das die zehntausend Euro von Kerstins Konto?“

Christoph nickte. „Ich konnte ihr ja nicht sagen, wofür ich das Geld brauchte. Sie hat mir vertraut und mir ihre ganzen Ersparnisse gegeben, die sie eigentlich braucht, um ihr Studium zu finanzieren.“ Er sah bekümmert aus. Matthias wollte wissen, was aus dem Brief geworden war.

Christoph hatte ihn geöffnet und gelesen. Er gab den Wortlaut wieder, so gut er sich erinnerte. „Schieße mindestens dreimal daneben und gehe in die Strafrunde. Deutschland darf dieses Rennen nicht gewinnen, du weißt warum, sonst ergeht es dir schlecht. Christoph hatte den Brief unter seiner Matratze versteckt und als er Bernd das Geld übergeben hatte, gedroht, ihn zu veröffentlichen. Doch Bernd hatte nur gelacht und gefragt, wie er denn beweisen wolle, dass der Brief von ihm sei. Er hätte ihn schließlich auch selber geschrieben haben können. Dann hatte er den Spieß umgedreht und Christoph gezwungen, den Schaden wieder gut zu machen und Arne durch einen gezielten Schuss so zu verletzen, dass der das Rennen nicht beenden konnte. Christoph hatte sich erfolglos gewehrt und hatte Arne nach dem ersten Schießen, das der fehlerfrei absolviert hatte, mit dem Gewehr an der

Rennstrecke aufgelauert. Er schaute Matthias, der sich kaum noch aufrecht halten konnte, eindringlich an. „Aber ich konnte es nicht. Ich konnte nicht auf einen Menschen schießen! Ich habe so viele Tote im Krieg gesehen. Meinen besten Freund, tot. Ich konnte es nicht!“

„Was hast du stattdessen getan?“

„Ich bin weggelaufen. Habe das Gewehr im Wald weggeworfen und bin zu Kerstin zurück zur Tribüne gegangen. Habe mit ihr zusammen das Rennen verfolgt und hatte riesige Angst vor Bernds Reaktion. Und dann fiel der Schuss. Ich bin fast durchgedreht, als Arne plötzlich umfiel und du danach bei Kerstin aufgetaucht bist. Zusätzlich haben Bernd und Franzi mir gedroht, dass ich nichts davon der Polizei sagen dürfte, sonst würden sie das Video weiterleiten und damit wäre ich auch für den Tod von Arne verantwortlich.“

„Danke Christoph, dass du so ehrlich mir gegenüber gewesen bist. In den nächsten Tagen, wenn wir beide wieder einsatzfähig sind, musst du die Aussage noch einmal offiziell zu Protokoll geben.“

Christoph nickte wieder und lehnte sich zurück. Er fühlte sich besser, nachdem er das alles losgeworden war. Er würde wegen Körperverletzung zur Verantwortung gezogen werden, aber er war kein Mörder und der Polizist glaubte ihm, das war gut.

„Bring mich bitte zurück, ich kann nicht mehr“, bat Matthias, als Theo ein paar Minuten später zurück war. Sie kamen nur bis vor die Tür, dann kippte er vornüber aus dem Rollstuhl, direkt vor die Füße des Chefarztes, der mit seinem Gefolge soeben die Visite beendet hatte. Der Arzt schaute Theo strafend an und ließ eine Bemerkung über die Verantwortungslosigkeit von Gesetzeshütern los. Der Schwächeanfall dauerte nur kurz an und Matthias erlangte das Bewusstsein wieder. Gemeinsam beförderten ihn Arzt und Pfleger zurück in sein Bett, mit Theo im Schlepptau, dem man das schlechte Gewissen ansah.

„Mein lieber Herr Hansen, wenn Sie es auch nur wagen, sich heute noch einmal aus dem Bett zu bewegen, dann werde ich Sie daran festbinden", drohte der Arzt und Theo klapperte demonstrativ mit seinen Handschellen. Er wollte das gleich in die Tat umsetzen.

Matthias sank erschöpft auf sein Kissen zurück. „Keine Sorge, freiwillig werde ich heute nicht mehr aufstehen, aber diese Aktion musste sein. Ich hoffe, dass wir dadurch ein Leben retten konnten." Der Arzt verabreichte ihm ein schmerzstillendes und schlafförderndes Mittel und Matthias schaffte es gerade noch, Theo die neugewonnenen Erkenntnisse mitzuteilen, bevor die Wirkung des Medikamentes einsetzte und eine bleierne Müdigkeit sein Gehirn umnebelte. Die Augen fielen ihm zu und endlich konnte er schlafen, tief und fest.

Er bekam nicht mit, dass auch Kerstin in die Klinik eingeliefert wurde. Man hatte sie am beschriebenen Ort gefunden, stark unterkühlt und schlafend. Die Kopfverletzung war glücklicherweise nicht sehr schwer und mit einem Verband versorgt, durfte sie kurz ihren Bruder sprechen, bevor man sie in dem benachbarten Krankenzimmer unterbrachte. Die Stationsschwestern hofften, dass heute nicht noch mehr Patienten eingeliefert würden, denn dadurch, dass jeder der Verletzten aus Ermittlungsgründen in einem Einzelzimmer untergebracht werden musste, hatten sie einige andere Kranke auf andere Räume verlegen müssen. Das hatte große Unruhe und den Unmut der Patienten mit sich gebracht.

Die Geschwister waren sich erleichtert in die Arme gefallen und bereit, ihre Aussagen zu Protokoll zu geben. Kerstin trug den belastenden Brief bei sich und beschrieb ihre Suche danach im Zimmer ihres Bruders, damit waren die vielen Fingerabdrücke, die man von ihr dort gefunden hatte, erklärt. Beide blieben vorerst in Arrest, so lange sie hier im Krankenhaus waren, blieb ein Polizeibeamter zur Bewachung vor ihren Zimmern zurück.

Die Sportler hatten sich mit ihrem Gepäck am Trainingszentrum versammelt und bestiegen soeben den Bus, als Theo mit zwei Einsatzfahrzeugen auf den Hof fuhr. Mit zwei Beamten stieg er in das Fahrzeug und forderte den Fahrer auf, die Türen zu schließen. Der Trainer schlüpfte soeben noch mit hinein. Theo ging direkt auf Bernd zu „Herr Schäfer, ich verhafte Sie wegen der Anstiftung zur Körperverletzung, Erpressung sowie des Mordverdachts an Arne Becker und meinem Kollegen Matthias Hansen." Alle Athleten hielten den Atem an während Theo ihn auf seine Rechte hinwies und die Polizisten ihrem Teamkollegen Handschellen anlegten. Theo ging drei Sitzreihen weiter und wiederholte die Prozedur bei Franzi, die kalkweiß in ihrem Sitz saß und stammelte: „Mit dem Mord an Arne und ihrem Kollegen haben wir nichts zu tun. Das war Christoph Bäumler, der Idiot." Die Beamten führten die beiden aus dem Bus und brachten sie getrennt voneinander in die beiden Einsatzfahrzeuge.

Theo klopfte dem leidgeprüften Trainer auf die Schultern. „Ich hoffe, Sie haben sich noch nicht für die Staffelläufe festgelegt, denn diese beiden Sportler werden wohl langfristig ausfallen." Er verließ den Bus und folgte den Einsatzfahrzeugen nach Suhl.

Dieter Meier ließ sich auf den freien Sitz neben dem Psychologen Hanno Martens fallen und ließ die Luft aus seinen Lungen entweichen „Ich glaube, heute brauche ich eine Sitzung bei Ihnen." Der nickte nur und eine Busladung verstörter Sportler machte sich auf die Reise zur Weltmeisterschaft.

Franzi saß zitternd im Verhörraum. Noch war sie alleine. Wie hatte das passieren können? Der Polizist und die dämliche Kuh waren tot. Die konnten nichts mehr sagen. Wer hatte sie belastet? Doch nicht etwa dieser blödsinnige Christoph? Damit würde er sich doch selber reinreißen. Sie beschloss, den Mund zu halten und abzuwarten. Der Beamte hatte sie im Bus ja darüber aufgeklärt, dass sie die Aussage verweigern könne und das Recht auf einen Anwalt hätte. Die Zeit verging und die vorgetäuschte Ruhe und Coolness schwanden. Befragten die Beamten jetzt Bernd? Was würde er preisgeben, um sich zu retten? Endlich ging die Tür auf und der Beamte, Herr Greitner, wie er sich nochmals vorstellte, nahm ihr gegenüber Platz. Er legte ein Aufnahmegerät auf den Tisch und schaltete es ein. Franzi sah ihn erwartungsvoll an.

„Frau Wagner, haben Sie davon gewusst, dass Ihr ehemaliger Freund Bernd Schäfer und Christoph Bäumler Ihren Verlobten verprügelt hatten?"

„Ohne meinen Anwalt sage ich nichts."

„Das Recht dazu haben Sie. Dann gehe ich einmal davon aus, dass Sie davon gewusst haben." Sie holte tief Luft, sagte aber nichts. „Stand Ihr Verlobter Ihren Wettplänen im Wege? Sie haben eine sehr hohe Summe auf Norwegen gewettet. Davon hätte man schon einen Teil des Häuschens finanzieren können." Er machte eine kleine Kunstpause und beobachtete sie. „Ärgerlich, wirklich ärgerlich, wenn der Partner da nicht mitspielt. Dieser übertriebene Ehrgeiz konnte bestimmt ganz schön anstrengend sein, das verstehe ich." Er schaute sie grimmig an. „Meine Frau zum Beispiel, die hat so einen Gesundheitstick und will mich mit Tofu und Gemüse vollstopfen, damit meine Gefäße nicht verstopfen. Wer will das schon!" Sie grinste. „Ihr Verlobter hatte eben einen Siegertick. Gewinnen, gewinnen um jeden Preis. Das kann auch nerven, kann ich mir vorstellen." Jetzt nickte sie. „Sie haben ihn sicherlich mehrmals bearbeitet, ob er nicht nur dieses Mal daneben schießen könnte. Nur einmal, dann die Kohle einsammeln und anschließend die Weltmeisterschaft gewinnen. Es hätte so einfach sein können. Aber mit einem Siegertick geht das eben nicht. Da muss man immer gewinnen." Franzi errötete. Theo spürte, dass es in ihr brodelte. „Da kam der Christoph mit seiner Afghanistanmacke gerade zur richtigen Zeit zurück. Der konnte den Arne ja ein wenig zusammenhauen, dann würde der auch nicht mehr so schnell laufen können und der Brief würde ihm dann schon den Rest geben."

„Den hat der Blödmann ja zurückgehalten."

Theo lächelte. „Was stand eigentlich in dem Brief?"

„Weiß ich nicht."

„Ich habe gehört, dass der Brief von Ihnen kam. Und Sie wissen heute nicht mehr, was Sie vor zwei Wochen geschrieben haben? Das ist ja bedenklich. Wie soll das werden, wenn Sie mein Alter erreichen?" Theo schaute sie mitleidig an. „Naja, Sie haben den Inhalt ja sicherlich abgespeichert. Dann können wir ihn nachher gemeinsam lesen." Franzi presste die Lippen aufeinander. „Die Kollegen von der Spurensicherung untersuchen bereits die Dateien auf Ihrem Computer, das kann nicht mehr lange dauern, dann haben wir den Text vorliegen und Sie werden sich bestimmt wieder erinnern können."

„So ein Mistkerl. Bernd wollte, dass ich den Brief schreibe. Es war seine Idee, Arne damit zu drohen."

Theo war zufrieden. „Sehen Sie, es geht doch. War es auch seine Idee, den Herrn Bäumler zu erpressen?"

Franzi nickte.

„Frau Wagner, bitte antworten Sie deutlich mit Ja oder Nein. Ich nehme Ihre Aussagen auf Band auf und Ihr Nicken ist darauf nicht zu hören", ermahnte Theo die junge Frau und sie antwortete mit einem deutlichen: „Ja, das war seine Idee."

„Aber Herr Bäumler hat ausgesagt, dass Sie ihn angerufen und ihm gedroht haben."

„Der spinnt ja, der ist bekloppt, der Kerl!"

„Frau Wagner, es mag ja sein, dass Sie den jungen Mann für, wie sagten Sie noch, bekloppt halten, aber die Männer von der Spurensicherung sind es nicht, und die haben anhand des Gesprächsnachweises Ihres Handys den Anruf bestätigt." Franzi schwitzte und bat um ein Glas Wasser. „Ich begreife aber nicht, warum Sie Ihren Verlobten erschossen haben. War das doch nicht so ernst gemeint mit der Heirat und dem Häusle bauen?"

Jetzt schrie sie den Polizisten hysterisch an: „Aber das haben wir ja gar nicht. Dieser Idiot sollte ihn nur im Notfall ein wenig verletzen, so dass er nicht weiterlaufen konnte, ich weiß nicht, warum er Arne erschossen hat!"

Theo konnte es nicht fassen, dass jemand die Verletzung seines Partners in Kauf nahm, nur um zu Geld zu kommen. „Der Herr Bäumler hat ausgesagt, dass er nicht geschossen hat!"

„Wer soll denn sonst geschossen haben?"

„Das frage ich mich jetzt auch, wenn Sie es nicht waren."

„Ich erschieße doch nicht meinen Verlobten, nur wegen achtzigtausend Euro!", fuhr sie ihn an.

„Aber verletzen würden Sie ihn für diese Summe?"

Franzi verschränke die Arme vor der Brust. „Ich sage jetzt nichts mehr."

„Gut, ich lasse Sie jetzt alleine. Dann haben Sie ein wenig Zeit, darüber nachzudenken, wer geschossen haben könnte." Theo lächelte in sich hinein, das war doch schon einmal ein vielversprechender Anfang gewesen.

An Bernd dagegen biss er sich zunächst die Zähne aus. Außer der Erpressung, die ihm ja bereits nachgewiesen war, wollte er keine der Anschuldigungen zugeben. Er blieb stumm wie ein Fisch, egal was Theo anstellte. Der Sportler wollte nichts mit dem Mord an seinem Teamkameraden zu tun haben. Bernd beschuldigte weiterhin Christoph Bäumler und verlangte seine Freilassung, um der Mannschaft nach Ruhpolding folgen zu können.

„Sie haben auch auf meinen Kollegen geschossen. Es gibt einen Zeugen für diesen Anschlag", versuchte es Theo erneut.

„Ihr Kollege ist tot?“ Bernd sah den Ermittler erstaunt an. „Es kann mich niemand gesehen haben, denn ich habe es nicht getan.“

„Wir werden eine Gegenüberstellung machen“, entgegnete Theo ruhig, was den Sportler unsicher aufschauen ließ. „Aber was ich nicht begreife, ist der Mord an Ihrem Teamkollegen. Der Plan war doch, ihn nur zu verletzen, warum wurde er getötet?“

„Wer sagt das?“

„Das hat die Frau Wagner zu Protokoll gegeben.“

„Mann, ist die blöd“, flüsterte er und antwortete laut: „Keine Ahnung, warum der Kerl ihn erschossen hat. Ich hatte weder vor Arne zu verletzen, noch ihn zu erschießen. Ich wollte mit ihm die Weltmeisterschaft gewinnen. Die Franzi war heiß auf die Kohle. Ich weiß nicht, was sie da gemauschelt hat.“

Theo schlug ihm vor, darüber nachzudenken und verließ den Raum. Zurück im zweiten Verhörraum fand er eine aufgelöste Franziska Wagner vor, die ihn gar nicht erst zur Wort kommen ließ.

„Ich war es nicht, und Bernd doch auch nicht. Das würde der doch nicht tun.“

„Was macht Sie da so sicher?“ Die junge Frau schaute auf den Boden und antwortete nicht. Theo setzte noch einen drauf: „Warum hat der denn auf meinen Kollegen geschossen? War die Angst so groß, dass Herr Hansen den ersten Mord aufdeckt?“

„Hat er doch nicht. Vielleicht hat die Kerstin auf Ihren Kollegen geschossen und sich dann selbst getötet“, versuchte sie den Kommissar zu überzeugen. „Das wäre doch möglich. Vielleicht hat sie ja auch Arne erschossen, weil er sie verlassen hat.“

Theo schaute die junge Frau fragend an. „Und warum hat sie die Tat erst jetzt verübt, nach über einem Jahr? Können Sie mir das auch erklären?“

„Warum nicht, vielleicht hat sie es jetzt nicht mehr ausgehalten. Erst hat ihr Bruder den Arne verprügelt und dann setzt sie den Schlussstrich. Und Ihr Kollege hat das Ganze rausgekriegt."

Theos Kommentar war eher bissig: „Sie sollten zur Polizei gehen."

Franzi sank in sich zusammen, als sie merkte, dass der Polizist sich über sie lustig machte.

„Woher wissen Sie überhaupt, dass Frau Bäumler tot ist? Das hatte ich doch gar nicht erwähnt." Franzi schwieg trotzig. „Die Fingerabdrücke an der Waffe haben uns allerdings schon stutzig gemacht", lenkte Theo ein, „das ist wirklich seltsam." Franzi konnte wiederum nicht begreifen, was daran so seltsam war. Das passte doch alles zusammen.

„Warum ist es seltsam, wenn an der Waffe ihre Fingerabdrücke sind? Wenn sie doch geschossen hat."

„Wieso ihre Fingerabdrücke", fragte Theo, „hatte ich ihre Fingerabdrücke gesagt?"

„Sie hatte das Gewehr in den Händen, unsere können es nicht sein!"

„Sind Sie sich da so sicher? Unsere Experten waren sehr genau!"

„Wir hatten Handschuhe an", fauchte sie ihn an und blickte in ein breit grinsendes Gesicht."

„So so, Handschuhe an. Woher wussten Sie denn, dass Frau Bäumler ein Gewehr in den Händen hatte? Haben Sie das gesehen?" Franzi hätte sich am liebsten die Zunge abgebissen, aber nun war es raus. Sie starrte den Kommissar wütend an, sagte aber nichts mehr. Theo kündigte an, morgen mit dem Verhör fortzufahren. Dann würde auch der Haftrichter über eine anschließende Untersuchungshaft entscheiden. Franzi starrte ihn entsetzt an, sie konnte nicht glauben, dass sie tatsächlich hier in einer Zelle über Nacht bleiben sollte, aber ohne auf ihre Proteste einzugehen, holten sie kurz darauf zwei Beamte aus dem Verhörraum ab und brachten sie in eine Arrestzelle.

Bernd erging es nicht anders, da er auch weiterhin die Zusammenarbeit verweigerte, beendete Theo das Verhör bis auf weiteres. Am nächsten Tag würde ein Anwalt Bernd zur Seite stehen.

Bevor er endlich nach Hause ging, stattete Theo seinem Kollegen noch einen kurzen Besuch ab, das Krankenhaus lag ja nur ein paar hundert Meter von der Polizeiinspektion entfernt.

„Die beiden haben wir festgesetzt", berichtete er zufrieden und spielte Matthias die Bänder mit den Verhörprotokollen vor.

Der lauschte gebannt den Äußerungen der beiden Athleten. „Lass doch die Langlaufschuhe von dem Bernd Schäfer mal von der Spurensicherung untersuchen.

Theo wusste zuerst nicht, was Matthias damit bezwecken wollte, aber der zeigte auf die versorgte Platzwunde an seinem Kopf und Theo begriff.

„Wir haben aber immer noch keinen Beweis, dass die beiden Arne Becker erschossen haben. Nur, dass sie ihn ausschalten wollten. Das sind super Schützen, die schießen nicht aus Versehen jemanden in den Kopf, wenn sie das Bein treffen wollen. Wenn die nur um einen halben Millimeter das Gewehr verziehen, dann schließt sich die Klappe schon nicht mehr. Das hat mir zumindest der Trainer so erklärt."

Das sah Theo ebenso. Er würde die beiden nur durch geschickte Fragestellung gegeneinander ausspielen können, doch morgen würden sie von ihren Anwälten unterstützt werden, das machte die ganze Sache wesentlich schwieriger. Im Moment stand Aussage gegen Aussage, denn Kerstin und Christoph konnten sich auch nur gegenseitig ein Alibi geben und das war sehr dünn. Matthias riet Theo, mit der Ärztin in Kontakt zu treten, die Christoph in der psychiatrischen Klinik behandelt hatte, ebenso mit seinem Hausarzt.

Wenn Christoph die Ärzte von ihrer Schweigepflicht befreite, dürfte es keine Probleme mit Informationen zu seinem Krankheitsbild geben. Vielleicht kamen sie mit diesen Informationen einen Schritt weiter. Theo verabschiedete sich, er wollte gleich bei Christoph vorbeigehen und sich die Befreiung unterschreiben lassen und dann den Heimweg antreten. Im Hinausgehen stieß er fast mit Vanessa zusammen, die in der einen Hand einen Koffer mit ein paar Kleidungsstücken, iPad und einem Krimi für ihren Freund schleppte und einen dicken Blumenstrauß in der anderen Hand hielt. Er hielt ihr die Tür auf und wünschte den beiden einen schönen Abend.

Bei Theo zu Hause gab es zum Abend die Reste des Geburtstagsessens von gestern mit Kartoffeln, Soße und grünen Bohnen. Da gab es nichts zu meckern. Es war reichlich übrig geblieben, denn nach seinem abrupten Aufbruch gestern Abend hatte die Familie keinen großen Appetit mehr gehabt. Sie waren ja alle dabei gewesen, als Theo den Notruf am Esstisch abgehört hatte und hatten sich große Sorgen gemacht und gehofft, dass er seinen Kollegen rechtzeitig finden würde. Den ganzen Abend hatten sich die Gespräche nur um das eine Thema gedreht und alle waren erleichtert gewesen, als Theo am späten Abend Entwarnung gegeben hatte.

Heute ließen sie es sich schmecken. Marion hatte einen Vanillepudding für die Nachspeise gekocht und ein Glas eingeweckte Kirschen dazu geöffnet, so dass alle satt und zufrieden den Tisch verließen.

Theo brummelte „Ich geh noch mal in den Keller."

„Heute gar nicht bowlen?", fragte Marion erstaunt, aber Theo brauchte seine Ruhe. Er wollte keine Fragen beantworten müssen, weder von Matthias zukünftigem Schwiegervater, noch von seinen Kollegen.

Zufrieden betrachtete er das Häuschen, das er in der letzten Woche bemalt hatte und beförderte es an seinen Platz am Hang, oberhalb des Ortes. Aus einer Schublade kramte er einige Kabel und Drähte heraus und kurze Zeit später war das Gebäude an die Lichtanlage angeschlossen. Er löschte das Deckenlicht und schaute sein Bauwerk kritisch an. Stimmten die Proportionen? Er war zufrieden.

Das kleine Städtchen Oberhof war deutlich zu erkennen, zumindest für Einheimische. Am Bahnhof des Ortes wartete die alte PIKO Dampflok auf ihren Einsatz in der H0 Spur. Die hatte er als Kind von seinen Großeltern zu Weihnachten erhalten. Er erinnerte sich noch genau daran, wie er das Geschenk ausgepackt und am gleichen Abend noch mit seinem Vater und Großvater die Schienen, ein Geschenk der Eltern, verlegt hatte und sie den Zug die erste Runde fahren ließen. Das war ein großes Ereignis gewesen. Heute glaubte er, die beiden Alten hatten an dem Abend fast noch mehr Spaß gehabt als er. Jahr für Jahr hatte sich die Schienenstrecke verlängert und die Lok mehr Waggons zu ziehen gehabt. Als er in die Pubertät kam, wurde die Eisenbahn uninteressant, aber sein Vater hatte darauf geachtet, dass nichts davon verloren ging und heute war er ihm dankbar dafür. Als Patrick alt genug gewesen war, hatte Theo das Spielzeug wieder herausgeholt und jetzt war die Modelleisenbahn sein großes Hobby. Ein oder zwei Mal im Jahr fuhr er nach Sonneberg ins Werk und ergänzte sein Sortiment um ein paar Kleinigkeiten. Er freute sich jetzt schon wieder auf den Tag der offenen Tür im Juni und auf das Sondermodell der Regionalbahn Thüringen, das er bereits vorbestellt hatte. Er musste nur noch Marion darauf vorbereiten, denn die Bahn kostete eine Stange Geld. Glücklicherweise schimpfte sie nicht über seine teuren Hobbys und er ließ sie dafür Wolle kaufen, so viel sie wollte, so lange die Sockenproduktion sie glücklich machte.

Der Rennsteig durch den Wald war ihm gut gelungen. Schwierig wurde es mit den Sportanlagen; Bobbahn, Sprungschanzen und die Eissporthalle waren nicht einfach nachzubauen. Er hatte bereits Schablonen vorbereitet, wusste aber noch nicht so recht, wie er diesen Teil des Ortes bauen sollte. Die Arena war das erste Bauwerk, das er fertiggestellt hatte. Sie war ihm wirklich gut gelungen. Als er vor zwei Monaten daran getüftelt hatte, hätte er nie damit gerechnet, dass ihn ein Mordfall dort so intensiv beschäftigen würde.

Wieder schaute er sich die Umgebung des Stadions an. Er hatte sich bemüht, diesen Bereich, wie alles andere auch, maßstabsgetreu nachzubauen. Von den Rängen am Ziel bis zu der Baumgruppe war es nicht weit. Den Weg hätten alle Verdächtigen problemlos zurücklegen können, ohne dass ihr Fehlen groß aufgefallen wäre. Selbst für Bernd hätte die Zeit nach seinem Rennen locker ausgereicht, um in Ruhe auf seinen Teamkollegen anzulegen, wobei Bernd nicht einmal Ruhe benötigte, er konnte auch nach einem Spurt dorthin sicher schießen. Dies galt auch für Franziska Wagner und grundsätzlich auch für Kerstin Bäumler, bei ihr war er sich allerdings nicht sicher, ob sie nach einem Jahr Pause noch ebenso treffsicher war wie zu Wettkampfzeiten. Ihr Bruder wiederum war durch seine Bundeswehrzeit ein ausgebildeter Schütze, aber konnte er auch mit einem Biathlongewehr umgehen?

Donnerstag

Theo war heute besonders pünktlich. Kurz vor acht Uhr hatte er den Kaffee schon fertig gekocht und wanderte mit seinem grünen Becher ins Büro zurück, als ihn die Gisela, heute im schwarzgelb gestreiften Shirt über einer engen schwarzen Röhrenhose, noch auf dem Flur abfing. Der Chef wollte ihn sofort sprechen. Der Anwalt des Verhafteten machte Stress. Theo konnte sich zurückhalten und nicht „Ja, Bienchen" antworten, gerade noch rechtzeitig biss er sich auf die Lippen. Den Vergleich mit der Biene Maja hätte Frau Maiberg ihm nie verziehen.

Im letzten Jahr hatte er die Kollegen beim Mittagessen grinsend darüber informiert, dass das entlaufene Zebra aus dem Erfurter Zoo wieder aufgetaucht sei. Gisela, die sich gerade mit ihrem Tablett zu ihnen gesellen wollte, hatte kurz auf ihr schwarz-weiß-gestreiftes Schlauchkleid und dann auf Theo geschaut und war wutschnaufend zwei Reihen weiter an den Damentisch stolziert. Von dort hatten ihn die ganze Mittagspause über ein Dutzend Augenpaare mit bösen Blicken attackiert. Gisela hatte daraufhin für mindestens zwei Monate ihre Botengänge in sein Büro eingestellt, stattdessen einen Ablagekorb für seine Post in ihrem Büro eingerichtet, den er fortan selbst leeren musste. Das war ihm eine Lehre gewesen.

Also antwortete er nur, dass er sofort zu Herrn Leiter hinüber gehen würde. „Warte einen Moment!" rief sie ihm nach, als er sich umdrehte. Einen Augenblick später war sie zurück mit einer großen Schachtel Belgischen Konfektes für den armen Herrn Hansen und den besten Wünschen zur Genesung. Theo lief das Wasser im Mund zusammen und er versprach, das Geschenk heute noch vorbeizubringen. Mit Chance bekam er ja ein oder zwei Stückchen davon ab.

Als er das Büro seines Chefs betrat, fiel sein Blick als erstes auf einen circa vierzigjährigen Mann in dunkelgrauem

Anzug, weißem Hemd und einer diagonal gestreiften blaugrauen Krawatte. Die leicht welligen dunklen Haare waren aus dem sonnenstudiogebräunten Gesicht gekämmt. Dieser Typ Mensch sorgte für Ärger, das roch er auf Entfernung. Der Mann erklärte Herrn Leiter soeben den Inhalt eines Schriftstückes, das vor ihnen auf dem Tisch lag und wies mit seinem Montblanc Kugelschreiber auf die entsprechenden Passagen. Theo vernahm nur noch „ ... aus Mangel an Beweisen bestehe ich darauf, dass Sie meinen Mandanten sofort freilassen. Sie haben kein Recht, Herrn Schäfer die Teilnahme an der Weltmeisterschaft zu verwehren." Die Frage, ob der Mann auch Frau Wagner vertrete, verneinte der Anwalt, wusste aber, dass ein Kollege aus seiner Kanzlei die junge Frau unterstützen würde.

Jetzt begrüßten die beiden Theo, der zu ihnen an den Tisch getreten war und der Anwalt stellte sich als Ronald Bergstedt von der Kanzlei Bergstedt aus Erfurt vor. Der Jurist verlangte, seinen Mandanten sofort freizulassen. Theo überlegte fieberhaft, was er dagegen einbringen konnte und konterte, dass für den Vormittag die Gegenüberstellung mit dem Zeugen, der Herrn Schäfer am Tatort gesehen hatte, geplant sei. Er handelte eine Zeitspanne von zwei Stunden heraus und bat um ein kurzes Gespräch mit seinem Chef unter vier Augen.

Der Arzt löste vorsichtig den Verband und inspizierte die Verletzung an der Schulter genau. Glücklicherweise waren keinerlei Entzündungszeichen zu erkennen. Er verband die Wunde erneut und entfernte dann die Mullbinde am Kopf. Auch mit dem Heilungsverlauf der Platzwunde war er zufrieden. Dort klebte er nur ein Pflaster über die Naht. „Heute lassen Sie bitte die Eskapaden aus, Herr Hansen. Ihr Körper braucht Ruhe, um die Heilung weiter voranschreiten zu lassen und mit einer Gehirnerschütterung ist nicht zu spaßen."

Matthias fragte, wie lange er noch bleiben müsse und der

Arzt verkündete, dass er, sofern keine Komplikationen einträten, nach dem Fädenziehen am Samstagvormittag nach Hause entlassen werden könne. Das hörte sich gut an. Matthias freute sich, das Wochenende im eigenen Bett oder auf dem Sofa zu verbringen, vor allen Dingen aber freute er sich auf Vanessa. Der Pieper des Arztes sprang an und der verabschiedete sich. Matthias sank auf die Kissen zurück, genoss die Ruhe bis die Physiotherapeutin sich erneut mit seiner Schulter beschäftigen würde. Eine schmerzhafte Angelegenheit, wie er gestern erfahren hatte, aber das Schultergelenk musste bewegt werden, um langfristige Schäden zu vermeiden und beweglich zu bleiben.

Viel Ruhe war ihm nicht vergönnt, denn zehn Minuten später stürmte Theo in das Krankenzimmer und ging ohne eine Begrüßung schnurstracks auf den Kleiderschrank zu und holte Boxershorts, Jeans, Poloshirt, Pulli und Socken heraus. Er warf die Kleidungsstücke und eine Schachtel Pralinen auf das Bett. „Guten Morgen. Die Schokolade ist von Frau Maiberg, mit besten Genesungswünschen. Aber jetzt zieh dich an, wir müssen los."

„Wohin, los?" Matthias richtete sich mühsam auf.

„Die wollen Bernd Schäfer auf freien Fuß setzen. Aus Mangel an Beweisen." Er sah so richtig wütend aus. „Wenn der erst mal weg ist, kriegen wir den so schnell nicht zurück."

„Spinnst du? Soll ich den jetzt festhalten, oder was hast du mit mir vor?"

„Ich habe eine Gegenüberstellung mit einem wichtigen Zeugen veranlasst. Die wissen nicht, dass du noch lebst." Er half Matthias in die Kleidungsstücke und erklärte, dass er dieses Mal Rücksprache mit dem Arzt gehalten und zwei Stunden Ausgang herausgehandelt hatte. Der Mediziner betrat jetzt den Raum, eine Injektionsspritze in der Hand. „Setzen Sie sich Herr Hansen und machen Sie bitte den rechten Arm frei." Matthias sah ihn unschlüssig an, der linke Arm steckte noch im Verband fest. Aber der Arzt hatte das auch schon bemerkt und den Pullover selbst hochgeschoben. „Aus medizinischer Sicht heiße ich Ihr Vorhaben nicht gut, aber ich verstehe auch, dass Sie einen mutmaßlichen Mörder nicht auf freien Fuß entlassen wollen. Die Schmerzspritze wird Ihnen den Ausflug etwas erleichtern. Dass Ihre Reaktionsfähigkeit dadurch eingeschränkt ist und Sie kein Auto fahren dürfen, muss ich Ihnen ja wohl nicht erklären." Er spritzte das Medikament in die Vene und Matthias versicherte, dass er nicht vorhabe, ein Fahrzeug zu lenken.

Von Theo gestützt, bewältigte er den Weg zum Auto und zehn Minuten später befanden sie sich bereits in der Polizeiinspektion. Matthias sollte nicht gesehen werden, daher setzte Theo ihn kurzerhand bei der Gisela im Büro ab. Matthias registrierte, dass die Frau zu ihren schwarzen Röhrenhosen wieder Stilettos trug, die dermaßen hoch waren, dass man dafür einen Waffenschein beantragen sollte. Er bedankte sich für die leckeren Süßigkeiten und lehnte sich erschöpft an die Lehne des Besucherstuhles. Matthias hatte wirklich gar keine Lust auf Small Talk und er hatte Glück, denn Frau Maiberg entschuldigte sich mehrmals mit: „Wenn ich gewusst hätte, dass Sie heute kommen, aber der Chef hat mich aufgefordert … " Matthias versicherte, dass es völlig in Ordnung sei, wenn sie jetzt ginge und er wirklich alleine zurechtkommen würde und genoss die Stille, als sie den Raum endlich mit klappernden Absätzen verlassen hatte. Er ließ seinen Blick ziellos durch das Büro wandern und grinste, denn unter ein paar losen Blättern lugte eine angeknabberte Tafel Schokolade hervor, Vollmilch mit Mandeln, so streng war die Diät wohl doch nicht. In der Ecke des Raumes an der kleinen Garderobe standen dicke Fellstiefel mit grobem Profil unter einem warmen knallroten Wintermantel. Die ganze Woche über hatte er sich schon gefragt, wie sie auf den hohen Absätzen ihren Weg zur Arbeit bewältigte. Jetzt wusste er, dass er sich keine Sorgen mehr machen musste, auf der Straße war sie gut versorgt und im Büro bewies sie ja täglich, dass sie mit dieser Art von Schuhen bestens zurechtkam.

Bernd und sein Anwalt hatten bereits nebeneinander am Tisch im Verhörraum Platz genommen und das weitere Vorgehen geplant, als Theo Matthias zehn Minuten später dort hineingeleitete und sie sich den beiden gegenüber niederließen. Bernds selbstgefälliges Lächeln erstarrte zu einer Grimasse. Das konnte nicht sein.

Theo sprach ihn direkt an: „Der Zeuge Matthias Hansen, hat Sie am Dienstagabend im Stadion gesehen, als Sie die Waffe auf ihn gerichtet hatten, um ein zweites Mal auf ihn zu schießen. Was sagen Sie dazu?"

Bernd schaute ihn grimmig an und schwieg mit zusammengekniffenen Lippen. Seinem Anwalt sah man an, dass der in kürzester Zeit sein Konzept umwerfen musste. Er riet seinem Mandanten, die Aussage zu verweigern.

„Sie wurden nur durch einen Zuruf von Frau Wagner, die das Herannahen eines Polizeifahrzeuges beobachtet hatte, davon abgehalten, Herrn Hansen zu erschießen."

„Das ist eine Unterstellung", unterbrach ihn der Anwalt, „oder können Sie das beweisen?"

„Ich arbeite daran", konterte Theo. „Nach dem Fußtritt an den Kopf haben Sie Herrn Hansen und Frau Bäumler bewusstlos im Schnee zurückgelassen, in der Hoffnung, sie würden dort erfrieren und Sie nicht weiter belasten."

„Einspruch!"

„Ja, ich weiß, auch das muss ich beweisen."

Jetzt mischte sich Matthias, der bisher noch nicht zu Wort gekommen war, in das Gespräch ein. „Herr Schäfer, ich glaube Ihnen, dass Sie keinen Grund hatten, Ihren Teamkollegen umzubringen." Theo schaute ihn verwundert an, Bernd und der Anwalt ebenso. „Schließlich hatten Sie ja Christoph

Bäumler mit dem Video fest in der Hand. Warum sollten Sie sich selbst die Hände schmutzig machen." Der Beschuldigte funkelte ihn wütend an, blieb aber stumm. „Dumm war nur, dass der es nicht gepackt hat, auf Arne Becker zu schießen und weggelaufen ist. Sein Kriegstrauma war stärker als die Angst, wegen der Prügelattacke belangt zu werden."

„Woher wollen Sie das denn wissen?", blökte Bernd dazwischen.

Unbeirrt fuhr Matthias fort: „Als Sie dann die Zwischenergebnisse von ihrem Trainer hörten und Arne als erster am Schießstand erwartet wurde, mussten Sie reagieren. Christoph Bäumler hatte ihren Kollegen bis zu diesem Zeitpunkt zumindest nicht verletzt. Jetzt blieb nicht mehr viel Zeit. Also sind Sie losgespurtet, mit Ihrem Gewehr auf dem Rücken. Das fiel in der Menge nicht sonderlich auf." Bernd wurde merklich blasser um die Nase. „Und als Sie dann auf Ihren Teamkollegen angelegt hatten, vielleicht aufs Bein oder den Arm, kam Ihnen der Gedanke, dass Sie, wenn Sie Ihren Widersacher ganz ausschalten, auch die Franzi wieder für sich haben könnten."

Bernd schnappte nach Luft und sein Anwalt erhob ein weiteres Mal Einspruch. Jetzt wurde es eng für seinen Klienten. Er erhob sich und entschuldigte sich für einen Moment, um ein Gespräch mit der Kanzlei zu führen. Ronald Bergstedt wollte den Raum verlassen, als es an der Tür klopfte und Frau Maiberg mit einem Umschlag für Theo auf dem Flur stand. Erwartungsvoll schaute der hinein und fand darin das Untersuchungsergebnis der Spurensicherung: die Blutspuren an Bernds Laufschuhen stimmten mit Matthias Blut überein.

Diese Sekunden nutzte Bernd, sprang explosiv auf und auf Matthias zu, der nicht schnell genug reagieren konnte. Er umklammerte den Polizisten von hinten und drückte ihm den metallenen Kugelschreiber, den sein Anwalt sich für Notizen bereit gelegt hatte, so fest in die Kehle, dass der Polizist kaum atmen konnte. „Du versaust mir das hier nicht, dafür sorge ich." Dem entsetzt zurückweichenden Anwalt und Theo, der seine Waffe gezogen hatte, drohte er: „Zurück, alle beide, und die Waffe auf den Boden, oder ich steche ihm die Kehle durch!" Demonstrativ drückte er noch fester zu, so dass ein kleines Rinnsal Blut aus der winzigen Wunde, die die Spitze des Schreibgeräts in die Kehle geritzt hatte, sich langsam den Weg über die Brust bahnte und im geöffneten Kragen des Polohemdes versickerte. Matthias würgte, er konnte nur schwer atmen. Beide taten was er verlangte. Theo bemühte sich, den Angreifer zu beruhigen, aber der zerrte seinen Kollegen rückwärts zur Tür hinaus, den Metallstift nach wie vor fest in den Hals gedrückt. „Weg hier, alle weg hier!"

Die Köpfe der Beamten, die neugierig aus ihren Büros herauslugten, verschwanden ebenso schnell wieder in denselben. Diejenigen, die sich auf dem Flur befanden, wichen in die angrenzenden Büros zurück. Doch Bernd kam nicht weit, denn eine Stimme, die Matthias sofort erkannte, bremste ihn.

„Keinen Schritt weiter, oder ich schieße!" Etwas Hartes bohrte sich in Bernds Rücken und er lockerte irritiert den Kugelschreiber. Diese Schrecksekunde reichte Matthias, fast zeitgleich traf sein Absatz das Schienbein und sein rechter Ellenbogen rammte Bernds Rippen so empfindlich, dass der sich stöhnend zusammenkrümmte. Matthias stürzte sich auf ihn und fiel mit ihm zu Boden. Er blieb schwer atmend auf Bernd liegen, seinen rechten Unterarm auf die Kehle des Angreifers gedrückt, bis Theo dem Sportler Handschellen angelegt hatte und ihn an zwei Beamte, die aus ihren Büros wieder herauskamen, übergab. Dann beugte er sich besorgt zu seinem Kollegen nieder, der immer noch am Boden lag aber von Frau Maiberg, seiner Retterin, umsorgt wurde.

„Die Waffen einer Frau!" Triumphierend hielt sie ihre High Heels hoch, deren einer Absatz sich kurz zuvor noch in Bernds Rücken gebohrt hatte. „Mit einem Kugelschreiber kann ich noch lange mithalten!“ Ein schallendes Gelächter der Männer war die Antwort und Bernd konnte nicht glauben, was ihn da gerade außer Gefecht gesetzt hatte. Er ließ sich widerstandslos abführen.

Theo half Matthias wieder auf die Beine und stützte ihn, ein anderer Kollege hatte bereits einen Stuhl aus seinem Büro herbeigeschafft, dort setzten sie ihn erst einmal ab. Theo wollte seinen Partner sofort ins Krankenhaus zurückfahren, aber Matthias lehnte ab und fragte Frau Maiberg mit einem verschmitzten Lächeln, ob sie ihm nach dem Schock einen Kaffee ausgeben würde. Das tat sie nur zu gerne und brachte ihm einen großen Becher, schwarz, wie immer, und zwei Schokoriegel dazu in sein Büro, in das Theo ihn mittlerweile verfrachtet hatte.

„Sie sind eine echte Granate, das war großartig“, grinste er. „Vielen Dank.“

„Darf ich das als Kompliment auffassen?“

„Ich bitte darum!“, bestätigte Matthias sein Lob.

„Jederzeit gerne wieder.“ Mit wiegenden Hüften und den High Heels jetzt wieder an den Füßen, verließ sie die beiden.

Mit einem Schokoriegel in der einen Hand und dem Kaffeebecher in der anderen saßen sich Matthias und Theo gegenüber.

„Das hätte auch schief gehen können“, sinnierte Theo.

„Ist es aber nicht.“ Matthias grinste. „Und Bernd wird heute mit Sicherheit nicht nach Ruhpolding fahren. Dafür hat sich der Einsatz doch schon gelohnt.“

Nach einer kurzen Verschnaufpause war Matthias auch noch zu einer Gegenüberstellung mit Franziska Wagner bereit, die mit ihrem Anwalt im Verhörraum wartete. Der Mann wirkte wie eine Kopie seines Kollegen, mit dunklem Anzug und weißem Hemd bekleidet, begrüßte er die Beamten mit einem nervösen Lächeln auf den schmalen Lippen.

Anscheinend war er schon über den Vorfall im Nachbarraum informiert.

Franziska Wagner starrte Matthias mit aufgerissenen Augen an, als hätte ein Zombie soeben den Verhörraum betreten. Ihre Hände krampften sich am Tisch fest, der ganze Körper schien in eine Erstarrung gefallen zu sein, selbst ihre Haarmähne, die sie immer mit einem geübten Kopfschwung in den Nacken beförderte, hing schlapp herab, bedeckte das rechte Auge und einen Teil des vor Panik offen stehenden Mundes.

„Guten Tag, Frau Wagner", begann Matthias „ja, ich bin noch am Leben." Sie starrte ihn nur an. „Und dafür möchte ich Ihnen ganz herzlich danken." Jetzt kam ein wenig Bewegung in ihren Körper. Geistesabwesend strich sie sich langsam die Haarsträhnen aus dem Gesicht. „Wie meinen Sie das?", flüsterte sie ungläubig.

„Wenn Sie nicht „Halt", gerufen hätten, am Dienstagabend, dann hätte der Herr Schäfer abgedrückt und ich wäre jetzt tatsächlich tot."

„Ach so", murmelte sie fast tonlos.

„Sie waren das doch? Oder muss ich meinen Dank an anderer Stelle loswerden?" Franzi nickte kraftlos. „Vielleicht beruhigt es Sie, dass auch Frau Bäumler überlebt hat."

Franzi nickte kräftiger. „Es tut mir leid. Die ganze Sache ist entgleist. Das haben wir nicht gewollt."

„Das glaube ich Ihnen. Sie hatten ja berichtet, dass Sie ganz andere Pläne gehabt haben."

Sie nickte stumm. „Und jetzt ist Arne tot." Ihre Schultern zuckten und jetzt brach eine wahre Sintflut aus ihr heraus. Als wenn alle Dämme, die sie so mühsam um sich herum errichtet hatte, auf einmal gebrochen waren, so strömten die Tränen aus ihren Augen und malten mit der schwarzen Wimperntusche, die vor kurzem noch ihre Augen zum Strahlen gebracht hatte, ein Delta aus lauter kleinen Bächlein auf ihre

Wangen. Sie rieb sich mit den Händen die Augen und verwischte auch dieses Bild zu einer traurigen Fratze. Nichts war mehr übrig von der alles überstrahlenden Lokalmatadorin.

„Wer hat ihn erschossen?" Hart und unbarmherzig stellte Theo diese Frage.

„Sie müssen diese Frage nicht beantworten", warf ihr Anwalt ein, aber seine Klientin überhörte diesen Einwand.

„Christoph, wer sonst?" Die Kommissare konfrontierten sie mit ihrer Version und die junge Frau erstarrte erneut. „Nein, das kann nicht sein! Das würde er doch nie tun! Warum auch?"

„Vielleicht, um eine zweite Chance bei Ihnen zu bekommen?"

„Was vorbei ist, ist vorbei. Bernd ist ein guter Freund, mehr nicht. Ich habe Arne geliebt." Sie machte eine Pause, griff das Päckchen Papiertaschentücher, das Theo ihr hinübergereicht hatte und schniefte kräftig aus. „Sehr sogar, auch wenn ich Ihnen nicht verübeln kann, wenn Sie mir das nach diesen Vorfällen nicht glauben." Lethargisch zuckte sie mit den Schultern. „Das würde ich vermutlich auch nicht tun." Sie weinte leise vor sich hin, beruhigte sich dann etwas und starrte vor sich auf den Tisch. „Vielleicht wäre es auch nicht gut gegangen mit uns beiden. Wir waren sehr verschieden. Arne hat sich nicht viel aus Geld und Luxus gemacht. Der war glücklich, wenn er sich draußen in der Natur bewegen konnte."

Theo hakte nach. „Sind Sie sich sicher, dass Herr Schäfer das auch so gesehen hat? Haben Sie ihm vielleicht durch Ihr Verhalten Anlass zur Vermutung gegeben, dass doch mehr für ihn drin wäre?"

Der Anwalt wollte sie von der Beantwortung der Frage abhalten aber es schien, als hätte Franzi weder die Frage noch seinen Einspruch wahrgenommen. Sie saß nur da, starrte vor sich hin und schüttelte immer wieder den Kopf, dabei murmelte sie so etwas wie „Das kann nicht sein. Das ist unmöglich."

Die beiden Polizisten ließen sie eine ganze Zeit lang in

Ruhe, aber irgendwann wurde es Theo einfach zu bunt und er polterte los: „Verdammt noch mal, was kann nicht sein?"

Sie schniefte und flüsterte, so dass sie kaum zu verstehen war und Theo ihr das Aufnahmegerät direkt vor den Mund schob: „Er ist nach seinem Lauf noch mal weg gewesen."

„Wer ist weg gewesen? Bitte nennen Sie deutlich den Namen. Ich kann Sie leider kaum verstehen", bat Matthias freundlich.

„Bernd ist vor Arnes zweitem Schießen kurz weg gewesen. Ich hatte ihn gesucht, denn ich hatte ein schlechtes Gewissen wegen unseres Plans und plötzlich richtig Angst gehabt, dass Arne etwas passiert."

„Kein Wunder", brummte Theo.

Sie stockte, erst jetzt wurde ihr bewusst, was sie da gerade gesagt hatte und welche Konsequenz diese Aussage haben könnte.

Theo und Matthias blickten sich vielsagend an und bedankten sich bei Franzi für die Mitarbeit. Heute noch würde sie dem Haftrichter vorgeführt werden, nicht wegen Mordverdachts, dessen waren sich die beiden Polizisten jetzt sicher. Um eine Anklage wegen Erpressung, geplanter Körperverletzung und des Mordversuchs an Matthias und Kerstin kam sie jedoch nicht herum, daran würde auch ihr Anwalt nichts ändern können und damit wären ihre Karriere und ein Leben in Luxus mit Sicherheit beendet.

Um Bernd zog sich die Schlinge immer fester zusammen, doch auch Christophs Unschuld war noch nicht bewiesen. Bisher deckte ihn nur das Alibi seiner Schwester. Das reichte eindeutig nicht, um den Haftrichter von seiner Unschuld zu überzeugen. Matthias selbst hatte ja nicht nur einmal erlebt, wie heftig seine emotionalen Aussetzer sein konnten und seine Fingerabdrücke auf der Mordwaffe sprachen gegen ihn.

Die zwei Stunden Ausgang waren für Matthias weit überschritten und sein Körper sagte ihm deutlich, dass er wieder in die Waagerechte musste. Die Wirkung der schmerzstillenden Spritze hatte nachgelassen und er fühlte sich wie gerädert. Theo kutschierte ihn ganz entgegen seines üblichen Fahrstils gemächlich und ohne große Schräglage, dafür aber mit lauter Beschallung von Wind of Change von den Scorpions, zurück in die Klinik und beförderte ihn dort in sein Bett.

Eine junge Krankenschwester betrat den Raum, stellte Matthias ein Stück Butterkuchen auf den Nachttisch und fragte nach seinem Getränkewunsch. Er bat um eine Tasse Kaffee und merkte erst jetzt seinen Hunger, die Mittagsmahlzeit hatte er verpasst, Theo ebenso und er schätzte, dass es dem noch schwerer gefallen sein musste. Doch sein Partner hatte sich nichts anmerken lassen. Die Schwester stellte den Kaffeebecher neben dem Kuchen an Matthias Bett ab. Dabei fiel ihr Blick auf das Blutgerinnsel am Hals des Patienten. Als der ihr darlegte, dass ihm jemand soeben mit einem Kugelschreiber die Kehle hatte durchstechen wollen, verließ sie hektisch den Raum und murmelte etwas von „...gleich zurück, Arzt benachrichtigen ..."

„Du verziehst dich jetzt besser", grinste Matthias „es sei denn, du hast Lust auf eine erneute Standpauke des Stationsarztes."

„Hast wohl Recht. Danke, Partner." Theo drückte seinem Kollegen kräftig die Hand. „Bis morgen. Ich halte dich auf dem Laufenden."

Für Theo war der Donnerstag mit Schreibkram für die Staatsanwaltschaft zu Ende gegangen und Matthias hatte den Rest des Tages verschlafen, nachdem der Arzt die winzige Wunde begutachtet, von Kugelschreiberresten befreit und desinfiziert hatte. Beide waren sich einig gewesen, dass eine weitere Behandlung nicht von Nöten wäre.

Freitag

Der Haftrichter hatte die Untersuchungshaft für Bernd Schäfer und Franziska Wagner angeordnet, ebenfalls für Christoph Bäumler, der aber noch bis zum Wochenende unter Bewachung im Krankenhaus bleiben sollte.

Gegen Kerstin Bäumler lagen keine Anschuldigungen vor, sie durfte heute Vormittag die Klinik nach Hause verlassen. Matthias hatte gehofft, sie noch zu sehen und den Arzt heute Morgen um einen kurzen Besuch bei ihr gebeten, aber sie war bereits von einem Taxi abgeholt worden.

Geschlafen hatte er gestern Nachmittag und heute Nacht genug, das Buch, welches Vanessa ihm mitgebracht hatte, konnte ihn nicht zum Lesen motivieren und viel bewegen sollte er sich nicht. Kurz und gut, Matthias war langweilig und so zappte er sich durch die Fernsehprogramme.

Mit den meisten Soaps und Serien konnte er nichts anfangen, wohl aber mit dem Sportprogramm, denn soeben wurde das Staffelrennen der Herren im Biathlon gestartet. Matthias richtete sich etwas auf, so dass er den Lauf bequem verfolgen konnte. Das war noch viel spannender, jetzt wo er die Läufer persönlich kannte. Welche Athleten hatte der Trainer wohl aufgestellt? Er sah Florian an der Startposition stehen. Sofort nach dem Startschuss stieß der sich mit voller Kraft mit den Stöcken ab. Er kam sehr gut ins Rennen und erreichte als dritter den Schießstand. Vier Treffer, eine Strafrunde, Mist. Aber er kämpfte sich wieder an die Spitzengruppe heran und schoss stehend fehlerfrei. Als vierter übergab er an den jüngsten des Teams, Andreas. Der schoss auch einen Fehler, konnte die Position aber halten. Jetzt durfte Moritz ran. Der lief das Rennen seines Lebens, schoss zwei Mal fehlerfrei und übergab als zweiter an Carsten, der seinen Freund als Schlussläufer ersetzen sollte. Würde er dieser psychischen Belastung gewachsen sein? Ein Fehlschuss im Liegendschießen kostete den zweiten Platz, nach der Strafrunde hatten sich die Ukraine und Schweden vor ihn geschoben. Der norwegische Läufer Sven Olafson lief konkurrenzlos allen davon. Aber Carsten gab nicht auf, er flog förmlich auf seinen Skiern den Hang hinauf und erreichte nur drei zehntel Sekunden nach dem schwedischen Läufer Inger Didrichson den Schießstand. Jetzt schwenkte die Kamera hinüber zur Tribüne und zeigte das mitfiebernde Publikum. Alle hofften auf einen Heimsieg der deutschen Mannschaft, zumindest aber auf eine Medaille. Florian, Andreas und Moritz standen mit den Armen umschlungen an der Bande und starrten gebannt auf den Schießstand. Der Norweger zeigte Nerven, ein Fehlschuss und dann schoss er tatsächlich ein zweites Mal daneben. Er war schon in der Strafrunde als Carsten sein Gewehr anlegte. Das erleichterte „Hey" des Publikums war fünf Mal zu hören und Matthias sah die Teamkollegen jubeln. Jetzt musste Carsten das nur noch nach Hause laufen. Auch Nikolaj Pastew, der Ukrainer, hatte einmal gepatzt. Knapp hinter Inger Didrichson ging Carsten in die letzte Runde. Das Publikum schrie ihn in die Loipe und musste jetzt zittern, denn nun war er nicht mehr zu sehen. Auch der ukrainische und norwegische Läufer waren zurück auf der Laufstrecke. Wer von ihnen hatte die beste Kondition, wer war bereit, sich noch einmal so richtig zu quälen, bergauf zu spurten, auch wenn die Beine brannten? Matthias hatte feuchte Hände und einen trockenen Mund, als Theo ins Zimmer kam und ihn mit einem „Hallo, wieder fit?", begrüßte.

Matthias hatte keinen Blick für ihn, so spannend war das Rennen. „Setz dich, nimm dir den Stuhl aus der Ecke", murmelte er und ergänzte „Biathlonstaffelfinale!"

Jetzt griff Carsten den Schweden an, nebeneinander spurteten sie mit weit ausschreitenden kraftvollen Bewegungen den letzten Aufstieg vor dem Einlauf ins Stadion hinauf, nebeneinander gaben sie ihr Letztes und dann hatte er ihn gepackt und setzte sich deutlich von ihm ab. Inger Didrichson hatte aufgegeben und wurde jetzt auch noch von Sven Olafson überholt, der sich von hinten unermüdlich wieder an die Führenden herangearbeitet hatte. Carsten war im Stadion, die letzte Runde begleitet von jubelnden fahnenschwenkenden Zuschauern, der Kommentator überschlug sich fast vor Begeisterung, aber der Norweger ließ nicht locker, kam immer näher. „Lauf, du schaffst das!", ließ Matthias seine Anspannung so lautstark heraus, dass eine Krankenschwester verwirrt ihren Kopf zur Tür hereinsteckte. Noch zehn Meter, der Norweger war fast heran, Carsten kämpfte, gab alles und schob seinen Skier eine Zehntelsekunde vor dem norwegischen Schlussläufer über die Ziellinie, bevor er sich erschöpft, aber überglücklich zu Boden fallen ließ und von seinem Team, das sich auf ihn stürzte, förmlich begraben wurde. „Mann war das spannend. Hallo Theo." Jetzt erst schaute Matthias seinen Kollegen, der das Rennen noch im Stehen ebenso angespannt verfolgt hatte, an.

„Das war ja wohl mal ´ne Leistung. Hätte ich nicht erwartet von den Burschen, alle Achtung." Die Kamera zeigte das jubelnde Publikum auf den Rängen und die feiernde Mannschaft. Der Trainer wurde interviewt. Er hatte Freudentränen in den Augen und lobte seine Mannschaft zu dieser außergewöhnlichen Leistung nach der anstrengenden und belastenden letzten Woche. Und Carsten, der kurz darauf mit der Mannschaft vor der Kamera stand, widmete diesen Sieg mit zitternder Stimme aber leuchtenden Augen ihrem verstorbenen Teamchef Arne Becker, für den sie heute alle ihr Letztes gegeben hatten.

Die Berichterstattung ging noch eine Weile weiter, Theo informierte unterdessen seinen Kollegen über den Richterbeschluss und boxte Matthias leicht in die Seite, als er merkte, dass der ihm gar nicht mehr zuhörte. Der blinzelte ihn abwesend an. „Ich hab´s. So könnte es funktionieren."

„Kannst du mich aufklären? Ich verstehe nur Bahnhof!"

„Die Fernsehübertragung. Die Leute auf den Tribünen."

Theo sah ihn verständnislos an. „Und?"

„Vielleicht gibt es Aufnahmen, auf denen Christoph während des letzten Schießens auf der Tribüne zu sehen ist. Dann hätten wir den Beweis, dass er nicht auf Arne geschossen haben kann!"

„Grandios!" Theo verabschiedete sich schnell wieder, er wollte die Auswertung der Fernsehbilder in Auftrag geben. Im Hinausgehen zögerte er, drehte sich dann doch noch einmal um. „Äh, was ich noch sagen wollte. Ich habe den Arzt schon gefragt, der meinte, es wäre in Ordnung." Matthias zog die Augenbrauen hoch und sah ihn erwartungsvoll an. „Also, ich wollte dich fragen ..."

„Ja, was denn? Raus damit!", ermunterte ihn Matthias .

„Also ich wollte dich am Sonntag zum Mittagessen einladen, mit deiner Freundin, zu mir nach Hause." Jetzt war es raus.

Matthias strahlte ihn an und sagte dankend zu. Theo dagegen fragte sich schon in dieser Minute, ob diese Einladung eine gute Idee gewesen war.

Samstag

Endlich nach Hause. Matthias saß auf seinem Bett und wartete auf den Arzt, der die Fäden aus der Schulter und der Schläfe entfernen sollte und dann, sofern alles gut verheilt war, die Entlassungspapiere ausstellten würde. Vanessa wollte ihn in einer Stunde abholen, er hoffte, dass bis dahin alle Formalitäten erledigt waren.

Es klopfte an der Tür. Der Arzt war also pünktlich. Doch auf sein „Herein" erschien nicht der Mediziner, sondern ein kurzer blonder Haarschopf lugte um die Ecke. „Störe ich?" Kerstin kam zögernd näher. Sie war noch etwas blass um die Nase, aber es schien ihr wieder besser zu gehen.

Matthias war so froh, dass die Rettungsaktion gelungen war. „Keineswegs, ich freue mich, dass wir uns noch sehen." Er lächelte zurück. „Am Dienstag wurden wir ja sehr abrupt getrennt." Kerstin holte sich den Besucherstuhl und setzte sich neben ihn ans Bett. Als sie sich zu Matthias hinüber beugte, konnte er die verschorfte Schussverletzung sehen. „Geht es Ihnen besser?" erkundigte er sich besorgt.

Sie versicherte, dass sie das Schlimmste überstanden hatte, bis auf leichte Kopfschmerzen waren keine Beschwerden zurückgeblieben. „Dank Ihres beherzten Einsatzes ist es ja bei einem Streifschuss geblieben. Sie haben mir das Leben gerettet." Kerstin biss sich auf die Lippen, ein schmerzlicher Zug umspielte ihren Mund. „Zwei Mal sogar. Wenn Sie nicht einen so guten Kontakt zu Christoph aufgebaut hätten, wäre ich da draußen vermutlich erfroren. Vielen Dank." Sie drückte ihm einen Briefumschlag in die Hand. „Statt Blumen."

Matthias wehrte ab. „Das war doch selbstverständlich. Sie müssen mir nichts schenken."

„Ich weiß, aber ich möchte es gerne", beharrte sie und legte den Umschlag auf sein Bett.

Matthias schaute hinein und hielt zwei Eintrittskarten für

die Messehalle in Erfurt in der Hand. „Cool, Clueso, gehen wir da gemeinsam hin?“

„Nein, die sind für deine Freundin und für dich“, sie hielt inne und verbesserte sich, „für Sie“ und schaute ihn an. „Ich würde Sie gerne duzen, aber vermutlich ist es besser, wenn wir bis zum Ende des Prozesses den formellen Weg einhalten.“ Matthias nickte. „Aber ich habe auch Karten für Christoph und mich besorgt. Ich hoffe, dass er bis dahin von dem Mordverdacht freigesprochen ist. Wir können im Mai gerne gemeinsam das Konzert besuchen und ich zeige Ihnen vorher ein wenig die Stadt.“ Matthias freute sich riesig auf dieses Event, obwohl er sich nicht sicher war, ob er als Beamter das Geschenk überhaupt annehmen durfte. „Dann schenke ich die Karten eben Ihrer Freundin. Vielleicht nimmt die Sie ja mit“, grinste sie lausbübisch. Matthias lachte herzhaft, er fühlte sich sehr wohl in Kerstins Gegenwart und hoffte, den Kontakt nach Abschluss des Falles halten zu können. Wenn er hier leben wollte, musste er sich einen eigenen Freundeskreis aufbauen, und es wäre schön, wenn Kerstin ein Teil davon werden würde.

Leider wurde der Besuch durch das Eintreffen des Arztes und seiner Assistenzärztin abgekürzt und Kerstin fragte, ob sie ihren Bruder besuchen dürfe. Matthias nahm ihr das Versprechen ab, dass sie Christoph kein zweites Mal aus dem Krankenhaus entführen würde und erlaubte den Besuch. Die junge Kollegin sollte heute die Fäden aus den Wunden entfernen, sofern Matthias nichts dagegen einzuwenden hätte. Der stimmte zu und der Stationsarzt überwachte die Arbeit der Assistenzärztin. Es ziepte ein paar Male, aber an sich war die Aktion nicht schmerzhaft. Die Wunden waren gut verheilt und wurden für den Heimweg nur noch mit einem Pflaster abgedeckt.

Mit guten Wünschen für die weitere Genesung, einer Notration Schmerzmittel für das Wochenende und dem Hinweis, sich beim Hausarzt am Montag um ein Rezept für Physiotherapie und eine Krankmeldung zu bemühen, wurde Matthias nach Hause entlassen. Noch im Auto berichtete er von der Einladung zum Essen bei seinem Kollegen. Sehr erstaunt über diese Wendung freute sich Vanessa für Matthias, natürlich würde sie ihn gerne begleiten.

Theo dagegen hatte am gestrigen Abend einen schweren Stand gehabt. Marion war sauer auf ihn gewesen, das heißt, sie war nicht nur sauer, sie war richtig wütend auf ihren Mann gewesen. Wie konnte er eine derartige Einladung aussprechen, ohne mit ihr Rücksprache zu halten? Was sollte sie ihren Eltern sagen? In den letzten Jahren hatten sie nur sehr selten ein Mittagessen bei ihnen versäumt. Einmal hatten die Kinder Windpocken gehabt, einmal lag eine Schulaufführung, bei der Jaqueline als Aschenputtel eine der Hauptrollen gespielt hatte, auf einem Sonntag, was ihre Mutter sehr kritisiert hatte, ein paar Male hatten sie es tatsächlich gewagt, am Wochenende wegzufahren, einmal spielte Patricks Fußballmannschaft um den Thüringen-Pokal, an die anderen Male erinnerte sie sich im Moment nicht mehr, aber es waren mit Sicherheit schwerwiegende Gründe gewesen. Und jetzt lud Theo Gäste ein. Gäste am Sonntag zum Mittagessen.

„Du sagst bei meinen Eltern ab, schließlich hast du das auch verbockt."

Theo hatte gemerkt, dass er sich vor dieser Aufgabe nicht drücken konnte, aber er hatte es so gewollt. Mit Matthias wollte er beruflich einen Neuanfang wagen, mit dem neuen jungen Kollegen noch einmal durchstarten. Und diesen Schwung würde er nutzen, um auch andere Dinge im Leben zu verändern, Dinge, die er nie in Frage gestellt hatte, wie den sonntäglichen Besuch zum Mittagessen bei den Schwiegereltern, der für die ganze Familie in der Regel anstrengend war, auch wenn seine Schwiegermutter sehr gut kochen konnte.

Entschlossen war er zum Telefon gestapft. Er wollte es gleich hinter sich bringen.

„Guten Abend Martha. Geht es euch gut?"

„Ja danke der Nachfrage. Ist was mit Marion? Du rufst doch sonst nicht unter der Woche hier an?"

„Nein, es ist alles in Ordnung, aber wir können am Sonntag nicht zum Essen kommen, ich habe meinen neuen Kollegen und seine Freundin eingeladen. Er wird dieses Wochenende aus dem Krankenhaus entlassen und ich bin ihm noch etwas schuldig." Er hörte, wie Martha tief Luft holte und ließ sie gar nicht erst zu Wort kommen. „Nächste Woche kommen wir dann gerne wieder zum Essen und in der Woche drauf kochen wir mal für euch."

„Ja, das wird auch mal Zeit. Auf Dauer ist es ganz schön anstrengend für mich, jeden Sonntag für alle zu kochen. Das freut mich, wenn wir auch mal zu euch kommen können."

Theo konnte es nicht fassen, nie hatte er sich getraut, etwas gegen den festen Termin anzubringen und dann teilte seine Schwiegermutter ihm so nebenbei mit, dass sie froh darüber war, dass die Familie nicht zum Essen kam. Er hatte geschmunzelt, als er Marion davon in Kenntnis gesetzt hatte und die Kinder jubelten, als sie hörten, dass sie jetzt sonntags auch ab und zu ausschlafen durften. Die Speisefolge für Sonntag war schnell geklärt gewesen, Theo hatte versprochen, die Einkäufe für die Mahlzeit und Patricks Geburtstagsfeier am Abend zu übernehmen und Marion würde sich um die Zubereitung der Speisen kümmern.

Jetzt stand er mit vielen anderen in der Schlange vor der Kasse des Supermarktes, aber das störte ihn nicht, er pfiff leise „Wind of Change", das er gerade noch im Auto gehört hatte, und freute sich über seinen Mut zur Veränderung und auf den morgigen Tag.

Auf dem Rückweg fuhr er noch einmal in die Polizeiinspektion, er war zu neugierig, ob die Auswertung der Fernsehbilder neue Anhaltspunkte ergeben hatte. Bei den niedrigen Temperaturen würden die Lebensmittel im Kofferraum den Zwischenstopp verkraften.

Hermann hatte bei den verschiedenen Fernsehanstalten die Aufzeichnungen angefordert und sich bereit erklärt, am Wochenende Überstunden zu schieben, um die Ermittlungen voranzutreiben. Er war der Mann für derartige Aufgaben, nachdem er vor zwei Jahren aus gesundheitlichen Gründen in den Innendienst versetzt worden war. Sein Herz hatte den Stress während der Einsätze nicht mehr verkraftet. Den Herzinfarkt hatte er nur knapp überlebt und nach der Reha hatte der Chef ihn hier eingesetzt.

„Das ist ´ne Arbeit für Blöde." Er rieb sich die angestrengten Augen. „Wie ein Mordillo Puzzle, kennst du die, mit den vielen kleinen Köpfen und winzigen Motiven, die alle ähnlich aussehen?" Theo verneinte. Hermann hatte Kerstin und ihren Bruder mittlerweile auf der Tribüne orten können, jedoch nur zu einem früheren Zeitpunkt, zwei Sender hatte er schon durchgeschaut, die hatten keine Bilder von der Tribüne während des Schießens gesendet, aber er hatte noch ein paar vor sich.

Theo entschied sich, ihm ein wenig Gesellschaft zu leisten, setzte eine Kanne Kaffee auf und holte eine Packung Kekse aus dem Auto. Nach einem kurzen Anruf zu Hause, machte er es sich neben seinem Kollegen bequem, der konzentriert bei der Sache war. Zwei Aufzeichnungen standen noch aus, jetzt hatten sie die Stelle des letzten Schießens vor den Augen. „Kannst gerne mit schauen, vielleicht erkennst du ja was", ermunterte ihn sein Kollege. Theo beugte sich vor und versuchte, die vielen kleinen Köpfe mit den bunten Mützen zwischen den wehenden Deutschlandfahnen zu erfassen. Er kniff die Augen zusammen, die Sequenzen wechselten derart schnell, dass er kaum etwas erkennen konnte.

„Mensch, Hermann, wie schaffst du das nur über Stunden da raufzustarren. Das ist ja unglaublich anstrengend“, bewunderte er seinen Kollegen.

Der fühlte sich geschmeichelt und freute sich, dass jemand seine Arbeit anerkannte. Er selbst hatte lange gebraucht, um seinen neuen Arbeitsplatz zu akzeptieren. Noch einmal spulte er die Sequenz zurück. „Schau mal, sitzt er da nicht neben seiner Schwester?“ Er wies mit einem Bleistift auf den Teil des Bildschirmes, den Theo beobachten sollte und spulte ein drittes Mal zurück. „Hier, die Stelle meine ich!“ Beide betrachteten das Standbild und waren sich einig, den Beweis für Christoph Bäumlers Unschuld an dem Mord gefunden zu haben. Hermann sicherte die Sequenz auf seiner Festplatte.

„Super Arbeit“, Theo klopfte dem Beamten auf die Schulter. „Vielleicht findest du ja auch noch eine Sequenz, die Herrn Schäfer auf Abwegen zeigt. Ich muss wieder los und Marion zu Hause unterstützen. Wir bekommen morgen Gäste und heute Abend feiert Patrick seine Geburtstagsparty.“

Sonntag

Der Schweinebraten schmorte im Backofen seiner Vollendung entgegen, der Rotkohl garte auf dem Herd. Weißbrotwürfel, für die Thüringer Klöße in der Pfanne goldbraun geröstet, warteten auf ihren Einsatz. Marion rieb einen Berg roher Kartoffeln und eine Schüssel mit den weich gekochten Knollen stand bereit, um später mit den Geriebenen zu einem Brei vermengt zu werden. Sie hatte die Zubereitung dieser Spezialität von ihrer Mutter gelernt und die konnte ja bekanntlich sehr gut kochen. Für das Stoßen und Schlagen des Teiges holte sie sich Theo zu Hilfe. „Das ist Männerarbeit", pflegte sie zu sagen und sie hatte in gewissem Maße Recht, denn die Herstellung des Teiges war wirklich eine anstrengende Prozedur. Zu guter Letzt mussten die Klöße nur noch eine Zeitlang im heißen Wasser ziehen, bis sie von alleine aufstiegen, also ungefähr zwanzig Minuten. Als junges Mädchen hatte ihr die Geduld gefehlt und sie hatte immer wieder versucht, das Aufsteigen der Klöße durch Rütteln am Topf zu beschleunigen. Aber ihre Mutter hatte ihr immer wieder die alte Weisheit "Klöße und junge Mädchen müssen alleine aufstehen" gepredigt, diesen Vergleich hatte sie bis heute nicht verstanden, aber sich zumindest daran gehalten, so lange ihre Mutter in der Küche war.

Das Badezimmer war wie üblich von Jaqueline belegt, heute benötigte sie besonders viel Zeit, um sich für den jungen Kollegen ihres Vaters zu stylen. Patrick saß auf dem Sofa vor dem Fernseher und surfte mit dem Handy im Internet. Im Hintergrund lief die Biathlon Weltmeisterschaft, Massenstart der Herren. Alle deutschen Athleten hatten das Rennen von einem der vorderen Startplätze begonnen, die Aussichten für eine weitere Medaille waren damit gewahrt. Schon gestern in der Verfolgung hatte Moritz sich eine Bronzemedaille erkämpft.

Theo setzte sich zu seinem Sohn und verfolgte das Rennen für ein paar Minuten, als ihm einfiel, dass er noch zwei Flaschen Wein für die Mahlzeit holen wollte. Er öffnete gerade die Garage, an die er vor einigen Jahren mühevoll mit Natursteinen einen kleinen Weinkeller angebaut hatte und in dem so einige gute Tropfen wohltemperiert lagerten, als das Auto mit Vanessa und Matthias auf die Auffahrt fuhr. Matthias sah seinen Partner um die Ecke verschwinden und ging ihm nach. „Theo?"

Vanessa, mit einem großen Strauß erster Frühlingsblumen in den Händen, klingelte indessen an der Haustür und wurde von Marion freundlich hereingebeten.

Matthias sah sich um und streifte eine Motorradkombi, die neben der Tür an einem Haken hing. Zwei Helme lagen darüber auf einem Regal. „Theo?"

„Ich bin hier hinten, komm durch."

Matthias ging in die Garage und bekam große Augen. Eine Harley nahm den größten Teil des Raumes ein. Matthias schlich um das Gefährt herum und strich ehrfurchtsvoll über die blitzenden Chromteile. Das war ja ein Hammer. Theo, ein Rocker auf einer Harley, wie ein erster Eindruck doch täuschen konnte! Der kam mit zwei Weinflaschen in der einen Hand aus dem Nebenraum und schlug ihm mit der anderen ohne groß nachzudenken freundschaftlich auf die Schulter. Matthias konnte gerade noch zur Seite springen, so dass Theo ihn nur leicht tätschelte. „Vorsicht, kaputt", warnte er und fragte: „Deine?"

Theo nickte. „Wird Zeit, dass es Frühling wird. Meine Lady wird schon unruhig. Die muss wieder raus auf die Straße."

„Wahnsinn, das Teil. Da komme ich mit!"

„Wenn du dich traust, ich habe noch einen zweiten Helm. Kannst mal mitfahren, wenn du wieder fit genug bist, um dich festzuhalten."

„Gerne, aber ich fahre auch alleine." Matthias zog sein

Handy hervor und hielt Theo ein Foto von sich entgegen, auf seiner Kawasaki, bei der Tour durch Norwegen im letzten Jahr mit Jens.

„Mensch Partner, da kann ich dir ja mal die Gegend auf dem Bock zeigen." Theo setzte zum nächsten Schlag an, aber dieses Mal war Matthias gewarnt und rechtzeitig ausgewichen. Er zeigte auf eine Plane in der Ecke des Raumes. „Hast du etwa noch eine Maschine?"

„An der bastele ich noch, das ist ganz was Besonderes." Matthias konnte sich nicht vorstellen, dass eine andere Maschine das Prachtstück, welches da in der Garage thronte, noch übertreffen konnte. Theo zog die Plane beiseite und Matthias konnte es kaum glauben. Eine alte Schwalbe hatte Theo da stehen. Noch nie hatte er eine solche Maschine in echt gesehen. In alten Filmen konnte man sie ab und zu bestaunen und in Suhl im Museum. „Die wurden hier früher produziert. Damit ist mein Großvater schon durch die Gegend geknattert, mein Vater hat sie behütet und ich versuche, sie wieder in Gang zu kriegen."

Matthias war begeistert und wollte gerne mithelfen bei der Reparatur. Er war ein begeisterter Tüftler, bastelte auch gerne an seiner eigenen Maschine. Von seinem Kollegen Jens, der vor der Polizeiausbildung eine Ausbildung zum Mechatroniker gemacht hatte, hatte er viel gelernt.

Bevor die beiden hier noch länger fachsimpeln konnten, wurden sie von Patrick zum Essen abgeholt.

„Nimm den Wein mit", erinnerte ihn Matthias, als Theo die Garage wieder abschloss und begrüßte dessen Sohn. „Hallo, Patrick, ich bin Matze, tolles T-Shirt." Der errötete leicht.

„Danke, ist von meiner Oma."

„Die hat Geschmack, deine Oma." Matthias quälte sich aus der Winterjacke, was einarmig immer noch mühsam war und zeigte auf seine Brust. Unter einem Leinensakko trug er das gleiche Shirt wie Patrick, nur dass eine blaue Möwe auf weißem Stoff aufgedruckt war. Matthias begrüßte nun auch Theos Frau und Tochter, die mit Vanessa im Gespräch am Esstisch standen. Die ansonsten immer so coole Jaqueline errötete nun auch, als Matthias ihr die Hand drückte und sich mit Vornamen vorstellte, was Theo mit Schmunzeln registrierte.

Dann nahmen sie endlich am Tisch Platz und Marion servierte die Mahlzeit. Schweinebraten, Klöße und Rotkohl. Man musste ja nicht gleich mit allen Traditionen brechen. „Ein Sonntag ohne Klöße, verlöre viel von seiner Größe", konstatierte Theo und Vanessa schaute ihren Freund triumphierend an.

„Zumindest schmecken sie großartig", lobte Matthias die Köchin und lachte entspannt. Er freute sich, dass sie diesen Fall gelöst hatten und einer guten Zusammenarbeit mit Theo nichts mehr im Wege stand.